王 干 著

# 论王蒙

人民出版社

2023 年 6 月，本书作者王干与王蒙先生在青岛中国海洋大学作家楼对话

# 目　录

# 第一章　共和国的文学星链

## ——论王蒙的文学价值

　　一个时代有一个时代的文学，一个时代有自己的代表性作家。王蒙在文坛辛勤耕耘 70 年，写下了两千余万字的著作，皇皇巨著，巍峨人生，这位与新中国共同成长的作家如今已经成为共和国文学的一个标志，并于 2019 年荣获"人民艺术家"国家荣誉称号。是时代选择了王蒙？还是王蒙选择了这个时代？应该是双向奔赴、双向选择，共和国的历史赋予王蒙写作的巨大动力和文学资源，而王蒙的写作为共和国留下独特的文学文本和精神库藏，成为共和国独一无二的"文学星链"。

　　称王蒙是共和国的文学星链，原因有三：一是王蒙的文学创作对应了整个共和国的历史，他和共和国一起成长、一起进步，有足够的历史长度，形成了文学与历史的互文；二是王蒙的创作每一个阶段都有亮点，都有璀璨耀眼的作品，星星一样相连，形成了巨大的光带；三是王蒙的文学覆盖面极其宽广，从时间上看，他的作品涉及共和国的各个历史阶段，从新中国成立到改革开放，从新世纪一直到当下生活，地域涉及北京、河北、新疆和世界各地，人物更是涵括古今中外，文体则是小说、散文、诗歌、评论、报告文学等各类文体兼备。而近年来对中国古代文化的研究阐释，从诸子百家到李商隐、《红楼梦》，他的视野几乎覆盖了整个中国文化发展的脉络。中华文明照亮了王蒙的创作和文化实践，而王蒙留下的两千多万文字也会像星链一样，与共和国的文学地图根脉深连，路径相通。

## 一、共和国的一面镜子

"镜子"的比喻多少有些俗套，也有些机械反映论的意味，但我们今天在讨论和认定王蒙创作的意义和价值时，却似乎找不到更好的比喻来表达王蒙的历史性作用。我固然可以用其他的文学话语来形容和概括王蒙的文学贡献，但作为大家容易理解的历史性的评介语，"镜子"无疑是最普通的，也是最恰切的。列宁说过"托尔斯泰是俄国革命的一面镜子"，而鲁迅的小说又被公认为是"辛亥革命的一面镜子"，很明显，"镜子"的评价在中国文学评论的范畴内无疑属于顶流性的赞语，称王蒙作为共和国的一面镜子，也就顺理成章了。

说王蒙是共和国的一面镜子，是因为王蒙是和共和国一起长大的。1948 年他 14 岁的时候就加入了中国共产党，新中国成立初期就在北京东城区担任共青团的领导工作。1953 年起开始从事文学创作，写作了长篇小说《青春万岁》，1956 年发表短篇小说《组织部来了个年轻人》，引起强烈反响。1958 年又因这部小说被错划为"右派"，之后便在北京郊区从事体力劳动，1962 年在北京师范学院中文系任教，1963 年举家迁驻新疆，曾在伊犁农村从事劳动十六年，他的小说集《在伊犁》记录了这一段生活。1979 年回到北京，继续从事文学创作，1983 年至 1986 年任《人民文学》主编，1986 年至 1989 年任中华人民共和国文化部部长，之后又在全国政协担任文史和学习委员会的主任，现已鲐背之年，仍任中央文史研究馆的资深馆员。2019 年中华人民共和国 70 周年大庆前夕，被国家授予"人民艺术家"的荣誉称号。这期间，还获得茅盾文学奖等国内外文艺大奖无数。他任职文化部期间出台的一些新政，迄今还在发挥着作用。

　　从这么一个极简的简历中，可以窥见王蒙的文学生涯是与中国社会政治风云的起伏和动荡密切关联的，几乎在中国社会的每个重要时刻，王蒙的命运都会发生重大的转折。新中国成立前夕，北京城里山雨欲来风满楼，向往光明、追求进步的王蒙成为"少共"。1957 年反右风暴，王蒙沉入社会底层，然后远行边疆。1979 年拨乱反正，改革开放，王蒙步步"高升"，直至文化部部长、中央委员，1989 年夏天之后，他又从政坛回到文坛，专心于文学创作和文学研究，20 世纪 90 年代初又因短篇《坚硬的稀粥》引发巨大的文坛风波。新中国每一次风云兴起，似乎都会引起王蒙的沉浮。王蒙的作品也几乎完整地记录了个人的沉浮和社会的变迁，《青春万岁》的"少共"情结，《组织部来了个年轻人》直面生活的倾向，《蝴蝶》对历史和个人的双重反思，《名医梁有志传奇》的"部长心态"，《春堤六桥》对 20 世纪 90 年代中国社会文化的咏叹与感慨，这些小说几乎囊括了他一生的经历，同时也是新中国几十年来风风雨雨多难历程的折射。如果说过去那些中短篇小说尚是阶段性、片段性地表现社会生活和心态的变化，仍是局部性的，缺乏内在连续性，那么他在 20 世纪 90 年代潜心写作的"季节"系列多卷本长篇小说《恋爱的季节》《失态的季节》《踌躇的季节》《狂欢的季节》以及"后季节"的《青狐》等，则采用编年史的方式，纵向地展现了从 1949 年到 1985 年各个历史时期的时代风貌和精神历程，钱文的命运与王蒙的命运有着某种互文性，王蒙通过钱文的人生经历折射着中国当代知识分子的心路历程。新时代的王蒙依然充满了创作的活力，他的《尴尬风流》《这边风景》《闷与狂》《猴儿与少年》《霞满天》等小说，或记录当下的生活情态和精神状态，或回顾历史钩沉往事，都成为时代生活的真实反映。

列宁把托尔斯泰称为俄国革命的一面镜子，因为托尔斯泰的作品记录了俄国革命的运行轨迹。同理可推，王蒙也是共和国的一面镜子。这面镜子折射了共和国辉煌而艰辛的历史进程，是共和国活的心灵档案。从新中国成立初期到改革开放的漫长岁月里都留下了王蒙创作的印记，从共和国第一代中学生的青春到知识分子中老年的婚恋，从北京胡同里旧式家庭的内斗到新疆维吾尔族人民的生活状态，从京郊农民的悲欢到球星、名医的奇遇，都在王蒙不同时期、不同地域的作品里得到体现。

说王蒙是共和国的镜子，从物理时间而言，王蒙每个时期的创作都能对应到共和国的物理时间。这些客观存在的物理时间在王蒙的小说写作中留下明显的痕迹，《青春万岁》《这边风景》《春

之声》《蝴蝶》《相见时难》《青狐》《尴尬风流》《仇仇》《奇葩奇
葩处处哀》《女神》《笑的风》《霞满天》和"季节"系列长篇小
说等等，这些作品串起来就成为共和国的时间档案，记录了共和
国的全部历史进程。如果把王蒙作品排列起来，会发现居然是一
个编年史的结构，也就是说王蒙不自觉地成为了共和国的"书记
官"（巴尔扎克语）。

这种物理时间还表现在王蒙的写作时态上，王蒙既是一个回
忆性的作家，也是一个即时性写作的作家。这种即时性或许秉承
了《青春万岁》《组织部来了个年轻人》的写作初心，也与热爱
当下生活的精神气质相关。王蒙的《春之声》《悠悠寸草心》《名
医梁有志传奇》《尴尬风流》《仇仇》《霞满天》等一系列的小说，
可以说是"当下生活"的"现场直播"，他的写作时间和小说中
的时间是同步的，他和小说拥有了共同的物理时间，小说和生活
在时间上是重合的。

王蒙如果仅停留在一个知识分子、一个作家对当代中国社会
的观察和反映的层面上，他的文学价值还不足以区别于同时代的
其他作家。王蒙作为共和国的一面镜子存在，还在于他是共和国
机体的一个分子，是新中国革命的参与者，不仅仅是一个文人。
正如评论家顾骧所言，王蒙的小说是"革命情结的升华"。早年
"少共"的风雨，中年"中委"的政治色彩，晚年"人民艺术家"
的桂冠，这种政治色彩不是作家为了表达某种政治意图添加上去
的，而是一种与生俱来的宿命。王蒙已去世的夫人方蕤（笔名）
在《我与王蒙》一书中，说王蒙在日常生活中喜欢"政治分析"，

"经常是值得不值得的一点儿小事，他总爱分析，总以自己的观察讲一堆自己拥有的道理，他自认为那是千真万确的。"[1] 这种"革命情结"也正是当代中国社会区别于其他社会的一个重要标志，而王蒙能够置身其中又出乎之外，他是新中国的参与者，又是观察者，他的小说也自然成为革命的见证。以至有评论家说他的小说时刻都在"布礼"，虽颇多疑惑，但更有解不开的忠诚，《布礼》的主人公钟亦成便是"忠亦诚"的同音表达。

见证，是镜子的属性之一。但王蒙这面镜子已非传统意义上的镜子，他的这面镜子是多功能的，有反映事物本来面貌的功能，还有放大显微的作用，有时候还是变形夸大的哈哈镜。不论怎么说，"镜子"的概念仍然源于现实主义美学，而王蒙并不满足于现实主义美学理想的实现，他在艺术上的创新精神有时候到了近乎疯狂的地步，更多的时候他用心灵的镜子去反映生活、反映社会，他的小说又具备了很多现代主义的色彩。

与新中国的文学同步，与现实的亲密接触，是王蒙的人生态度，也是王蒙的文学触发点，他用最贴近的文学方式最真诚的情感去表现共和国的变迁、社会的沧桑、人的成长和精神世界的变化，他的作品也成为共和国一份珍贵的心灵档案。


## 二、文学创新的旗帜

阅读王蒙要掌握一个关键词，那就是"青春"。青春的心态，让王蒙永葆文学的青春。很多作家在青春或后青春时期都写出过文华灿烂的篇章，但往往随着年龄的增加变得沉默而失去了活力。王蒙似乎永远不老，保持着青春心态，在伴过了他的同代人"五七族"作家之后，又伴过了"知青族"作家，当知青族作家和先锋派作家呈停滞之势，王蒙丝毫没有显出疲态来，他的近作《霞满天》犹然可见《蝴蝶》式的灵动和"生猛"，而他"王蒙老矣"的宣言，实是他内心不服老的表示。虽然他年近九旬，但他的内心仍是盎然生机的"春堤"，"是许多沧桑却也是依然未悔的鲁莽和天真"[2]。正是这种沧桑、鲁莽和天真铸造了一个文学的王蒙。

青春的心态，不老的神态，让王蒙的创作保持着极高的产能，也成为"高质量发展"的典范。王蒙的创作青春来自他不断创新的精神，他70年的文学创作始终处于革故创新的状态，因为他知道文学的生命力在于创新。是创新，就是走在别人的前面，后来就有了一个略带悲壮的名词，叫先锋，先锋因为冲在队伍的前面，往往开路、拓展和先遣。

20世纪80年代的文坛对文学创新曾经有过多种称呼，最初称为现代派，后来称为实验文学，也有叫新潮文学的，之后又有先锋文学的冠名。这与新时期文学的特性密切相关。新时期文学是一个思潮更迭迅速、旗帜变换如云的文学时代，文学的高速旋转犹如变幻无穷的龙卷云，不断推出新的花样、新的潮流、新的人物，也不断卷掉各种人物、各种花样、各种潮流。作家的淘汰和思潮的更新也以前所未有的速度在进行，各领风骚三五天者有之，三五月者有之，三五年者亦有之，但能在这潮汐涌动的大浪淘沙的文学旋流中不被新潮卷掉、不被创新筛掉并始终处于风口浪尖上弄潮的，却只有王蒙。新时期文学创新的第一股大潮是与《夜的眼》《春之声》《蝴蝶》分不开的，王蒙的艺术触角率先触及西方现代文学的范畴，他的小说能看到"意识流""象征主义""黑色幽默""超现实主义""荒诞派戏剧"的影响。20 世纪 80 年代中期，他推出了长篇力作《活动变人形》，这部小说实际为后来的"新写实"运动提供了一个鲜活的范例，《活动变人形》把当时文学的社会批判转向文化的反思、人性的批判，那种宽容、悲悯的人文情怀和客观冷静的零度叙述成为"新写实"的主要美学精神。20 世纪 80 年代末 90 年代初，他那些夸张变形、荒诞不经的酷似漫画的寓言小说，像《球星奇遇记》《一嚏千娇》等实际是开了当代文学"后现代"的先河，他对主题、人物、结构及至对现代小说本身的消解，该是"后现代"文化在中国最早的登陆。20 世纪 90 年代之后，与王蒙同时代的作家大多已青春不再，已很少活力，而王蒙却进入了他创作的又一个高峰时期，十年间，他评红楼，论李商隐，谈大众文化，议人文精神，敏捷不逊当年，深刻渐越昔日。而 150 万字的"季节"系列长篇的发表，更是了却了他一个伟大的心愿，他倾注了十年心血完成了这个跨世纪工程，一部具有多重价值的史诗巨著。

进入新世纪之后，王蒙的创作并没有随着年龄的增加而减退文学实验和创新的激情，他依然保持着旺盛的好奇的先锋心态。在写作了"季节"系列长篇和《青狐》之后，他的笔端转向了《尴尬风流》这种"无技巧"的写作。所谓的"无技巧"不是真的零技巧或者缺技巧，而是"绚烂至极归于平淡"，是将技巧藏起来，在不显山不露水的状态下，完成小说的意蕴。《尴尬风流》是王蒙写得最长的系列小说，也是王蒙有意识向中国传统笔记小说"看齐"的作品，他从"老王"的日常生活状态中发现"尴尬"和"风流"的悖反，小说有极强的纪实和即时写作的性质，但作品使用了言简意赅的笔记体和简约派的手法，又显得与人物和生活拉开距离。诚如其早些时候在《小说选刊》发表的小说《悬疑的荒芜》的"作者自白"中所说："把虚构的东西写得与真实的东西没有区别，把真实的见闻、新闻、实际发生的众所周知的事情写得洋溢着小说的部件感、链条感、气氛感，还冒充'新新闻主义'。"[3] 王蒙的这一尝试和实验，在当时没有引起广泛的注意，等我们后来读到《女神》《闷与狂》等神作的时候，才会发现王蒙在积攒力量、调整文气、修身养息，往回走一步，其实是为了更大的跃进一步。其实，《尴尬风流》也不只是简单地回归笔记体，而是在纪实中融合很多荒诞派的元素，时有"黑色幽默"，令人喷嚏、令人喷饭、令人寒战。再者，在体量上，《尴尬风流》也是实验性的创造性，四卷近百万字的笔记小说，在当代无人能出其右，放到古代去，也恐怕是第一人。惜乎文学界目前对王蒙《尴尬风流》的创造性和实验性研究不够。

2014 年以后，王蒙的第二个"春之声"时代再度降临。《女神》《闷与狂》《笑的风》《猴儿与少年》等陆续发表，当年被称为"集束手榴弹"的意识流作品，如今升级为多弹头导弹的意象流，让略显沉闷的小说界为之一震。因为进入新世纪之后，尤其近十年来，曾经的先锋精神逐渐消退，曾经的先锋派也慢慢转向写实，转向常规化写作，而王蒙反其道而行之，他继续高举先锋的旗帜，继续进行着探索和实验。《闷与狂》是这一时期的集大成之作，也是目前王蒙最完整的意识流或者意象流作品。这篇小说集中了意识流小说的全部特点，散点叙述，人物形象淡化，没有完整的故事情节，意象化成为小说的主干，人物的潜意识和无意识在语言的"狂"与"闷"中若隐若现。最重要的是，王蒙在作品中将曾经非常浓郁的老干部色彩和意识转化为一个老诗人、老文人的情怀，这也是先锋派常用的一种表现手法，而王蒙的自然呈现，显得尤为可贵。

王蒙还尝试过类型小说的创作，他的小说《暗杀——3322》就是对推理小说的戏仿和解构，而《生死恋》则是对言情小说的借用，《尴尬风流》是对笔记小说外壳的转化性运用，这些都说明他在不断进行文体实验、艺术创新。对于文学评论，王蒙也希望能够不拘一格，大胆创新，他在《把文艺评论的文体解放一下》中提出，"不要一写评论文章就摆出那么一副规范化的架势。评而论之，大而化之，褒之贬之，真实之倾向之固然可以是评论；思而念之，悲而叹之，谐而谑之，联而想之，或借题发挥、小题大做，或独出心裁、别有高见，又何尝不是评论？"[4]王蒙自己的评论文体就充分地自由奔放，在他的影响和推动下，20 世纪 80 年代文学评论繁盛一时，青年评论家大量涌现，成为文学界的一道风景线。

王蒙对文学新潮的推动，不仅是自己的创作，还通过评论和工作关系来对青年一代的实验和创作表示支持。在他主编《人民文学》期间，率先推出刘索拉的《你别无选择》之后，一批青年作家创作的具有探险性的作品陆续出场，像何立伟的《白色鸟》《花非花》《一夕三逝》、张承志的《九座宫殿》、韩少功的《爸爸爸》、徐星的《无主题变奏》、莫言的《爆炸》《红高粱》、刘西鸿的《你不可改变我》、马原的《喜马拉雅古歌》、余华的《十八岁出门远行》、洪峰的《生命之流》《湮没》等，具有审美艺术的独创性、不可重复性，深刻影响了当时的文学潮流。刘心武的《5·19长镜头》《公共汽车咏叹调》《王府万花筒》等，运用"纪实小说"这种前所未有的方式，即时性地传达了生活中的新信息、新动态，受到读者和评论家的关注和好评。

步入晚年，王蒙在文学上的创新能力并没有因为年龄变大而衰退，80岁之后，他又"老夫聊发少年狂"，写出了《闷与狂》《猴儿与少年》等一系列"超文本"，成为先锋文学一面不倒的旗帜，也是先锋文学最忠实的"守灵人"。

## 三、追思现代性的智者

70年来，王蒙一直都在与现代性纠缠、博弈、对话。年轻时他把革命等同于现代性，在他眼里，革命就是启蒙，革命就是现代性。在经历了几十年的风风雨雨之后，他对年轻时的理想主义有所保留，对极端真理、极端现代性有所怀疑，并在他的作品里委婉而细腻地表达出来。

一百多年来，中国文人志士对现代性的追求一直没有停止过，由于现代性的"未完成的设计"的特性，也让现代性随时随地地更新和变异，教条主义的照搬和克隆反而会让现代性失去生命力。王蒙不是一个教条主义者，他是一个实践家、践行者。历时 70 年之久，王蒙对现代性的追寻与反刍从未停止过，这也与现代性本身的特点有关，现代性的每一个层面在自身的发展过程中，都遭到了反诘和批判。它既受到保守主义的攻击，也受到后现代主义的解构，可以说处于前后夹击的困境，但现代性并不因此而停止前行的脚步，现代性的意义就是向前，像《活动变人形》里的倪藻游泳那样，不断地游向前去，才有希望。

新时期文学被人们称为五四以后的又一轮现代性思潮，是很有道理的，我们在那个时期的作品里读到了太多的抗争以及隐藏背后的"怨恨"。王蒙这一时期的小说创作并没有和主流的思潮完全同步，王蒙忽上忽下、波澜起伏的人生经历，让他本有更多的理由去写出类似《天云山传奇》《绿化树》那样的惨剧，但王蒙没有去惨痛地展示自己的身心创伤，而是努力去弥合伤口，修复身体和心理上的疼痛。他的《最宝贵的》《悠悠寸草心》等小说，描写党群关系上的疏远，没有太多的愤怒和愤恨，受害者作为领导干部反而以一种愧疚者的心理来看待这些年的苦难历史，在这一段时间内，修复疏远已久的党群关系，修复个人与周围的关系，修复心灵与肉身的断裂，成为王蒙面对历史的选择。

多年之后，王蒙写作了小说《笑的风》，这是一部反伤痕写作的后爱情小说。《笑的风》里的傅大成对"现代性"的向往、追求，是通过对爱情的追求来表达的。傅大成感受过现代性的快乐和喜悦，但现代性追求带给傅大成的困惑和苦痛也同样煎熬着他。傅大成和杜小鹃或许代表着的是某种现代性，而白甜美代表的则是前现代性，代表着某种乡土文明，穿行在现代文明和传统文明之间的傅大成在饱尝爱情的悲欢离合之后，选择和判断愈发彷徨。

傅大成的内心是有伤痕的，情感是有伤痕的，他无疑是带着理想主义的目标去选择婚姻，但是父母包办的婚姻不是理想主义的，因为傅大成娶了白甜美，傅大成有挫败感，觉得生活"不真实"，觉得生活太庸俗，这就是现代性造成的焦虑。但傅大成在与理想的"爱人"杜小鹃结婚之后，并没有想象的幸福，最终还是分手了。离婚以后，傅大成更加产生了"被欺骗"的感觉，又产生了新的"伤痕"，因为他追求的理想实现之后，他反而觉得更加的失落，更加的失重，所以他又回到了白甜美的"身边"，甚至要为她建立"婚姻博物馆"，完成她生前的设想。人生是如此的吊诡，爱是自由的还是孤独的？王蒙的发问是哲学层面上的诘问，王蒙的写作很多的时候也被人称赞为"智慧"，王蒙的"不怨恨"其实在于对生活的深刻认识，不是用简单的现代性观照来判断，不是用一种绝对的理想主义和绝对的真理去剖析生活的是非、黑白，将人简单地分为善恶、美丑，而是遵循生活的本真，在"去真理"化之后，还原生活现象本身，因为小说不是观念的传声筒，现代性不是包治百病的灵丹妙药。

王蒙不仅通过小说来反刍现代性，还通过一些言论的写作来表达自己的思考与省悟，《论"费厄泼赖"应该实行》是他对现代性的追问，而 20 世纪 90 年代的"人文精神"大讨论，王蒙也在一片"拯救"和"颓废"的声浪中，提出了自己的观点，虽然当时被误解，但几十年过去之后，当时王蒙关于"人文精神"的论述和见解今天依然熠熠有光，没有时过境迁。回头来看当时的"人文精神"的讨论，是对中国现代性的一次规划和阐释，也是现代性在中国落地后的众声喧哗的反响。王蒙冷静和清醒，再次证明他对现代性的反刍不是从教条出发，而是对生活的热爱，对任何"向前一步"真理的警惕。

## 四、中国意象流小说的大家

新时期以来，王蒙被称为意识流写作第一人，他的《夜的眼》《春之声》《海的梦》《风筝飘带》等小说，打破了之前以故事情节结构小说的创作模式，以人物的感受来结构小说，在当时的文坛上引起了巨大的波动，引发了中国文学"现代派"的大讨论。而王蒙自己并没有意识到写作这些小说将会引起整个文坛的小说革命，他当时觉得"故国八千里，风云三十年"的时空交集的信息交织和复杂情感的层积堆叠，用传统的小说方式难以表达，于是索性采用一种更加自由的方式表达出来，这些作品因而被称为意识流小说。而王蒙当时并没有接触过伍尔夫、普鲁斯特这些意识流大师的作品，那么王蒙的意识流来自何处？王蒙这些作品能算真正的意识流吗？

王蒙虽然没有直接接触到意识流的作品，但酷爱李商隐的诗歌。如果我们用现代诗歌意象学的观点来看，李商隐的《锦瑟》是非常规范的意象诗。事实上，美国意象派诗歌的鼻祖庞德正是通过对中国唐诗的改写和创造，才创立了对现代主义影响极大的意象派诗歌，王蒙的所谓的东方意识流的表现方式，实际和庞德等现代派同宗，师承的是一个祖宗——唐诗，唐诗体现出来的意象美学。王蒙对李商隐的欣赏和崇拜实际上是对其意象美学精神的赞叹，在他的小说创作中能够感受到"李商隐"化身为他笔下五彩缤纷的意象激流冲破传统小说的藩篱。王蒙小说的意识流其实是从中国诗歌意象美学转化出来的意象流。

　　其实，意象化写作在当代小说创作中是一股涌动的暗流，"文化大革命"前，孙犁、汪曾祺、茹志鹃等人的中短篇小说在当时的非诗化的文学环境里顽强体现着中国小说的诗学传统，就是对意象写作的痴迷和执着。孙犁的《风云初记》、汪曾祺的《羊舍一夕》、茹志鹃的《百合花》等都有意象化写作的流韵，他们或以女性视角或以童年视角来营造的小说场景和当时的小说拉开了距离。到了1978年以后，对意象大面积的运用，最初是一些先锋作家的特殊手段，但很快被更多的作家在创作中接纳，他们同时又借鉴西方的象征主义，形成了具有中国诗学特色的意象写作。张炜的《古船》《九月寓言》、铁凝的《玫瑰门》、张承志的《金牧场》、莫言的《红高粱》、孙甘露的《信使之函》《访问梦境》、苏童的《罂粟之家》《1934年的逃亡》《河岸》、格非的《青黄》等都大量使用意象写作的手段，来丰富小说的内涵和层次。张炜的《古船》属于写实主义的小说，但整个叙事的过程中，始终洋溢着意象的激情，而《九月寓言》则是其意象小说的代表作，小说中历史和现实之间的联系，思想和情绪的载体，正是借助意象的方式搭建。另一位几乎全身心投入意象写作并初步建立了自己意象王国的作家苏童，他的长篇小说《河岸》以其充沛的意象语言勾勒壮阔的小说语言洪流，成为第一部意象流的长篇小说。如果结合起来看，我们就会发现，王蒙其实是用意象的蒙太奇方式来结构小说、组织语言，与意识流有异曲同工之妙。

这样看来，王蒙的意象流被误读为意识流也就很正常了。发端于《夜的眼》《春之声》《风筝飘带》等的"东方意识流"，其实源于王蒙对意象美学的钟情与爱戴，王蒙实际不是以情节或人物的命运来结构小说，而是通过一个意象作为触发点来结构小说。《夜的眼》是陈杲对城市夜的眼奇妙联想，继而扩展为情绪的流动，人物的思绪和潜意识也浮出水面。而《春之声》则以施特劳斯的名曲来贯穿小说，通过声音的聆听和联想，发现了生活的转机。而《风筝飘带》被人看作是象征小说，但对象征物又众说纷纭，就像汪曾祺在致唐湜的信中所说，"随处是象征而没有一点'象征'的意味。"[5]《海的梦》也是如此，"海"象征什么？也是很难具体落实的，但却构成了小说的整体结构。《蝴蝶》当时被称为"反思小说"，王蒙确实在回叙历史、反刍人生，但张思远最后的蝴蝶之幻，又让小说超越了当时的流行套路，不仅是历史的审思，而是对自我的怀疑和丧失。《杂色》的出现，可以说是王蒙意象流美学的完美呈现。《杂色》虽然有意识流的形态，写曹千里和杂色马在草原上行走的思绪，但其意象的流动和意象的自由组合，更具备李商隐式的美学。《闷与狂》的结构又超越了《杂色》的思维形态，《杂色》的还属于定点叙述的产物，曹千里和杂色马在草原上的时空是固定的，而《闷与狂》完全以一种中国画散点透视的方式来组合意象，又以意象来贯穿小说，穿越时空，链接未来，时空消失了，只是意象的汪洋。

在谈到《红楼梦》时，王蒙和张爱玲不约而同地说到《红楼梦》的一个特点，就是小说可以从任何一回读起，甚至随手翻阅一页都可以津津有味地阅读下去。王蒙以一个作家特有的敏锐发现了《红楼梦》的特别之处，他说，《红楼梦》有些章回可以当作短篇来阅读，这是因为《红楼梦》采用非线性化的思维方式，通过"横云断岭""伏脉千里"（脂砚斋评语）的意象化来结构小说。王蒙不是一个特别善于讲故事和编排情节的作家，他更擅长在作品中表达情绪、渲染情感，他的小说结构常常不使用情节为主线，而以意象来结构，这从他的小说题目就可以看出。小说的题目是小说的文眼，也往往是一个作家构思一部作品灵感的源头，《夜的眼》《春之声》《海的梦》《风筝飘带》《布礼》《蝴蝶》这六篇最早被称为意识流的小说，除了《布礼》外，其余五篇都是具象的画面感，意象形态化。后来写的小说《蜘蛛》《夏之波》《笑的风》《青狐》《活动变人形》《春堤六桥》《葡萄的精灵》《霞满天》《女神》等，都是用意象来作为题目。

除了小说结构意象化之外，王蒙笔下的人物也是意象化的，有很强的精神性。王蒙深得《红楼梦》写人的三昧，他的小说既有非常写实的人物，也写了大量的意象化的人物，《布礼》《杂色》

等小说就尤其明显。另外还有一些形象模糊的人物，比如《春之声》里的岳之峰，《夜的眼》里的陈杲，他们不像传统小说里人物那样棱角分明，他们更接近印象派画家笔下的人物，情绪化，变形化。意象化的人物不注重人物的全貌，而是将人物的命运和性格通过特定的意象化来展示，形象的意象化在王蒙的小说写作中发挥巨大的作用，它们不一定是小说中的主要形象，但是在主人公的心理发生巨大变化时伴随在主人公身边的重要角色，这些角色大多是主人公内心的外化，这种外化的意象让小说离开了实指而进入虚境，使得小说极具审美想象的空间。《来劲》中的Xiang Ming 不再是具体的名字，而是一个靠声音来分辨的人物，人名的"去具体化"并不影响名称本身的指代，所以，《来劲》这个小说最有意思的地方就是它人名的意象化，人名意象化带来的人本身的意象化。

王蒙的意象流被误读为意识流，无意中让他开创了中国新时期意识流小说创作的先河。由此误解，王蒙之后的小说创作确实有意识地探寻东方意识流的表现方式，像《铃的闪》《来劲》确实只是一股奇妙的语言流或意识流了，而力作《杂色》就是一部超级意识流的作品，说它"超级"，是小说不仅仅有意识流的表现方法，还有其他现代主义和后现代主义的表现手段。曹千里和杂色马在草原上的行走，带来的语言和意识的新变，也成为文坛的一道风景。到了晚年，王蒙又重燃《春之声》时期的热情，再度探索意象流的极限。写作了一部文体桀骜不驯的奇作《闷与狂》，在这部小说里王蒙将意识流叙述的多视点、无视点无限发挥，将意识流的潜意识、无意识自由书写，将意识流语言的"自动书写"、无标点叙述等反语言的功能巧妙整合，和中国古典诗歌意象美学的跨时空、无时空、零时空成功嫁接，形成了独一无二的中国意象流的巨著，堪称中国版的《追忆似水年华》。

## 五、激励青年作家的良师

作家张炜曾不无激动地说：王蒙是中国作家"学习的榜样"，"他长期以来提携了众多的中青年作家，不光是个人创作成果丰硕，对整个作家队伍的培养也做出了很大贡献。"[6] 张炜的话道出了很多年轻人的心声，从知青作家到"60后"的余华、陈染，从"80后"的张悦然到"90后"的郑在欢，都得到王蒙不同方式的扶持和激励。

王蒙喜欢春天，热爱春天，他知道文学的未来在于青年，文学的春天也在青年作家身上。只有春天，才富有活力和生机，才能创造一个蓬勃朝气的中国文学之春。2000年1月，王蒙把自己获得的《当代》文学拉力赛10万元大奖捐给了人民文学出版社，倡议设立一项30岁以下的文学新人奖，支持年轻人的创作，以促进中国文学事业的繁荣。当时有人建议用王蒙的名字来命名，王蒙坚持用"春天文学奖"命名奖项，以此寓意着文学的希望和未来在春天。

"春天文学奖"一共颁发了五届，先后有十几位青年作家获得了正奖和提名奖，徐则臣、李修文、张悦然、戴来、了一容、彭扬等人小荷才露尖尖角，就获得了"春天文学奖"。徐则臣2005年获得第四届"春天文学奖"后，创作呈现出井喷的状态，由此先后获得鲁迅文学奖、庄重文文学奖、老舍文学奖和茅盾文学奖，成为"70后"作家的代表性人物。青年作家李修文在获得第二届"春天文学奖"后，作品更是形成了自己的风格，2018年，他当选为湖北省作家协会主席，之后他又以作品《山河袈裟》获得第七届"鲁迅文学奖散文杂文奖"。

王蒙在文坛的身份主要是一个作家，但也有高光的编辑生涯。1984年担任《人民文学》主编之后，《人民文学》成为文学新人、文学新潮的高地。为了更多地了解年轻作家的创作计划和创作现状，1985年，《人民文学》发起并组织了全国青年作家创作座谈会，莫言、马原、扎西达娃、何立伟、刘索拉、徐星等先锋作家都到会，并作了具有个性的发言。多年后，马原在文章中说："在一九八五年的《人民文学》的这次研讨会上露面的这些新的作家，带动了我国文坛上一轮新的小说美学、小说方法论。"[7]王蒙对先锋文学的提携不仅是在《人民文学》发表青年作家的作品，还在于在他们的小说引起文坛争论后，以名家的身份撰写文章进行评介。他为青年作家写下了大量的评论，最早对张承志的《北方的河》予以肯定，余华《十八岁出门远行》刚刚问世，他就在《文艺报》上撰文推荐。这些评论是王蒙在繁忙的创作之余抽空写出来的，体现了敢为人先、甘为青年作家奉献的精神。

2022年9月22日，首届（2021—2022）"王蒙青年作家支持计划·年度特选作家"名单在北京揭晓，青年作家孙频、郑在欢、渡澜入选。王蒙与中国作协主席、中国文联主席铁凝共同向入选作家代表郑在欢颁授"王蒙青年作家支持计划·年度特选作家"荣誉证书。这是继"春天文学奖"之后王蒙的又一次"特别行动"。70 年前，王蒙欢呼青春万岁，70 年后已经耄耋之年的他，将青春的火炬用特殊的方式传递到更年轻的作家手中。

## 六、传统文化与现代文明的桥梁

十余年来，王蒙在创作之余，悉心研究中国传统文化经典，陆续出版了《庄子的奔腾》《庄子的快活》《与庄共舞》《庄子的享受》《老子的帮助》《老子的智慧》《天下归仁》《中华玄机》《得民心 得天下》《御风而行》《天地人生》《治国平天下》等著作，对孔子、孟子、老子、庄子、荀子、列子等古代思想家、哲学家的著作，进行了全方位的解读。

中国文化源远流长，博大精深。王蒙通过对传统典籍的解读，为中华文明的现代化做出了有益尝试，他在《天地人生》中写道："我们讨论文化与传统，目的不是为了查核与校正古史古事古物古书，不是为了发思古之幽情、怀古之高雅，更不是要返回古代与先辈的生活方式，而是为了更深刻全面地认识当下，认识我们的文化、我们的生活的来历与精微内涵，认识传统文化的坚韧与新变"[8]。王蒙历时多年研习和解读，深入浅出地解读中华五千年文明，用自有的独特的生活化、哲理化、思辨性的语言，揭示中华优秀传统文化的丰厚内涵与深远意义，回应时代对文化转化与创新的呼唤。王蒙这些著作的一个巨大特点，是在尊重原著的基础上大胆创造性地解读，以文化与生活之关系作为解读的出发点，阐发中华传统文化与新时代国人心理链接的可能，强调传统文化对当下生活的共情性和精神支撑。

在这些著作中，王蒙化身为星链，链接着中华传统文化与现代文明，承先启后，贯通古今，连接中外。随着时间的推移，他的这些著述和他的文学作品交相辉映，在共和国的星空中，将发出更加璀璨的光芒。

## 注 释：

[1] 方蕤：《我与王蒙》，广西教育出版社 1998 年版，第 85 页。

[2] 王蒙：《写完〈春堤六桥〉以后》，《小说选刊》1997 年第 11 期。

[3] 王蒙：《悬疑的荒芜·作者自白》，《小说选刊》2012 年第 4 期。

[4] 王蒙：《把文艺评论的文体解放一下》，《王蒙文集》第 26 卷，人民文学出版社 2020 年版，第 223—224 页。

[5] 汪曾祺：汪曾祺致唐湜的信，唐湜：《虔诚的纳蕤思——谈汪曾祺的小说》，《新意度集》，生活·读书·新知三联书店 1990 年版，第 127—128 页。

[6] 《〈王蒙文集（新版）〉推出耄耋之年欲写饕餮之作》，新华网，2020 年 1 月 16 日，http://www.xinhuanet.com/politics/2020-01/16/c_1210441098.htm。

[7] 马原：《小说密码：一位作家的文学课》，作家出版社 2009 年版，第 341 页。

[8] 王蒙：《天地人生：中国传统文化十章》，江苏人民出版社 2022 年版，第 11 页。

# 第二章　王蒙的"现代性"反刍

## ——论王蒙的时代追求

现代性是伴随现代一词产生的，而现代一词来源于英文 modern，最早在中国被翻译成"摩登"，原意为现代的、新近的、时兴的。当然，也有人认为，中国摩登一词早就有了，源于佛经《楞严经》，无论当时翻译 modern 用的是音译，还是借用了佛经的已有词语，摩登都是一个外来词。

"摩登"一词在民国时期火起来，还与卓别林的一部电影 *Modern Times* 有关，这部电影被翻译为《摩登时代》，电影的传播力渐渐让"摩登"一词成为口语。但"摩登"一词随着社会的变化，原有的现代的含义慢慢被时髦、时兴的代替，尤其是"摩登女郎"一词出现之后，已经不是原有的中性词，反而有些贬义的意味。

如果说现代（modern）和中国的"摩登"一词可以互译的话，那么"现代性"（modernity）绝对不可以被翻译为"摩登性"的，因为"现代性"在现当代中国被赋予了先进、进步、文明、民主、自由、科学、现代化、全球化等诸多含义，加之现代性本身的"未完成的设计"（哈贝马斯语），"现代性"的开放性空间与"摩登"的固化和狭小是不可同日而语的。现代性和现代化在中国是同等重要的概念，实现中国现代化不仅是物质层面的理想，而且是精神意义上的凤凰涅槃。从郭沫若的《凤凰涅槃》开始，中国的作家就希望中国在世界现代文明的进程中树立自己的形象，当然过程是极其艰难和艰辛的。

哈贝马斯在《论现代性》中对现代性做出了这样的描述："人的现代观随着信念的不同而发生了变化。此信念由科学促成，它相信知识无限进步、社会和改良无限发展。"[1] 中国现代文学史与现代性相伴相生，一百年来中国作家对现代性的探索、追求和表现始终没有停止，现代性随着中国国情的变化和发展，也始终变换、更替着内涵，中国作家对现代性的表现也丰富多彩、起伏不定。现代文学史上，以鲁迅为代表的作家率先将现代性旗帜高举起来，留下了极其丰富的文学财富，当代文学史上，王蒙也是现代性的一面旗帜，70 年间，王蒙对现代性的理解、张扬、反思、重建也伴随着他的文学创作和文学研究，他的丰富的著述是希望通过对现代性的反刍、反思，从而诞生现代中国文明的宁馨儿。

## 《青春万岁》：呼唤革命的现代性

《青春万岁》是王蒙的第一部长篇小说，某种意义上带有处女作的性质，虽然直到 1979 年才出版，但沉睡多年之后，丝毫也没有淹没其光芒，直到今天依然焕发着迷人的光彩。这是一部

记录青年中学生的长篇小说,写共和国建立之后的热情似火的生活,但这又是一部关于时间的青春文本。小说开头的序诗这样写道:

> 所有的日子,所有的日子都来吧,
> 让我编织你们,用青春的金线,
> 和幸福的璎珞,编织你们。[2]

无独有偶,著名的文艺家胡风在共和国刚刚成立的时候,异常兴奋,也是用时间来赞颂的,他饱含激情写道:

> 时间开始了。[3]

胡风认为的时间开始,是说新的历史纪元开始了,王蒙则是呼唤时间尽快地来临,"所有的日子,所有的日子都来吧",这显然是一种青年甚至少年的思维,因为只有未成年人才希望时间早点来,而中年人则希望时间走得慢一些,老年人则希望时间不仅走得慢一些,最好还要倒流回来,"昔日重现",不同的时间观,有时候就是不同的世界观,当然世界观也会因为时间而变化。时间的长度在物理上也许是一致的,但时间的质量是不一样的,有的时间因历史变化而变得厚重,有的时间则显得轻飘飘地流过。

王蒙在《青春万岁》里表现出来的时间观,正是年轻的时间观,也正是现代性的时间观。现代性首先是一种时间意识,在时间的意义层面，现代性有很强的进化论嫌疑，"它相信知识无限进步、社会和改良无限发展。"这是另一层意义上的现代性。其核心内容可以表述如下：越是新的，就越是现代的。它为一种进步主义和发展主义的欲望所主宰。这种现代性具备一种明确的时间意识，"这种现代性是转瞬即逝的——今天的先进到了明天就过时了"，它意味着，较之过去的历史阶段，现在更为进步，更加成熟。"在对转瞬即逝、昙花一现、过眼烟云之物的抬升，对动态主义的欢庆中，同时也表现出一种对纯洁而驻留的现在的渴望。"[4]

《青春万岁》里这种对时间的呼唤，其实是对革命的呼唤和热爱，"我们渴望生活，渴望在天上飞"[5]，"孩子们欢呼野营的每一天，每一天都是青春的无价的节日。所有的一切，都是新发现，所有的一切，都归我们所有。蓝天是为了覆盖我们，云霞是为了炫惑我们，大地是为了给我们奔跑，湖河是为了容我们游水，昆虫雀鸟更是为了和我们共享生命的欢欣。"[6] 这里表现出来的"我们"的意识，应该是一种大写的现代性，现代启蒙主义强调人是万物之灵长，人是世界的中心，而这里的蓝天、云霞、湖水甚至昆虫雀鸟都在我们的统领之下，都是我们的子民。"我们"是王蒙早期现代性和理想主义的灵魂中轴。"我们"也是王蒙参加革命的理论基础，也是一代年轻知识分子走向革命的动力。

因为革命的缘由，时间才必须快快地来，年轻的杨蔷云没有经历过革命的疾风暴雨，也没有感受到战争的枪林弹雨，但她们渴望斗争、渴望战斗，也在现实中进行了战斗和斗争。她们是革命之子，是现代性的婴儿。小说有意味地写到了两个学生的父亲，一个是继父，一个是养父，这两个"父亲"都成了革命的对象，杨蔷云们对继父和养父的革命，带有"弑父"的性质，但旧的父亲没有了，新的父亲就来了，在20世纪50年代很多人都爱说一句话，革命给了我新生，可见革命是一个大写的父亲，也是那一代人的精神之父。

王蒙身体力行地参加了革命，他对现代性的认识是革命赋予的，14岁参加了中国共产党，是非常年轻的少年布尔什维克，多年以后他依然对少年时期的选择无怨无悔，依然要对过去岁月致以"布礼"。但革命不是现代性的全部，生活不是全部能够体现现代性的。列宁说过，革命是盛大的节日，王蒙在《青春万岁》里也写了一系列的节日和广场上的活动，但革命不是从一场战斗走向另一场战斗，社会主义国家在战斗中诞生，不是天天处于战斗中，现代性最终也要归于办公室的平庸和日常生活的平淡。

50年代初期的王蒙度过了"有那小船上的歌笑，月下校园的欢舞，细雨蒙蒙里踏青，初雪的早晨行军，还有热烈的争论，跃动的、温暖的心……"[7]的岁月，但时间让青春有了褶皱，王蒙感受到日常生活对现代性理想的腐蚀和消磨，他后来的作品写到理想主义在现实面前的尴尬和无奈。

短篇小说《组织部来了个年轻人》是王蒙的成名作，这部小说的人物依然是《青春万岁》里那群年轻人的化身，杨蔷云们变身为林震走上工作岗位，这个新来的年轻人已经不是校园里的团干部了，虽然组织部并不完全社会化和生活化，但年轻的林震已经觉得沉闷和乏味，甚至有些迷惘。小说里有一个人物叫刘世吾，作为林震的上级，曾经参加过1947年学生运动的领袖，表现出与革命者身份不相符合的冷淡和平庸，这让热血沸腾的林震难以理解，机关生活怎么会如此地没有激情与梦想呢？当时一位年轻评论家唐挚的一篇题为《谈刘世吾的性格及其他》的评论中，写道："在熟练下面的高度的冷淡"，"从他灵魂深处所发出来的冷淡，是这样的寒气逼人！"[8]《组织部来了个年轻人》的热与冷，是林震遭遇到最大的反差，他和刘世吾虽然没有像杨蔷云与呼玛丽那样构成冲突，但理想主义与实用主义的距离已经日渐明显。这种既是年龄上的距离，也是价值观上的距离。

在"成熟"的刘世吾看来，林震和赵慧文的身上这种情绪正是那种小资产阶级狂热的一种表现，小资产阶级作为那个时代的特定产物，也称作小布尔乔亚，一看这英译的汉名，就知道是现代性的产物。19世纪以来的人文主义思潮就是预设一个生活的理想格局，很多人都喜欢罗曼·罗兰的《约翰·克里斯多夫》那样的理想主义生活。契诃夫说他所有的主题就是批判庸俗，批判小市民的庸俗，这确实是现代青年必备的品质。《组织部来了个年轻人》里的林震无疑是讨厌庸俗的，他和赵慧文的从日渐亲切到情感暧昧，是建立在反庸俗的基础上的。革命现代性是不能容忍小市民气的，与小市民习气作斗争是现代性的标配，但作家不是生活在空气里，再美好的理想一落地就与初衷相去甚远。《组织部来了个年轻人》实际写出了后革命时代青年一代的失落感，《青春万岁》的热和《组织部来了个年轻人》的冷，意味着丰满的现代性碰到骨感的现实。

有人说王蒙的《组织部来了个年轻人》是批判党内的"事务主义"倾向，其实是"高抬"了王蒙的政治意识。林震和赵慧文与群体的脱节，只不过是盛大节日情结留下的一种后遗症，他们的失落感预示着王蒙的现代性追求陷入停滞和徘徊的境地，而后来文艺界对《组织部来了个年轻人》的批判和声讨，标志着革命这一 20 世纪初的新鲜事物所含有的现代性正在剥落，原有的革命的现代性使命已经终结。

之后，王蒙被戴上右派的帽子，远去新疆，青春变得遥远，革命和现代性都被按下暂停键。

## 《春之声》：文体现代性的创新

20 世纪 80 年代，王蒙曾经以"集束手榴弹"引发了关于小说现代派的大讨论。"集束手榴弹"是指这样六篇小说，短篇小说《夜的眼》《春之声》《海的梦》《风筝飘带》和中篇小说《布礼》《蝴蝶》。这六篇小说以前所未有的艺术形式表达了中国作家的创新精神，被称为"东方意识流"，开启了新时期小说创作的另外一条跑道，同时也预示文学的现代性探索重新起步。

20 世纪 70 年代末期，被批判为资本主义的"现代化"获得了正名，中国的现代化建设也开始重启。文学界围绕现代派和文学现代化的问题，展开了激烈的争论。徐迟的《现代化与现代派》[9]，更直接地将现代化建设与现代派联系起来，认为现代化建设势必要出现现代派，而反方认为现代化与现代派是两个概念，现代化的生活依然可以用现实主义表达。现代派一时间成为热点话题，争辩双方各说各有理。

王蒙被推到了前沿，因为在这些讨论之前，王蒙已经写出了《夜的眼》《春之声》《海的梦》《风筝飘带》等具有意识流品质（王蒙自己不认为受过意识流的影响）的"集束手榴弹"，被看作文学迈向现代主义的"春之声"。之后的"新潮文学""先锋派""实验文学"等概念都与王蒙扯上关系，无论是称赞的还是反对的，都认为王蒙是首创者，领风气之先。

王蒙热衷于新的文学样式，探索新的文学表现手段，不是受某种潮流鼓动，而是内心的需求。1979 年，王蒙在新时期复出之后，《青春万岁》历经 26 年磨难正式出版，《组织部来了个年轻人》也被视为"重放的鲜花"，成为新的经典，他没有沿着《组织部来了个年轻人》的路径写下去，而是另辟蹊径，开创新风。

文学在复苏，最早表现为对"四人帮"的批判和揭露，延续了中国现代文学"战斗"的传统。当时以《伤痕》《班主任》为代表的"伤痕文学"占据了各大文学期刊的头条，王蒙当年的小伙伴们也加入了这一思潮的写作，张贤亮、从维熙、陆文夫、高晓声、方之、茹志鹃写出了一系列很有影响的作品，从维熙的《大墙下的红玉兰》、张贤亮的《绿化树》、方之的《内奸》、陆文夫的《小贩世家》、茹志鹃的《剪辑错了的故事》、高晓声的《李顺大造屋》等获得了好评。在这些作品中我们能够读到鲁迅甚至茅盾小说的影子，他们在秉承五四新文学的传统上卓有建树，刘心武的"救救孩子"正是鲁迅《狂人日记》在新时期的回响，不难看出，新时期文学初期延续的还是革命性思维，延续的还是光明战胜黑暗、先进战胜落后、文明战胜愚昧的宏大主题。评论家季红真将新时期文学的主题归结为"文明与愚昧的冲突"，文明作为现代性的关键词在新时期文学中受到人们的青睐。

王蒙这一时期的小说并没有和主流的思潮完全同步，他没有去惨痛地揭伤疤，没有去展示自己身心的创伤，而是努力去弥合伤口，修复身体和心理上的疼痛。他的《最宝贵的》《悠悠寸草心》等小说描写党群关系上的疏远，没有太多的愤怒和怨恨，反而以一种愧疚者的心理来看待这些年的苦难历史，在《悠悠寸草心》中主人公是受到生活磨难的官员，但他内心里更多的时候是审视自己，或者说在审视生活的同时也没有忘记自己在这一历史中的所作所为，为这一段不堪回首的历史做了什么。

在这一段时间内，修复疏远已久的党群关系，修复个人与周围的关系，修复心灵与肉身的断裂，成为王蒙面对历史的选择。在《布礼》和《蝴蝶》两部中篇小说里，王蒙书写的是当时"右派作家"常写的个人的苦难遭遇，在被命运捉弄之后，钟亦成受尽磨难，还是忘不了"布尔什维克"的敬礼，而《蝴蝶》里张思远则物我相忘，幻觉化蝶，完全没有外在的创伤，连心灵也转化为超越时空的状态。也许有人觉得，这是一种自我麻醉，是逃离历史的隐者和遁者，但如果我们联系王蒙的整个创作来看，就不会认为王蒙是对现实的逃逸，而是王蒙对现代性的再度寻找和深度思索。

我们读一读王蒙同时期写的《论"费厄泼赖"应该实行》一文，就会发现王蒙不是逃避，而是反刍、反思。在这篇随笔性的文字中，王蒙对鲁迅的"痛打落水狗"的理论提出了新的见解，他认为，鲁迅提出"费厄泼赖"应该缓行其实包含两层意思："一、'费厄泼赖'是应该实行的。实行'费厄泼赖'，最终是有它的必要性和可能性的。二、'费厄泼赖'目前还不能立即实行。实行'费厄泼赖'的必要性与可能性当时尚未变为现实性。"[10] 王蒙通过自己的论述认为，在新的历史时期费厄泼赖已经可以实行。王蒙提出这样的观点，可以说是具有某种超前意义，与后来邓小平的"不争论"理论一脉相承。他在文中指出，由于"四人帮"在"文革"中横行，"留下了许多人与人之间的宿怨、隔膜、怀疑、余毒以及余悸的今天，提倡费厄泼赖更是对症的良药"。王蒙这里说的不仅是文学的问题，而且是整个国民心态的调整。

并非20多年的"右派"生涯没有给王蒙留下乖戾和痛苦的记忆创伤，也不是王蒙好了伤疤忘了痛，而是王蒙在底层的磨难让他重新思考个人的定位与历史和生活的关联。并不是王蒙没有挖掘、揭露伤疤的能力，也不是王蒙故意粉饰生活、粉饰人性，王蒙对人性和生活的洞察既尖锐又冷静，他只是不想以怨恨的方式呈现出来。在《活动变人形》中，王蒙对父辈的精神疾患毫不留情，对母亲辈的精神恶习的描写也刀刀见血，但是在这样一部具有某种"吐槽"意味的小说中，王蒙依然是充满了"费厄泼赖"

的精神，他写得很痛苦，写得很不粉饰，但在内心里还是充满了悲悯。

王蒙的现代性追求依然初心不变，他把笔触深入小说形式的探索中去，一度被认为是现代派的代表人物。《春之声》作为中国文学现代化的报春鸟，现在读来，意味尤为深厚。

《春之声》被称为"三无小说"，故事情节平淡，或者说没有情节，一个人坐闷罐车的所见所听所感，没有与其他人物发生冲突性的交集。虽然有人物，但岳之峰也只是小说的一个视点而已，并没有特别的性格描写和人生经历，岳之峰呈现的只是心里的感受和情绪的流动。由于主题是辐射性的，在当时被一些人"看不懂"。岳之峰在回家的路上，听到了各种声音，火车的车轮声、美国抽象派音乐、黄土高坡的铁砧声、嘈杂的人声，汇成多声部"春之声"交响曲。《春之声》是以拥抱的姿态而不是以诊断的方式去面对新的生活，在嘈杂的火车上，我们似乎又能看到《青春万岁》里那个呼唤"所有的日子都来吧"的王蒙，当然，热情中多了点冷峻，忧伤中又充满希冀。面对新的生活转机，王蒙感受到春天的旋律。

《春之声》从题目到内容都显现了王蒙对全球化（当时并没有这个概念）的热切期望，对新的艺术形式的大胆而勇敢的尝试，因为改革与开放就是当时的现代性的主旋律。《青春万岁》与《春之声》都有个"春"字，说明王蒙内心里一直向往春天，一直对时间充满了渴望，因为他"相信知识无限进步、社会和改良无限发展"。

## 《活动变人形》：现代性的困惑与迷茫

王蒙的一生可以说是与现代性纠缠、博弈、对话的一生，年轻时，他把革命等同于现代性，在他眼里，革命就是启蒙，革命就是现代性。在经历了几十年的人生风风雨雨之后，他对年轻时的理想主义有所保留，对极端真理、极端现代性有所怀疑，这些在他的作品里委婉而细腻地表达出来。

《杂色》这篇最富有现代主义和后现代主义色彩的中篇小说里，王蒙小说的色调从明媚的《青春万岁》的青春色，一下子转入了杂色马的灰色。王蒙将自己的迷茫通过曹千里这样一个化身表达出来，曹千里的迷茫其实是王蒙对现代性的迷茫，在小说里就是那匹毫无生气、毫无现代性的杂色老马。和枣红马相比，杂色老马就是一个无用和无能的象征，但枣红马迟早也会走到灰杂色老马的境地，小说里写道："皮鞭再乘上岁月，总有一天枣红马也会像这一匹灰杂色的老马一样，萧萧然，噩噩然，吉凶不避，宠辱不惊的吧？""所以，大家都说骑这一匹灰杂色的老马最安全。是啊，当它失去了一切的时候，它却得到了安全。而有了安全就会有一切，没有了安全一切就变成了零。"[11]

如果说枣红马是现代性的象征的话，那么灰杂色老马则有些反现代性，和现代性相比，这是一匹被时间遗弃了的老马，"瞧它这个样儿吧：灰中夹杂着白，甚至还有一点褐黑的杂色，无人修剪、因而过长而且蓬草般杂乱的鬃毛。磨烂了的、显出污黑的、令人厌恶的血迹和伤斑的脊梁。肚皮上的一道道丑陋的血管，臀部的深重、粗笨因而显得格外残酷的烙印……尤其是挂在柱子上的、属于它的那副肮脏、破烂、沾满了泥巴和枯草的鞍子——胡大呀，这难道能够叫作鞍子吗？"[12]

当王蒙呼唤"所有的日子都来吧"的时候，绝对没有想到"所有的日子"来了之后，曾经年轻的骏马会成为现在的模样，这是对现代性的一种解构，在《杂色》里，王蒙已经预感到"现代性"也会衰老，也会变得脆弱，也会变成时间的"过去时"。到了他的长篇小说《活动变人形》，王蒙在《杂色》里的困惑，由情绪的意识流和语言的延展再生慢慢转化为一种写实性的理性呈现。

《活动变人形》是迄今为止王蒙被文学界评价最高的作品，作品的丰富和尖锐以及深厚超过同时代的很多小说，迄今为止还是王蒙创作的塔尖。《活动变人形》的含义丰厚，一般人读到的时候，往往或掩卷而思，但不同人会得出不同的感受，同一个人在不同时期也会有不一样的感受。最早出版的人民文学出版社的内容简介认为全书的主题是反封建的，"可以看到死去的时代和它投射给我们的长长的阴影。"[13]"阴影"一词用来形容全书的内容，是很准确的，但这个阴影不只是旧家庭、旧文化的投射，也有倪吾诚这样文明人的投射。

对于《活动变人形》，王蒙有两句自我阐释的话值得注意。一是王蒙自己说《活动变人形》是他"写得最痛苦的作品"[14]，痛苦的缘由，在于他清醒地意识到笔下人物对自身的创伤犹未忘却，而小说呈现本身，就像揭伤痕一样疼痛。《活动变人形》某种意义上也是一种伤痕文学，揭伤痕的过程就是他心灵的煎熬。

他写了家庭不光彩的历史，写了父辈们不堪回首的苦难人生。更因为他自己陷入精神的困惑，即便是"文革"期间，王蒙也没有如此的痛苦，其间写作《这边风景》的时候，可以感受到他内心的等待和期望，而在《活动变人形》中他的解剖刀刀刃向内，面对自己亲人的狗血史，他的焦虑只能用平静的写实手法来展示，而不能像《杂色》那样语流迸发，嬉笑怒骂。

二是他说，在写作《活动变人形》之前，他一直受到俄苏文学的影响，直到写作《活动变人形》时才告别了苏联文学[15]。告别一词，说明王蒙已经意识到苏联文学对他根深蒂固的影响，事实上，在《活动变人形》之后，王蒙还是时不时地会回到他熟悉的俄苏文学的腔调上去，比如《春堤六桥》《女神》，而《活动变人形》的写作思路并没有延续下去，直至《笑的风》才又隐隐地有些续上，但其"痛苦"的烈度则远远无法和《活动变人形》相比。

那么《活动变人形》告别的是什么呢？或者说王蒙为什么告别苏联文学？告别苏联文学的什么？这是一个比较复杂的问题，苏联文学的内涵很丰富很复杂，如果再涉及苏俄文学那就更加复杂。那么我们从王蒙自己的表述来看，他受到苏联文学影响最大的作家是法捷耶夫，影响最大的作品是《青年近卫军》，他2023年6月13日与笔者对话中说道，"小说（指《青年近卫军》）是我最尊敬最热爱的法捷耶夫写的"[16]。

法捷耶夫是王蒙的偶像，《青春万岁》也是从《青年近卫军》中汲取了营养。而法捷耶夫作为"铁的人物和血的战斗"[17]的作家，是苏联文学的标志性人物，也是斯大林最欣赏的作家，是光明和理想的化身。王蒙在他身上，学到的更多是光明和理想的精神力量，"知识无限进步、社会和改良无限发展"，但社会实践和文学实践让王蒙认识到"无限进步"和"无限发展"其实是很艰难的，苏联文学那种光明的下面也有阴影，有时貌似前进其实却是退步，费厄泼赖固然优雅，但落水狗咸鱼翻身，更为可怕，在《活动变人形》里他表达了冷峻的思考。

《活动变人形》里塑造了三个重要人物，倪吾诚，静宜，静珍。这三个人物背后的思想逻辑仔细分析，会发现现代性在中国的境遇如此孤立且单薄，而貌似僵尸的封建危害和前现代文明是如此的坚硬，因而倪吾诚的软弱出自自身性格外，环境的坚硬和生态的恶劣，也将让他无法拥有力量。

倪吾诚的形象可以说是现代性的化身，科学、民主、自由、启蒙、卫生、运动这些摩登元素他全部拥有，在小说里，他可以说是一个文明人的化身，在海外喝过洋墨水，吃西餐，喝咖啡，爱游泳，浑身散发着文明人的气息。作为一个从乡村文化浸泡出来的逆子，他要叛变自己的文化血脉，要改变家族文化投给他的阴影。他首先在家里采取西化，推广西方生活方式，比如，每天要刷牙，一天三次，还要用好牙膏好牙刷，每天要洗澡，一天最好两次，不要随地吐痰，等等。这些虽然没有错，我们今天建设文明村镇、文明街道的村民公约里都有这些条款，但是静宜说，钱呢？倪吾诚只能哑口无言，在挣钱方面他是一个语言的巨人，行动的矮子，他的那些钱维持不了这样"文明"的家庭生活，于是冲突不可避免。最初的冲突是因为倪吾诚看到岳母姜赵氏随地吐痰，委婉地告诉妻子静宜，而静宜又告诉自己的母亲，一场"战斗"由此开始，愈演愈烈，最后总是以倪吾诚的落荒而逃暂告一段落。

倪吾诚想在家庭里推广现代性，但遭到无情的绞杀，他又开始在家庭外搞婚外恋，追求他心目中的爱情，并企图和静宜离婚，这就遭到更大范围的阻击和攻击。倪吾诚现代性外衣下面藏着自我中心主义和极端的个人主义，他不顾别人的死活，有钱就结交名流，胡吃海花，依然像个绅士和贵族，没钱的时候就四处借贷，近乎乞讨。这种不负责任又柔弱无能的男人，被姜家的女人唾弃和辱骂，也是自然而然的。倪吾诚无疑是一个失败者，他的失败除了个人的柔弱、无能、自私外，还在于他身上的现代性自身的弊端造成的。

倪吾诚为什么会失败？我们要从倪吾诚的"对手"来研究。倪吾诚的对手来自家庭内部，他的妻子静宜，他的大姨子静珍和他的岳母姜赵氏这三个人结成的联盟，像蜘蛛网罩住了倪吾诚这只嗡嗡乱叫的蚊子，一点也动弹不得。三比一，不仅是人数上的优势，还是"底蕴"上的优势，这"底蕴"正是被倪吾诚瞧不起的封建传统文化。

这张网是如何织造出来的？首先是静宜，静宜是倪吾诚的妻子，倪藻和倪萍的母亲，在这个家庭里她是中轴。静宜并不是一个封建女性，她接受过现代教育，也可以说是"新的女性"，但她与倪吾诚没有爱情，他们的婚姻是封建包办的，可以说，她是一个"解放脚"的女性。静宜接受现代教育，但根深蒂固的封建礼教和家族的血缘政治浸润，不可能让她成为一个新的女性。静宜的命运被安排在前现代与现代性的夹缝中，因为受过现代教育，她不会嫁鸡随鸡嫁狗随狗，她有自己的尊严，她对丈夫的要求不仅仅是依赖和服从。她清醒地意识到倪吾诚这样不靠谱的丈夫，必须对他加以管理和束缚，要不会家破人亡。但静宜的家庭又是一个封建性王国，她的母亲是个贞女，她的姐姐静珍也是一个贞女。她和她们的结盟是天然的，不仅仅是血缘的一致，而是思想价值观的共同体。她们对待倪吾诚的不靠谱采取的一些战法，是非常粗俗和野蛮的，首先是骂，然后是打，最后就是驱逐。表面上看是倪吾诚落荒而逃，实际上是静宜、静珍的驱逐造成的。静宜的悲剧在于和姐姐、母亲捆绑在一起，她的家其实不是倪吾诚和她的家，而是倪吾诚、静宜、静珍和姜赵氏四人共同的家，在这个家中，静宜和倪吾诚都只有四分之一的"股份"，她并不能真正控制家庭的大权，她也是被支配的。小说写倪吾诚和静宜的和好，造成了静珍和母亲的不适和不快，静宜反而感到失去了归宿感。倪吾诚要改造静宜，静宜对倪吾诚的要求则是"钱呢钱呢钱呢"，更显得倪吾诚的空谈和不切实际。

静珍是《活动变人形》里一个最鄙视现代性的人物，或者说是现代性最不齿的受害者。她无疑是封建礼教的牺牲品，也成了封建礼教的殉葬品。她和丈夫结婚不到一年，丈夫就去世了。之后，她就像她母亲一样开始守寡，她不叫守寡叫"守志"。长期的压抑造成了她的精神变态，小说写她每天的"早课"，她化妆的同时，对着镜子里的自己进行交谈、交锋直至谩骂。当倪吾诚很认真地劝她改嫁时，她受到了极大的侮辱，"她更加厌恶倪吾诚，轻视倪吾诚，视倪吾诚为异兽、为疯子——要不怎么能说出那种没用没趣没人性的话来?"[18]注意这里的"没用""没趣""没人性"三个词，因为在倪吾诚看来，守寡才是没用没趣，更是没人性的事情。鲁迅先生当年视封建礼教为"吃人"，也是指灭绝人性方面而言，改嫁本身正是尊重人性释放人性的一种方式，但静珍则认为是没人性的举动。可见对人性的理解反差如此之大，可见倪吾诚与静宜、静珍"启蒙"的难度之大，双方的冲突也是水火不容。静珍形象的深刻意义在于，她显然被封建礼教"吃"了，这已经很可怕。更可怕的是她还要"吃人"，小说里写到她对倪吾诚和静宜短暂和好的"醋意"和"仇视"，几乎露出了她吃人的獠牙来。小说里写到她将一盆绿豆汤泼向倪吾诚的时候，恶魔的形象已经暴露无遗。

《活动变人形》给人印象最深的就是骂的描写，各种骂法，各种骂词，俗的、脏的、恶的，人间的，地狱的，诅咒，谩骂，对骂，等等，可以说是骂文化的大全。鲁迅曾经说"谩骂和恐吓绝不是战斗"，但《活动变人形》的"战斗"则是全靠骂进行，倪吾诚在"骂声"中艰难生存，他的那套费厄泼赖文化在骂文化中毫无还手之力。小说中骂得最精彩最深刻的则是静珍，她一出场的仪式就骂得惊天动地，变态的静珍变态的骂，曾经是中国乡村文化流行多时的民间文化，而在骂声中长大的倪藻、倪萍与母亲和姨妈站在一起憎恨父亲，这种家庭氛围给孩子们留下了阴影，倪萍的神经质疾患与恶骂的环境不无联系。《活动变人形》的年代已经过去多年，时至今日，科技文明的高度发达，理应会推动全民文化素质的提高，但"骂文化"并没有因为网络这一现代文明的出现消失或萎缩，反而因为网络传播的速度让"骂文化"的无障碍传播发酵膨胀，这些年令人痛心的网络暴力造成的悲剧不胜枚举，而那些骂者一脸正义相、一脸无辜相，永远以胜利者自居。如果静珍能够活到今天，一定是网上的超级"大V"，她骂人的技艺一定在网上所向披靡、寸草不生。

小说写到，尽管静珍、静宜的骂术高超近乎无敌，但当倪吾诚采取下三烂的战法时，静宜和静珍只能落荒而逃，小说写到倪吾诚的一次"胜利"是他在家庭恶战中，有一次采用了孟官屯一陶村一带男人对付女人的撒手锏，大吼一声，我要脱裤子了。三个女人溃败而逃，而倪吾诚感到了野蛮的快意。这意味深长的描写，不仅是对倪吾诚作为一个启蒙者的嘲讽，也是对静宜、静珍和姜赵氏"守志派"的嘲讽，你们对倪吾诚以恶待之，倪吾诚对你们则以邪待之，邪压制了恶。摩登人倪吾诚的撒手锏并不是他的发明，而是静宜、静珍武器库里经常使用的常规武器而已。脱裤子的举动不仅不文明，也有伤风化。倪吾诚的启蒙最后以如此下三烂的手段收场，不是悲剧，不是喜剧，而是闹剧。呜呼！现代乎？传统乎？

鲁迅在《故乡》里曾经写过闰土的麻木，也写过豆腐西施杨二嫂子的势利，豆腐西施的身上也可看见静宜、静珍的影子，鲁迅没有写"我"如果对闰土、豆腐西施进行启蒙得到的结果，但在《阿Q正传》里假洋鬼子的下场，基本可以想象这种启蒙的悲喜剧。倪吾诚最终作为一个"战败者"，固然有其性格的原因，但他膜拜的现代性天然的缺陷和致命的硬伤，才是他导致失败命运的根本原因。

倪吾诚的"现代"在与静宜、静珍的"封建"交锋中遍体鳞伤、体无完肤，儿子倪藻目睹了"两派"的交战过程，当他多年之后以审父的视角来重叙这一往事和"伤痕"时，内心惨痛而不堪回首。小说借倪藻的口吻，表达王蒙的困惑和迷茫。倪藻清楚地记得父亲送他的一本日本的画书，叫《活动变人形》，他意识到，人是由各种元素组成的，"戴帽子或者不戴帽子或者戴与不戴头巾之类的玩意儿的脑袋，穿着衣服的身子，第三就是穿裤子或穿裙子的以及穿靴子或者鞋或者木屐的腿脚。而这三部分是活动可变的。比如一个戴着斗笠的女孩儿，她的身体可以是穿西服的胖子，也可以是穿和服的瘦子，也可以是穿皮夹克的侧扭身子"，"然后是腿，可以穿灯笼裤，可以是长袍的下半截，可以是半截裤腿，露着小腿和脚丫子，也可以穿着大草鞋。这样，同一个脑袋可以变成许多人。同一个身子也可以具有好多样脑袋和好多样腿。原来人的千变万化多种多样就是这样发生的。只是有的三样放在一起很和谐，有的三样放在一起有点生硬，有点不合模子。"[19]

王蒙在《活动变人形》里发现，曾经被一些人神化了的现代性竟然是那么的脆弱，乡村普通家庭妇女的前现代小伎俩如此坚硬乃至坚不可摧，是摩登人士难以想象的。许子东在进入新世纪后重读《活动变人形》时就有过这样的判断："通观整部长篇，谁都有错，谁都可怜，谁都不幸，谁都是悲剧人物——除了倪藻（及叙述主体）之外。"[20]但与之相对，王蒙本人则将倪藻（也包括小说的叙述主体）纳入批判对象范畴当中："然而我毕竟审判了国人，父辈，故乡，我家和我自己。我告诉了你们，普普通通的人可以互相隔膜到什么程度，误解到什么程度，忌恨到什么程度，相互伤害和碾压到什么程度。我起诉了每一个人，你们是多么丑恶，多么罪孽，多么愚蠢，多么不幸，多么令人悲伤！我最后宣布赦免了他们，并且为他们大哭一场。"[21]许子东与王蒙所表现出来的两种截然相反的观点，也映照出王蒙在写作《活动变人形》过程中异常纠葛的心理动态。

在这场带有王蒙身世的家庭悲剧、喜剧、闹剧中，王蒙用了"起诉""审判""赦免"来陈述他复杂的心情，这是一部杂色的小说。农耕文明、现代文明诸多的色彩混杂一起，启蒙与被启蒙，起诉与被起诉，赦免与被赦免，身份的置换与颠倒，真正的活动变人形。

## 《笑的风》：爱情现代性的祛魅

恩格斯在《家庭、私有制和国家的起源》中说过："只有以爱情为基础的婚姻才是合乎道德的。"[22]这成为人们追求爱情的最充足的理由，也成为人们废弃那些爱情含金量不高婚姻的撒手铜。

现代性在中国日常生活中，最早体现的就是恋爱自由和婚姻自由。而婚恋的主题也一直是作家热心读者关心的母题，从丁玲《莎菲女士的日记》到张洁的《爱，是不能忘记的》，从鲁迅的《伤逝》到王蒙的《活动变人形》都通过婚恋这样的题材来表现现代性与中国土壤交融的艰难与困顿。新中国成立以后，颁布的第一部法律就是《婚姻法》，结婚自由，离婚自由。20世纪40年代，延安时期的作家一般看来是被现代性绝缘，丁玲和王实味的被批判，在于他们的小资情绪。但赵树理的小说《小二黑结婚》就是倡导自由恋爱、反对包办婚姻，以小二黑、小芹为代表的农村青年战胜了以三仙姑为代表的封建势力，应该说，这是一场现代性的胜利。新时期以来，张洁曾以《爱，是不能忘记的》这个短篇激荡了多少人的心灵，刘心武的《爱情的位置》更是直截了当地表达这一理念。现在看上去，有点不可思议，但在当时却激起巨大的反响，让读者激动不已。

时过境迁，没有人会去为无爱的婚姻辩护了，但有爱的婚姻就幸福吗？没有爱情的婚姻是不道德的，也是不幸福的，有了爱情的婚姻就一定幸福吗？为了追求爱情而舍弃了原有婚姻的婚姻就一定道德吗？

这种思考性的反刍在鲁迅时代就开始呈现了，鲁迅的《娜拉走后怎样》便是对此的一种逆向思维，而他的短篇小说《伤逝》也是对爱情的深度思考，子君和涓生的爱情悲剧不在于没有爱情，而在于生存是第一位的。新时期以来张洁的《爱，是不能忘记的》曾经轰动文坛，在社会上产生了轰动效应。但事情过了多年之后，张洁自己觉得这篇小说有些幼稚，甚至不希望提及，而她长篇小说《无字》的出版，既是对《爱，是不能忘记的》解构，也是对爱情现代性的一种失望。

《活动变人形》写了无爱的婚姻导致的人生悲剧，但倪吾诚离婚后的后传没有写，读者和评论家也一直期待王蒙写出《活动变人形》的续篇来，但王蒙一直悬置在那里，没有动笔。毕竟家族的苦痛写一次就是揭一次伤疤，虽然《活动变人形》写完之后，伤口不见得愈合了，但再揭还是很疼痛的。时过 35 年之后，王蒙又写出了长篇小说《笑的风》，这部堪称《活动变人形》续篇的长篇小说，作家又一次去揭开那个婚姻和爱情的疮痍，不过这一次王蒙不再像写作《活动变人形》那么痛苦不堪了，他冷静地呈现了傅大成的婚恋悲剧之后，又通过爱情现代性神话的幻灭，对现代性祛魅。

《笑的风》写傅大成的两段婚姻，第一段婚姻是无爱的结合，第二段婚姻是爱情的结晶。但有爱与无爱的婚姻，最终都是解体。《笑的风》写年轻时的傅大成听到"笑的风"，终生难忘，写下美好的诗歌以怀念追思久久不能放下的银铃般的笑声，这个时候的傅大成的情绪颇像《爱，是不能忘记的》中的主人公，对爱情的向往让他激情澎湃，辗转反侧。现实却给了傅大成一段无爱的婚姻。

虽然无爱，婚后的生活并没有出现太多的困难，白甜美的能干和贴心，满足了傅大成生活的需求当然也有生理上的需求，傅大成短时间内平静了。当肉欲超过灵欲时，灵欲就暂时做了妥协，"他终于承认自己迷上了甜美，陷入了甜美，塌陷了自身，融化了自身，满意了自身，完整了也缺陷了自己，他的心流淌着糖汁也流出了血。"[23]但傅大成却从婚姻生活中感受不到爱情的存在，他心有不甘，这对他来说，是一个巨大的不能容忍的缺失。到了改革开放之后，傅大成认识了女作家杜小鹃，和杜小鹃的情投意合，让傅大成下决心和白甜美离婚，告别无爱的婚姻。和倪吾诚的离婚一样，傅大成的离婚也是经历千难万险，以致在法庭宣布离婚的那一刻，白甜美以死相抗，直接用脑袋撞击桌角，幸亏有人阻拦救助，才免得一次悲剧发生。

傅大成告别了无爱的父母包办的婚姻，和杜小鹃的婚后生活短时间内也是幸福满满了，但随着时间的推移，两人爱情的保鲜期过了之后，面对日常生活的琐碎和平庸，爱情的魅力不再新鲜如初，两人的灵肉交融变得平淡乃至冷淡，随着杜小鹃的出国，当年那场轰轰烈烈的爱情烈火归于平淡，渐渐化为灰烬，最终还是以离婚告终。

我们没有读到《活动变人形》里倪吾诚离婚后的生活状况，应该说傅大成和杜小鹃的结合可谓爱情现代性的结晶，是灵肉无缝对接的范本，但两人还是不能白头到老，是不是爱情欺骗了傅大成？

傅大成和杜小鹃代表的是某种现代性，而白甜美代表的则是某种乡土文明，与静宜的价值观应该是相同的，属于"前现代"，穿行在现代文明和前现代文明之间的傅大成在饱尝爱情的悲欢离合之后，选择和判断愈发彷徨。这就是傅大成老觉得普希金的诗歌"假如生活欺骗了你"非常吻合自己的心境的原因所在。傅大成的被欺骗感来自何处？这要从傅大成的理想主义说起，作为接受过现代性启蒙的傅大成，傅大成想象中的理想生活是预设好的，就像傅大成想象有一个理想的婚姻和理想的爱情一样，这就是幸福的实现。但生活的轨迹没有按照这个蓝图去实施，傅大成的精神上有了被捉弄的感觉，觉得生活在欺骗他，用句现在很流行的话说，就是理想很丰满，现实很骨感。因为现实和理想的蓝图是不一样的。

现代性显然是一种理想的生活方式，觉得生活应该是这样的，不应该是那样的。傅大成无疑是带着理想主义的目标去选择婚姻的，但是父母包办的婚姻不是理想主义的，而是从生活实际出发（在傅大成看来这无疑是一种庸俗），父母为傅大成娶了白甜美，所以理想主义的傅大成有挫败感，觉得生活"不真实"，觉得生活太庸俗，这就是现代性造成的焦虑。如果王蒙只是写傅大成的焦虑和痛苦，《笑的风》也只是《爱，是不能忘记的》的翻版。但王蒙的伟大之处不在于写出了傅大成的没有自由恋爱婚姻这种挫败感，更重要的是写出傅大成在按照自己的理想蓝图和杜小鹃结合美满姻缘之后，他反而滋生出另一种被欺骗的挫败感。他和杜小鹃在希腊的旅游小岛上的对话，写出现代性的幻灭感。在希腊圣托里尼岛的小镇上，傅大成和杜小鹃关于自由、孤独、幸福的对话，其实是对现代性的一种追问。

> 他们边讨论边叹息了很久，他们的共识是，人不可以活得过分幸福，过分幸福的人不可能成才，不可能有内涵，不可能坚毅与淳厚，不可能有生活与奋斗的意愿乐趣，他们还分析，绝对的自由的代价往往是绝对的孤独。[24]

个性、自由和幸福，这是现代性的重要基石，也是傅大成理想世界的支柱。但他在获得了梦寐以求的自由和幸福之后，却对绝对的自由和幸福产生了怀疑。傅大成与杜小鹃离婚以后，更加产生了"被欺骗"的感觉，因为他追求的理想在实现之后，反而觉得更加的失落，更加的失重，傅大成的理想生活实现之后，最终是和自己的"理想"切割了，他和杜小鹃的分手，也是他现代性梦想的破灭，他又一次觉得被生活捉弄了，不是说好的"理想"吗？怎么如此脆弱呢？所以又回到了白甜美的"身边"，甚至要为她建立"婚姻博物馆"，完成她生前的设想。人生是如此的吊诡，爱是自由的还是孤独的？

现象学认为生活本身不带有某种固定的本质，本质都是我们加上去，对生活提炼的过程，而我们之所以觉得被生活欺骗了，或者被人生欺骗了，其实在于我们对生活一个理想的目标，或者本质的认可，在现象学看来，生活的本质全是源于我们的理念。生活是混沌的，生活不会欺骗谁或者厚爱谁。

但是生活的模样不是按照预设的方式存在，当我们的人生模样没有达到这种预设，就会产生一种落差——假如生活欺骗你。其实，生活没有欺骗任何人，生活的模样不是我们的意愿随意设定和更改的，一种理想的生活模式作家可以去追求，但追求的过程往往比实现的时候更有价值和意义。何况傅大成在"理想"实现之后，在与杜小鹃的幸福生活之后，傅大成又产生了新的"怨恨"，觉得生活还在"欺骗"他。对现代性的索求和追问成为小说潜在的思想之波。傅大成对生活的反刍，其实也是王蒙对现代性的反刍。不仅《笑的风》，他的其他作品如《奇葩奇葩处处哀》《女神》也在对女性命运描写时，提出了一些疑问，对女性命运反刍时，对现代性的爱情美好愿景作了某种消解。

这并不意味着王蒙对现代性的摒弃，反思现代性，反思现代婚恋，并不意味着对传统的无条件认同。在对待女性命运的关怀和悲悯，王蒙可能要比一些女权主义者还要深刻。小说的第二十五章"谁为这些无端被休的人妻洒泪立碑"体现了另一种现代性，他在小说中写道："一连几天他昼夜苦想，他越想越激动，近百年来，中国多少伟人名人天才智者仁人志士专家大师圣贤表率善人，对自己的原配夫人，都是先娶后休的。伟人益伟至伟，圣人益圣至圣，善者自善修善，高人本高更高，而被休弃的女人除了向隅而泣以外又有什么其他话可说？又能有什么选择？"[25]倪吾诚、傅大成无爱的婚姻是生活的欺骗，而静宜和白甜美的痛苦来自何处呢？她们是不是也被生活"欺骗"呢？现代性的要求是人人平等，人人个性解放，但现代性不会认可一个人的幸福建立在另一个人的痛苦之上，一群人的幸福也不能建立在另一群人痛苦的基础上。

从 18 世纪的启蒙运动开始，从伏尔泰、卢梭到萨特、海德格尔，他们强调个人的神圣性也好，主张世俗的合理性也好，现代性的问题是要解决人的幸福问题，而女性的幸福更是现代性持久关注的问题，爱情和婚恋又是女性幸福的关键问题，王蒙的《笑的风》从傅大成的现代性幻灭为现代性祛魅，由此去追溯女性的幸福与现代性的纠结，从而显出其博大的人文情怀。

爱，是不能忘记的，实现了的爱，或许会忘记得更快。

## 结语：现代性与现在

一百多年来中国文人志士对现代性的追求一直没有停止过，现代性的未完成的设计，也让现代性随时随地更新和变异，追寻和反刍便交织在一起。现代性的普世性与开放性让教条主义的照搬和克隆反而会让现代性失去生命力。王蒙不是一个教条主义者，他是一个实践家。历时70年之久，王蒙对现代性的追寻与反刍从未停止过，这也与现代性本身的特点有关，现代性的每个层面在自身的发展过程中，都遭到了反诘和批判。它既受到保守主义的攻击，也受到后现代主义的解构，可以说处于前后夹击的困境，但现代性并不因此而停止前行的脚步，现代性的意义就是前进，像倪吾诚游泳那样，不断地游向前去，才有希望。王蒙在《青春万岁》的序诗里写道：

> 所有的日子都去吧，都去吧，
> 在生活中我快乐地向前，

多沉重的担子，我不会发软，

多严峻的战斗，我不会丢脸；

有一天，擦完了枪，擦完了机器，擦完了汗，

我想念你们，招呼你们，

并且怀着骄傲，注视你们。[26]


70 年前的王蒙曾经呼唤"所有的日子都来吧"，也曾呼唤"所有的日子都去吧"。如今这些日子都来了，这些日子也都去了，现在依然会有很多的日子会来，也有很多的日子会去，王蒙还在擦枪，还在擦机器，他擦去电脑上的一丝尘埃，依然"怀着骄傲"，注视着我们，注视着你们，不停的现代性，不停的王蒙，他知道日子和时间就是现代性本身，现代性其实是现在。没有现在就没有现代性。

## 注　释：

[1]［德］尤尔根·哈贝马斯：《论现代性》，王岳川、尚水编：《后现代主义文化与美学》，北京大学出版社 1992 年版，第 10 页。

[2][5][7][26] 王蒙：《青春万岁》序诗，《王蒙文集》第 1 卷，人民文学出版社 2020 年版，第 1 页、第 1 页、第 1 页、第 1—2 页。

[3] 胡风：《欢乐颂》，《胡风全集》第 1 卷，湖北人民出版社 1999 年版，第 101 页。

[4] 汪民安：《现代性》，汪民安主编：《文化研究关键词》，江苏人民出版社 2020 年版，第 437 页。

[6] 王蒙：《青春万岁》，《王蒙文集》第 1 卷，人民文学出版社 2020

年版，第 3 页。

[8] 唐挚：《谈刘世吾的性格及其他》，《文艺学习》1957 年第 3 期。

[9] 徐迟：《现代化与现代派》，《外国文学研究》1982 年第 1 期。

[10] 王蒙：《论"费厄泼赖"应该实行》，《读书》1980 年第 1 期。

[11] [12] 王蒙：《杂色》，《王蒙文集》第 13 卷，人民文学出版社 2020 年版，第 165 页、第 164 页。

[13] 王蒙：《内容介绍》，《活动变人形》，人民文学出版社 1987 年版。

[14] 王蒙、王干：《〈活动变人形〉与长篇小说》，《王蒙王干对话录》，漓江出版社 1992 年版，第 230 页。

[15] 参见王蒙、王干：《〈活动变人形〉与长篇小说》，《王蒙王干对话录》，漓江出版社 1992 年版，第 233 页。

[16] 王蒙、王干：《现代性的爱与痛》，《当代》2023 年第 5 期。

[17] 鲁迅：《关于翻译的通信（并 J.K. 来信）》，《鲁迅全集》第 4 卷，人民文学出版社 2005 年版，第 394 页。

[18] [19] 王蒙：《活动变人形》，《王蒙文集》第 2 卷，人民文学出版社 2020 年版，第 131 页、第 172 页。

[20] 许子东：《重读〈活动变人形〉》，《当代作家评论》2004 年第 3 期。

[21] 王蒙：《大块文章》，《王蒙文集》第 47 卷，人民文学出版社 2020 年版，第 290 页。

[22] [德] 恩格斯：《家庭、私有制和国家的起源》，《马克思恩格斯选集》第 4 卷，人民出版社 1972 年版，第 78—79 页。

[23] [24] [25] 王蒙：《笑的风》，作家出版社 2020 年版，第 14 页、第 179 页、第 229—230 页。

# 附 "现代性"的"爱与痛"

王　蒙　王　干

时间：2023 年 6 月 13 日下午 4 时—6 时

地点：青岛，中国海洋大学作家楼 2 单元 302 室

## 一、现代性与青春

王干：我最近正在写一篇《王蒙的"现代性"反刍》的文章，这一次来青岛参加您的系列学术活动，正好向您讨教一下。现代性是伴随"现代"一词产生的，而"现代"一词来源于英文modern，最早在中国被翻译成"摩登"，原意为现代的、新近的、时兴的。当然，也有人认为，中国"摩登"一词早就有了，源于佛经《楞严经》，无论当时翻译 modern 用的是音译，还是借用了佛经的已有词语，摩登都是一个外来词。

"摩登"一词是在民国时期火起来的，与卓别林的一部电影*Modern Times* 有关，这部电影被翻译为《摩登时代》，电影的传播力渐渐让"摩登"一词成为口语。但"摩登"一词随着社会的变化，原有的现代的含义慢慢被时髦、时兴的代替，尤其是"摩

登女郎"一词出现之后，已经不是原有的中性词，反而有些贬义的意味。

如果说现代（modern）和中国的"摩登"一词可以互换的话，那么"现代性"（modernity）是绝对不可以被翻译为"摩登性"的，因为"现代性"在现当代中国被赋予了先进、进步、文明、民主、自由、科学、现代化、全球化等诸多含义，其中，加之现代性本身被哈贝马斯称为"未完成的设计"，"现代性"的开放性空间与"摩登"的固化和狭小是不可同日而语的。现代性和现代化在中国是同等重要的概念，实现中国现代化不仅是物质层面的理想，而且是精神意义上的凤凰涅槃。从郭沫若的《凤凰涅槃》开始，中国的作家就希望中国在世界现代文明的进程中树立自己的形象，当然过程是极其艰难和艰辛的。

中国现代文学史与现代性是相伴相生的，一百年来中国作家对现代性的探索、追求和表现始终没有停止，现代性随着中国国情的变化和发展，也始终变换、更替着内涵，中国作家对现代性的表现也丰富多彩、起伏不定。现代文学史上，以鲁迅为代表的作家率先将现代性旗帜高举起来，留下了极其丰富的文学财富。当代文学史上，您也是现代性的一面旗帜，我们今天想谈一谈现代性的问题，特别就您小说里的一些内容来讨论一下。

**王蒙**：好的。"反刍"这个词用得好，比反思好，反思是一种反省，一种自我批评。反刍则是不断地咀嚼，不断思考，不断地总结研讨探求。反刍给人味觉感受，文学有很强的反刍性，同样也有梦幻和理想性。

王干：我最近的研究发现，70年来，您一直在追寻、表达一个主题，就是现代性。最早的《青春万岁》就是呼唤革命的现代性。《青春万岁》一开始，它就是一个关于时间的问题，这个很有意思，当时你说"所有的日子，所有的日子都来吧"，记得胡风在中华人民共和国成立的时候，写了一首著名的诗，叫《时间开始了》，他是说一个新的历史纪元开始了。你在呼唤所有的日子都来吧的时候，看得出来是一个青少年思维。如果是一个中年人思维，他不希望时间过得很快，如果是一个老年人思维，基本上希望时间再慢一点，最好能够倒流回去。时间在现代性里面是非常重要的概念，我认为现代性往深层次里面说，有一点进化论味道，而且是加速进化论。鲁迅最早就说自己是一个进化论者，后来慢慢转成了一个马克思主义者。现代性，认为过去的总不如未来的，旧的总不如新的，你这个呼唤所有的时间，所有的时间来的时候，其实根据你写《青春万岁》的时候，是呼唤一种革命，也就是你当时理解的现代性，是革命，革命是可以改变我们旧的生活，可以改变我们旧的面貌，可以把旧人变成新人。

王蒙：对于我，不是把现代翻译成了摩登，而是把摩登翻译成了现代，因为摩登是 modern，是现代一词的原文发音。还有摩登女郎在旧中国似乎不能说就是贬义，它有一种看西洋景的距离感、陌生感，也有艳羡感，还有一点老土的恐惧感。现代性呢，就是把"摩登"当作一个名词，现代化，是把它作为一个动词。因为这个是近代中国面临的最大的挑战。鸦片战争以后，中国完全按老一套生存方式、生产方式、生活方式、外交方式、治理方式，混不下去了，搞得很狼狈，很尴尬，甚至很危险。我们面临着中国要往哪里去怎么变化这么一个问题。在全世界都有这个问题，有些地方比中国还闹得厉害。俄罗斯也有现代化的问题，十月革命其实追求的也是埋葬旧俄，实现苏维埃式的现代化。非洲、拉丁美洲、印度的现代化课题，也非常的明显。

"所有的日子都来吧"那首诗，是讲我的写作心态，同时反映了那种青少年时代，具有一种希望日子过得越来越快、希望把整个的社会生活迅速往前推，加速旋转的心情。那个年代叫作要和时间赛跑啊。

后边我还说"所有的日子都去吧"，就是说该往前发展就往前发展，该告别就告别，然后欢呼更美好的、更进步的、更富裕的……一切更好的日子都在前面，一天一天都往更好的地方走。说这个是歌颂现代化也是合理的延伸性推论。

从全世界来说，对于现代性有各种各样的说法，西方马克思主义者对现代性有许多质疑与批评。他们说，有一些西方国家自称是发达国家，而把亚非拉的许多国家，包括中国在内称之为发展中国家，西方发达国家认为发展中国家要发达，他们暗示这种发展会按照他们的模式来改变一切。中国其实从清末，一些有见解的人士也都认为中国该往前走一走，比如我的老乡张之洞，他认为中学为体、西学为用，应该吸收各种技术、各种知识，所以洋务运动他还是很积极的，什么都可以学。当然也有的更激烈一些，白话文运动就大大超越了中学为体西学为用的观点，因为中国的封建精英主义和文言文是分不开的，封建精英主义是不能够向白话文投降的。

王干：所以现代文学的一个表现是白话文运动。这么说来，中国的现代性体现得很早，白话文运动是中国作家最早的一种现代性的表达，一个冲击，一个冲锋。白话文运动导致了新文化运动，最早严复翻译《天演论》的时候，在少数精英知识分子里产生了很大的作用。这是现代性正式进入中国，而《天演论》本身，说的就是进化的问题，是后浪推前浪、覆盖前浪的问题。

## 二、"现代"释放艺术个性

王蒙：西方的马克思主义者对现代性提出了很多怀疑，而且认为现代性的思想，发展的思想，全球化的思想，实际上会成为帝国主义、资本主义来使那些不发达的穷国家放弃自己的特色，放弃自己的身份，最后甚至会造成一种文化的认同危机和灾难。

王干：在中国，现代性往往容易和现代化混淆，有时现代性被现代化直接取代。

王蒙：这个是说起来有困难的地方。现在我国一般地谈社会发展的现代性和艺术文学的现代性，这是两个概念呢，它们不重合，而且相去甚远。咱们这儿提出现代化也很有意思。你们可得帮我查一查，就是"文革"当中开的一次人代会是哪一年？

王干：1975 年。

王蒙："文革"一开始，什么都停了，但是你不可能老停啊，1975 年就开了第四次人代会，周总理的政府工作报告提出四个现代化，四个现代化是现代工业、现代农业、现代科学技术、现代国防。没有现代文化，文化要不要现代化，这始终是一个有争论的问题。香港有人写文章说文化要现代化，但是也没有多少人响应。至于文学上的这个现代派和现代性，我觉得更不好拉在一块儿说。就在周总理的报告里头，提出四个现代化的同时，已经有人在我耳边吹这个风，说张春桥提出来，现代化就是西方化，在中国是绝对不允许的，是反动的，是要推翻共产党才能现代化的，这是张春桥的一种观点。

**王干：**刚才你说到那个周恩来的政府工作报告，最后提出四个现代化的目标，我当时上中学。但是说实话，我之前也没看到开过什么人代会，政府工作报告也没见过，但是我知道，听了这个工作报告，很多人很激动。当时我上高一，我听了以后反而有点失望。

为什么呢？因为之前我们看到的都是像张春桥的那个《论对资产阶级的全面专政》，都是那种宏大叙事，都有很强的精神煽动力，这个报告没有让我感到被煽动。但是看到当时有一些人比较激动，我不懂，1975 年，我 15 岁，我上高中，我说没看到什么让我们激动的地方。那也就是说像我们那个年代对现代化没有概念，只有革命和斗争。我小学是 66 年上的，76 年高中毕业，我们那个时候接受的教育基本上以阶级斗争为纲，没有这种现代化的概念，也没有搞经济工作的概念，当时能够提出现代化，这个里面，应该有很复杂的情况。

**王蒙：**但是你所说的《青春万岁》是追求革命的现代化。这是很重要的解读。我们的人民革命一个目标要反封建，这里有明确的追求现代性含义。另一个目标是反帝，这又有民族独立，强调本土化、中国化的含义。

**王干：**我们还是回到您的作品当中去。新时期的现代派的意识流，好像也和你有关。你说的你那篇最早的文章有意识流，是初中作文，是不是意识流看别人怎么看。你说过意识流等现代派的手段让文学更文学化，让它的语言更加灵动，更加自由，不要受约束，这个本身也是一种现代性。现代性是什么呢？它有一个很重要的特点，就是个人性。文学要更加文学，更要文学化，更自由灵动，那么就有个人性，所以这个个人性本身，它是现代性的一个很重要的特征，所以我觉得你当初在80年代的那些意识流的探索，其实它是你50年代革命性的一种重新的转换。50年代你可能要打倒的是"四旧"，即旧社会、旧风俗，旧人物、旧习惯，到了80年代以后，你文学上，你要改变的是旧文风、旧腔调、旧格式、旧语言，因为你那个时候的语言跟之前比起来也是一个全新的面貌，你强调这种语言的个人性，个人的创造性。

当然，从这个《活动变人形》开始，就对现代性产生怀疑、诘问。我再倒回来说，其实你从《青春万岁》到《组织部来了个年轻人》，就有了疑惑，那个时候不叫现代性，叫理想主义，我觉得应该把它归结到现代性里面来。林震、赵慧文他们这几个人物是从哪来的？从《青春万岁》杨蔷云他们蜕变过来的，杨蔷云是中学生，林震是师范生，是学校的老师，他到了组织部很不适应。说实话组织部还不是一个最社会化、最庸俗化的部门，但是他们受不了，为什么受不了呢？不革命啊，不够纯洁，有"事务主义"倾向，用契诃夫的话就是"有点庸俗"。林震、赵慧文的所有烦恼苦闷，就是看到组织部的工作、生活太平庸了，太不革命了，他们两个人也不能说，这个时候就开始怀疑现代性了，所以后来批判你是反官僚主义，我说这个是抬举王蒙，我们没有这么强的干预生活意识。

**王蒙：**这也是一说吧。

**王干：**有，因为这个现代性有一个很重要的人物叫罗曼·罗兰，他说他要跟一切庸俗的生活作斗争。契诃夫认为自己作品的主题就是反小市民气，现代性是不能容忍小市民气的，所以我觉得你的《组织部来了个年轻人》至少是写理想主义的破灭，写《青春万岁》那种热情的退潮。

**王蒙：**《组织部来了个年轻人》追求现代性不明显，他追求革命的浪漫主义。

**王干：**革命的浪漫主义就是一种现代性。但是到后来《活动变人形》的时候，这种浪漫主义、革命性没有了，对所谓的现代性开始有点怀疑了。现在回想一下，粉碎"四人帮"以后，很多作家都写伤痕文学，往狠里去揭伤疤、揭痛苦。你写的不是伤痕文学，你当时写的《最宝贵的》《悠悠寸草心》等是希望"修复"党群关系。这个不是说你这么多年没有伤痕，没有创伤记忆，肯定有。但是这个时候你认为你的思想，或者理想主义已经产生了一点点变化，所以这个变化就是当年你写的一篇叫《论"费厄泼赖"应该实行》的文章，说"费厄泼赖"应该实行，为什么呢？

伤痕文学其实还是继承了一个鲁迅的现代性，必须痛打落水狗，鲁迅先生的名篇《论"费厄泼赖"应该缓行》就是用彻底的革命性来推翻有些中庸的绅士风度，这在20世纪确实是阶级斗争的典范。80年代你的表现有些不同寻常，在文本内容上，你采取"费厄泼赖"的宽容精神，不去揭伤痕，不去痛打落水狗。但是你在艺术形式上，又是跟传统的艺术形式来了一个巨大的改变，在一些人看来，甚至有些离经叛道，比如当时你写的《春之声》，你写的《夜的眼》，你写的那个《海的梦》，写的《风筝飘带》，都是意识流非常强的新潮小说，被有些人批为"三无小说"（无主题、无情节、无人物），而另外一些年轻的作家和批评家则认为"小说出现了新写法"，为之雀跃，双方争论得很厉害，持续了很长时间，一直到90年代才平缓下来。记得你还写过一篇《来劲》的超短小说，纯粹的语言之流、意识之流、声音之流，或许是一种潜在的默默的应答吧。

**王蒙：**有些争论是盲目争论，文学的现代派一词对多数新中国的作家来说来自苏共日丹诺夫的著名大批判，他批判的对象是大音乐家萧斯塔阔维奇。

**王干：**这个时候，你对现代性是有所期待的，在艺术上对现代派也是敞开胸怀接纳的。我觉得你这个时候特别有意思，在理念上，在思想上，已经不是五四时期的革命思维了，但是在艺术形式上，又体现了你充分的现代性，充分的拿来主义，要搞艺术形式的探索，要搞艺术形式的革命。这种是很自觉的，不是受了西方现代派的影响，而是对世界文学的一种对接，我还想起了当时徐迟有一篇文章叫《文学与现代化》，引发了很大的争议。这个争论呢，它主要在理论界，但是作家里，主要是围绕高行健的《现代小说技巧初探》一书的议论。你是率先尝试这种现代派的创作，也是率先进入了这种实验派的创作，到了后来，有人认为你是先锋派的鼻祖，是最早的先锋派的，这个很有意思，到了这个 80 年代的时候，你对这种现代性没有放弃，因为"费厄泼赖"也是一种现代性，它是一种体育精神，就是公平竞争，宽容对方，就是尊重游戏规则，表现一种绅士风范。当时的很多作家，他们是要痛打落水狗的，要深挖，深批"四人帮"，到了 80 年代，1985 年以后，你好像思想上有一个变化，这个变化是《杂色》，它是 1984 年还是 1985 年写的？

王蒙：《活动变人形》之前写的。《杂色》在美国爱荷华写的，1980 年写的，《活动变人形》是 1984 年就开始写，1986 年才印出来。

## 三、现代性的痛

王蒙：以五四运动为代表，表现了对现代性的极度渴望和对前现代性的愤怒、痛心，所以不管是鲁迅还是巴金，他们提起中医来还是批判的，提起文言文来也是批判的，把汉字都要废掉。对前现代性的深恶痛绝，表现最明显的就是婚姻和恋爱方面，爱情和婚姻在巴金的作品里特别地鲜明，自由的爱情和婚姻带来的是幸福，包办的婚姻和爱情带来的是痛苦。但是从我的经验里，我认为包办的婚姻是不好的，妇女裹小脚也非常的不好，但是仅仅一个"自由"完全保证不来爱情的幸福，爱情与婚姻的不幸来源千头万绪，爱情与婚姻的幸福的根基，构建起来谈何容易！很多人的爱情都不是最幸福，还有一些人的爱情整个就是一个悲剧，你不能说这些都是社会制度造成的，社会制度不能保证每个人有幸福的爱情，制度好就爱得好，这是笑话。所以我的写作就回应我们的生活经验里头最突出的经验与体验。一个是《活动变人形》，你要求自由的爱情，好，原来的这一摊子你怎么办？后来我写到《笑的风》的时候，我甚至有一个很激烈的想法，我就是要为所有的被包办、被休掉、被离弃的一些现代妇女去修一个纪念碑。因为包办的婚姻是不好，但是这个不好变成了女方单独负责，男方因为进入社会生活很快，他又有独立的经济能力，所以他想要自由和幸福就必须抛弃这个女人，这个女人变成了封建包办婚姻的罪恶象征，也就成了包办婚姻的牺牲品，就是男人把这个包袱全扔给她了。对，这是必然的，你想一想咱们国家有多少人，至少有一名被休弃的原配女人。而这个女人到底犯了什么罪恶？这个女人到底带来的是什么？她们后来是怎么度过一生的？当然，我又同时同情那个被旧式包办婚姻害了一辈子，苦斗了一辈子，一无所得的男子。

**王干：**第三个高潮是粉碎"四人帮"以后，知青返城之后，叶辛写过《孽债》……所以你从《活动变人形》到《笑的风》就一直把女性的命运作为对现代性的一个表达……

**王蒙：**我本身是拥护现代性的，我经常说是五四运动激活了中国优秀传统文化。我希望中国越来越好，越来越现代，包括对全球化，真正做到人类命运的共同体，我也非常赞成。我要说的只不过是：现代性是要付出代价的，现代性可能是在进行的过程中，不见得每一件事都能直接获得幸福，人们获得的幸福也不是平均的。现代性的结果，在婚姻问题上，男人获得的幸福就比女人也许便捷些。所以这是一个很有趣的问题。为什么在你那里"摩登"变成了一个讽刺的词，就是大家看到了学习的现代性。并不是说一学习就达到幸福了，你摩登了半天，但是你本身思想意识是很落后的，各种观念是很落后的，科学知识是没有的，你学到的只是现代的几个名词，还不如不会呢。还有封建有封建的问题，摩登有摩登的麻烦和恶劣。我母亲呢，对现代性有一个反应，她说如果我呀，没有任何新的思想，也不知道任何新的观念，我生活会很幸福，离婚的痛苦很快就过去了，问题在于我又知道了新的东西，但这个新东西对我又没有帮助，你说我能干什么？小时候我这里脚已经裹了三年了，后来知道不裹脚但是已经不行了，赶紧把脚放开，这脚已经畸形……

**王干：**解放脚。

**王蒙：**所以她（王蒙母亲——王干注）回头就问，如果我是宋庆龄，谢冰心，我就坚决拥护现代化。我当时心里就想，我的娘啊，您比谁不行，您非得往那比？但是回过头来我又想，我有什么资格不允许她想当宋庆龄和谢冰心？她就应该想自个儿是低等的妇女，是下等的妇女？她是封建社会搞出来为封建社会殉葬的人，就应该倒霉，就不应该活着？我能给我那亲娘提这么一个要求吗？所以我给冯立三编的书写稿，他非让写母爱，我又不愿写，我没法写，我写母爱非常的痛苦，我的题目就是《谁知道自己母亲的痛苦》。就我们这一代人的上一代人太痛苦了。

**王干：**我们不知不觉就聊到了《活动变人形》和《笑的风》，这个也是我从你作品里面看到现代性在中国的复杂性、艰难性，现代性的痛苦性。你看从《活动变人形》开始，这个倪吾诚痛苦，静宜、静珍也痛苦，静宜、静珍的母亲也痛苦。当然小说有你个人独特经历，但不是和小说完全一致的。

**王蒙：**我的父母他们俩办完离婚手续以后，我母亲没有什么表现，我父亲哭成了一个泪人。我父亲又追求现代性，又软弱无能，又不肯向现实低头，是完全丧失了现实感的一个人物，他考虑问题时从不考虑现实，我也不懂为什么。比如说有一年或者一年半他和我们失联了，我们家里人死活他也不知道，找不着他了，不知道他上哪去了，就失联，绝对的失联。

一年半以后，我父亲托人带来了很长的信，带来了巧克力糖，带来了这个西方的白雪公主和七个小矮人的商务印书馆出的玩具，他的信里说，你们从小要注意体育，另外就是要讲卫生，每天要洗澡，每天至少要洗一次澡，夏天最好洗两次澡。这个信我一念呢，我母亲除了痛骂他王八蛋、混蛋、是疯子以外，你说她能说什么？我们吃饭不吃饭你都不问，你也不管，要洗澡，40年代是敌伪时期，生活条件很差，你洗澡，你怎么洗呀？你拿什么洗呀，是不是？你拿水舀子洗啊，最多就是洗脸盆，天不太凉的时候，你晚上睡觉以前，你脱光了，或者穿一个裤衩，擦一擦，弄一弄什么，有时候把肥皂打上，再换一盆水，那就是很舍得花钱了，弄完了一盆热水，再加一盆热水，你哪有可能洗澡呢？所以《活动变人形》这个话剧真是非常成功，底下的人呢，那简直就说没见过这样的话语，没见过这样的人，又这么可信，又那么真实。

确实这些东西不是从观念出发的，我也不是围绕着一个现代性在那研究，这是我生活里边的一些实感。我写《活动变人形》，我从来没考虑现代性的问题，它是我童年时期非常痛苦的一种记忆，我早就想写，但当时我认为要写出来是不入流的。既不是这个雇农、贫农反对地主，也不是中华民族抗日，又不是推翻封建王朝，所以就什么都不是，我就一直没有写。到1984年我才想写这个东西，写完了以后我才知道，就是有些记忆在你的人生中挥之不去，你得好好把它写出来。怎么理解它，你慢慢地让人理解去，你用不着说，等理解清楚了再写。韩少功有句话倒是有意思，他就说想得清楚的就写论文，想不清楚的就写小说，这个有道理。

**王干：**你到了创作《活动变人形》的时候，我觉得这个时候你对现代性已经有自己的认识了，当时你自己曾经说，写《活动变人形》的时候，才告别苏联文学。也就是说你内心的价值观已经发生了位移。表面是个艺术形式的变化，实际上是这个价值体系都有所变化。《活动变人形》不是《春之声》那般欢天喜地欢迎春天的到来，渴望新的生活开始，而是写了一个"文明人"的悲剧。这个悲剧其实就写了一个前现代性打败现代性的故事，"文明人"倪吾诚留过学，他懂外语，他讲卫生，很文明，爱游泳，他身上体现的"个性"都是我们现代性所必须具有的要素，他满怀希望去改造他的现实生活，但他的极端自私，个人主义正是现代性的标配，他的脱离实际，以及不负责任，在现实面前碰得一鼻子灰。静宜、静珍的那一套很土鳖，有时候甚至下贱恶毒，有点不堪入目，但却是倪吾诚的天敌，倪吾诚的无能、软弱被击溃得一塌糊涂。

倪吾诚这个现代性的人，是和现代性的三个基本原则吻合的。现代性就是强调人是万物之灵，第二个强调个人大于集体，第三个就是要用那个世俗生活来取代神权。倪吾诚留学德国，学的又是哲学，所以他实践这种现代性。

**王蒙**：我们说的现代化，不是按这个定义，中国指的恰恰是现代工业、现代农业、现代科学技术、现代国防。在习近平总书记这儿，他又还提出了现代化的治理，就包括社会管理和国家治理也要现代化，在咱们这儿呢，不能提倡个人大于集体，对吧？

**王干**：刚才我为什么要说到这个呢？就你说到倪吾诚，傅大成他们就是个人，他们不管静宜的死活，不管这个白甜美的死活，为什么会造成这种悲剧？他就是个人主义。极端的个人主义，极端的利己主义，但是他这个也是现代性。

**王蒙**：跟封建比是这样，因为在过去，你的婚姻是父母之命媒妁之言，所以他根本没有权利自己追求爱情，追求自己的婚姻。追求爱情属于另外的事情。

**王干**：我觉得你从《活动变人形》到《笑的风》完成了爱情婚姻现代性的一个梳理，而且写出了爱情跟婚姻的复杂性，它不是说有爱情就幸福，并不是你离开了包办婚姻，你去找自由恋爱，找个对象你就幸福，你就自由了。

**王蒙：**你离开了包办婚姻，你在社会上乱找，你自己又没有一技之长，你如果是一个各方面都很有成就的人，那还好说。你能找着什么人呢？天知道你能找着什么人。

**王干：**80年代初期，你那个时候信心十足。现在有一句话叫理想很丰满，现实很骨感，就是写这种现实和这个理想的碰撞，到了《活动变人形》，一般都说你在"审父"，我觉得它是一个现代性在中国碰壁的故事，现代性怎么被前现代性打败的故事。我觉得《活动变人形》是思想上的一个非常重要的作品，表现的思想也是到现在为止能够把中国的社会现实、文化现实、心理现实表现得很充分的一部长篇小说。后来到了《笑的风》的时候，你的思考更加深入了，当时你那个《笑的风》没写倪吾诚后来的婚姻生活，但是傅大成的后来加引号的"幸福生活"你写了，写的那个叫杜小娟。他跟杜小娟没有结婚前很幸福，幸福得天下没有这么幸福的人，但是进入日常生活之后，他的幸福度在不断地降低，到最后好像枯燥了。按照现代爱情观婚姻观的理解，恩格斯有句话说"没有爱情的婚姻是不道德的"，傅大成跟白甜美的婚姻是不道德的，所以他们最后要破灭、要离婚，但是傅大成和杜小鹃的婚姻不但道德，而且充满爱情，充满理想，充满幸福。但是……

**王蒙：**还有现实，还有人生的各种现实啊。

**王干：**但是，最后，他们的婚姻也破灭了。

## 四、脆弱与坚硬

**王蒙**：还有就是像《笑的风》里这样的故事，不是我虚构和想象的，是有原型的。这是我的生活的实感，说我"三亲"呢，亲历、亲见、亲闻呢，我虽然不是亲历，但是这个太熟悉了，等于和亲自经历的情况一样。爱情怎么会是社会制度决定一切呢，是不是？如果说爱情呢，唐明皇和杨贵妃这个爱情也很动人的呀，大家都是同情啊，跟社会制度也没有关系。

**王干**：跟专制民主也没有关系啊。

**王蒙**：国外对于这个现代性的怀疑也非常多。我觉得这些都不一定适合你写。在这一点上我跟你说的又有一点差距，你说世俗，现代性比中世纪、比这个文艺复兴以前是更世俗化，而不是更理念化，更不是更神权化，这是非常重大的一个分歧。承认世俗生活，承认一个人有食色之性，承认一个生产和劳动比什么都靠前的事实，你要研究社会，先研究它的生产力和生产关系，这都是世俗化的要求。

**王干**：所以我昨天在路上讲到了，赵树理写《小二黑结婚》，歌颂呼唤爱情与自由恋爱，反对封建式的包办婚姻，男女主人公有情人终成眷属，是篇喜剧小说。赵树理如果再写小二黑结婚之后的故事，那就很有意思，他们是自由恋爱的，抵抗了以三仙姑为代表的前现代的包办婚姻。当时赵树理是为了宣传《新婚姻法》。

**王蒙**：当时这个婚姻法是非常的具有革命性的，因为它基本上贯彻了自由结婚与自由离婚，这不得了，当时是 50 年代，比某些宗教教规已经进步多了呀。新中国的第一部法律就是婚姻法，说明政府对百姓的关注很实在。

王干：从《活动变人形》到《笑的风》就很有趣。我知道这些年来，你一直在思考一个问题，因为你把中国的社会跟你个人的命运，还有各种各样的事件，联系起来思考。当时我读《活动变人形》，还没有看出现代性的反刍来，只能看出当时的这个西方文化跟东方文化的冲突，不是一个简单的西方文化跟中国文化的冲突，而是写出了冲突的艰难与长久，尤其写出倪吾诚这样华而不实的知识分子的脆弱，还有静宜、静珍这种貌似封建余毒的坚硬甚至强大。刚才你讲的你母亲她也接受了现代性，我觉得很有意思，一个接受了现代性的人，她为什么不能成宋庆龄？为什么不能成谢冰心？她控诉现代性，控诉她的痛苦，她比没有接受现代性要痛苦多了。比如她是一个农村妇女，她不懂，在中国古代，休了就休了嘛，你有什么权利反抗。因为有现代性所以她痛苦，她就要斗争到底。

王蒙：她要把这个视为死敌。

王干：所以昨天我跟你说到是倪吾诚的现代性，最后在他身上完成的是游泳，特别有意思，这个现代性最后在他身上其实是实现了。中国古代农耕社会是没人游泳的，"游泳"这个词是很现代性的称呼，以前就叫洗澡。你看昨天你还讲嘛，游泳的都是土匪，浪里白条……

王蒙：游泳这个词都是现代的，我们过去管它叫凫水，或者叫洗海澡，游泳场叫浴场，我们现在都叫浴场啊，其实它不是浴场啊。

王干：昨天在车上跟你说到那个倪吾诚很有意思，现代性最后的体现就是游泳，他成功了，他这个游泳游得很好，游的姿势也很漂亮，小说的最后是往深处游……

## 五、时间与爱情

王干：现代性确实是一个很复杂的概念，很多人在研究，现代性的外延也在延伸。这些年我研究你的作品，终于发现有一个主线，就是现代性的反刍。这个脉络，贯穿了你 70 年文学创作的始终。你用你的文学实践，你用你的这种精神追求，在探索，同时也在思考，中国人的现代性，社会的现代性，包括文学的现代性。现代性问题我们谈得比较充分。我之前跟你对话的时候曾经说过，你作品中的 80 年代女性形象很少。除了静珍、静宜以外，还有那个海云，基本上很少涉及女性形象，男性知识分子，男性干部形象占据主位。最近这十几年，你小说中的女性形象比较多。《笑的风》里面一下子两个，白甜美和杜小鹃，你现在是一下子写那么多女性，这跟你前 30 年、前 40 年，甚至前 50 年都不一样，所以我就很关注为什么年轻时候写赵慧文，但不是主人公，女性形象基本都是配角或者不重要的角色。当然，回头看，你《青春万岁》写的一群女中学生，我觉得你现在又回过去了，又写一群女性。到底是一个什么想法让你对这些各色各样的女性产生了兴趣，你近年来笔下的女性形象很丰富，各色各样的，有知识分子，有农民，有记者，有企业家，有女干部，还有女作家。为什么这一二十年来，你对女性这个形象会这么感兴趣？还有时间的问题，就是在你的作品里，时间越来越成为主角了，最初的《青春万岁》，说的是时间问题，青春是瞬间，又是永恒，所以万岁。近来的一些小说，在时间的叙述上更是花样不断，像个万花筒似的。比如《从前的初恋》，是从前，又是初恋，是怀念，也是当下。

**王蒙：**我是觉得人们对时间的感觉，它是随时在变化的，因为他本身的年龄无一刻不增长，没有停止的时候。我不是说过吗，1958 年我才 24 岁，那时候读到毛主席的《回韶山》，"别梦依稀咒逝川，故园三十二年前"当时我一听，毛主席回忆的是 32 年前，我总共到现在刚好 24 年，还差几天，不满 24 年，这怎么与 32 年相比，回忆起来这人生该是如何感慨呀，又可能是何等的伤感呢！到现在自己又这么大了，这么老了，这是什么样的心情？可是后来我写起小说了，这完全不是有意识的。我就充分运用了时间所带来的命运的变化，时间所带来的情感反应的发展和变化，时间所带来的戏剧性来写小说。比如说你原来是一个非常自高自大的人，中间碰到了各种事儿以后，你起码表面上不那么自高自大了，或者原来你追求的是最高的幸福，结果你追求最高幸福的结果比较狼狈，现在变得更现实了，更世俗化了。这都有可能，所以它也带来很多戏剧性。我写作有这么一个过程，就是到我 60 大几的时候啊，我的小说创作基本上停了一段，除了写什么孔孟老庄有关的以外呢，小说只剩下了《尴尬风流》，就是那种一大组一大组的微型小说。甚至有人认为我已经走向衰退阶段了。后来呢，慢慢地又有精神，而且写起来很有兴趣，中间还有几个，比如《仉仉》对我来说就很重要，《女神》对我来说也很重要，但是这些要是没有时间的拉长，是不可能构成的，就连此后那个《笑的风》里边的时间段也非常长，是从这个新中国成立一直到后来，那个《生死恋》也是这样，拉的时间也是非常长。我的这个时间的观念往往又和空间是分不开的。比如我到新疆去，到现在已经过了59年了。59年不是个短时间。这个时候，我把时间放到空间中去呈现，比如我写到新疆，比如说我写到南皮，河北省的南皮，就是写到《活动变人形》，它又是另外的空间，另外的心情、另外的想象、心情也不一样，我利用我的这个优势吧，我去过70多个国家和地区，所以我写西柏林不含糊，写伦敦也不含糊，写巴黎我也敢写。

**王干**：所以您的小说时间跟空间跨度非常大。

**王蒙**：而且我会联想，我去日本，回忆的都是童年。因为我整个小学阶段就是日伪统治阶段。我们那个时候到什么情况，北京我们住的一个胡同里头有那么四五家是日本的军官家属，就住在这儿，我跟这些日本小孩一块儿玩过，他们一开始这个什么捉贼呀，什么侦探捉贼的这些游戏，你也会，这游戏跟咱们是一样的，手心手背（比画——王干注）。

**王干**：所以我觉得你将来可以写一个类似《活动变人形》的小说，这个很有意思，因为日本是全世界国家里面，除了欧美那些国家以外，就是现代性处理得最好的，他们的现代性比欧美还要好，日本人的素质比欧美要高，社会秩序要比欧美要好，社会的道德伦理比欧美要好。同时它的本土文化甚至比我们中国还要保存得好。我觉得你可以慢慢写，日本原来也是个落后的国家，日本这100多年来，怎么走向现代文明。当然它中间也经过了这种波折，犯过战争罪。关于这个民族是怎么完成这个现代性的，我觉得你写一个这样的小说太有意思了。

**王蒙：**日本当年发动太平洋战争的时候，它提的口号是"大东亚战争"，认为美国和西欧侵略亚洲这么多年了，总算现在有跟它们算账的机会了，我不怕它们，我们大东亚团结起来。敌伪、伪满拍过一部电影，叫《万世流芳》，写林则徐，写鸦片战争，你们当然不知道，你们小孩哪知道。日本的现代性成功？想到第二次世界大战前后日本的命运谁也不敢称赞它们了吧？

**王干：**我还没出生呢，一点也不知道。后来也没听说过。

**王蒙：**中苏这个问题，更让人难过。你看看现在这个俄乌战争，俄罗斯吃奶的力气都使出来了，它也打不下来，实际上乌克兰也不可能把俄罗斯吃掉。苏联最感动我的小说，最有名的小说写的都是乌克兰，第一部是《钢铁是怎样炼成的》，第二部《青年近卫军》也是写乌克兰的，小说的地点就在乌克兰的地图上，为什么呢？德国要侵略苏联必须从西往东走啊，不可能从太平洋走，必须先经过乌克兰。小说是我最尊敬最热爱的法捷耶夫写的。还有苏联费定的三部曲。第一部《早年的欢乐》，第二部《不平凡的夏天》就是写1918年的故事。主角是基辅人基利尔，他最初的恋人是丽莎，后来主角被鼓动起来，参加了布尔什维克的革命，一走好几年，丽莎也联系不上他。丽莎没法活了，就嫁给了一个皮货商。然后过了五年以后，基利尔革命胜利回来了，见到丽莎，百感交集，只有继续革命。后来法捷耶夫当了苏联作协主席，他就说，为什么我们现在写爱情都写不好了？为什么像写基利尔和丽莎的这种爱情的作品，我们就再找不出第二个来了？你想他写的这个情节，他自己满心的去革命了，等革命回来以后，那姑娘早嫁人了。写得好，人家不可能老等着你，人家怎么活着啊？而且你在外边革命，那是有革命的大家庭，人家什么都没有啊，人家知道什么呀，人家知道你是革命了，你还是死了，谁知道你呀，写得好。

**王干**：这样的爱情小说值得研究，《钢铁是怎样炼成的》也是写革命与爱情的关系，保尔·柯察金与冬妮娅的爱情，也是被革命性否定了，革命让人失去了爱情。这是现实的残酷性，爱情不是永恒不变的，爱情也不只是等待与被等待的关系，爱情的时效性和现实性是不以人的意志为转移的。

**王蒙**：这是个大的思想原则，就是追求现代性。人活这一辈子还有很多的因素，有机缘、机遇上的因素，也有背景的因素，也有你才能的因素，也有你人品的因素，也有你性格的因素，所以这些事啊，都不是那么简单的。同样面临着一个现代性所带来的人生的变化，一个坚强的人和一个软弱的人和一个歇斯底里的人，都会有不同的反应。但是我还要强调一下我的这个体会，就是生活的一切进步，也都让你面临新的挑战和新的问题。这个世界永远不会每天除了幸福还是幸福，永远没有这一天，而且如果到了这一天，人就没法儿活下去了。正是因为有不断的挑战，你的生活才有意义。比如说咱们现在，这个农村的很多农民情况的改善是靠打工。但是打工带来了多少问题，问题很多。

**王干：**留守儿童，空巢化，乡村荒废，打工导致好多家庭解体、变异、重组，包括价值观的变化，确实是。

**王蒙：**这也是一种对现代性的反应。我看过一个美国的左翼马克思主义者的文章，他甚至认为发展是西方国家对落后国家的讹诈，你必须听它的，政治制度得按它的，你市场制运营得按它的，生活习惯得按它的，你引进你该引进的东西，你不愿意引进的，你必须引进，那就跟英国对中国这个鸦片战争时期一样的。

**王干：**比如鸦片战争，它实际上也是以这个现代性的名义，借着枪炮进入中国。因为清王朝是专制，不是民主国家，而且落后了很多，我要帮你解决了。当时老百姓过得很苦啊，为什么后来鸦片战争之后，发生了辛亥革命，造成了清王朝的溃败，它跟这个现代性有关。西方当时用枪炮把现代性输入进来的，所以刚才你说到现代性的问题，确实是很复杂。

今天我们谈得特别好。咱们是神聊，前面谈得有条有理，后面渐渐放开了，自由谈，有情感，也有情绪，更有资料价值，超出了我们预设的范畴，当然也有遗漏的，比如关于您近期小说女性形象的话题，就没有展开谈，我想应该是我们下次的话题，我也要做好充分的准备，再向老师请教、对谈。

# 第三章　瞬间或永恒

## ——论王蒙小说的时间观

　　王蒙对时间的敏感，像一个诗人，甚至超过一个诗人。他在论述《红楼梦》的时候，说过《红楼梦》的魅力，在于林黛玉永远13岁，永远16岁。文学给了人物不老的时间，也给了读者永远年轻的林黛玉。1934年出生的王蒙，从物理时间来计算已经年近九旬了，但他的小说创作却丝毫没有老态，还保持着旺盛的生命力和爆发力，笔墨还是19岁写《青春万岁》时的热烈、奔放和激情。时间的金线被王蒙编织出一个又一个神话，而时间的金线也将王蒙编织为一个童话老人。王蒙小说里的时间随着不同的时代、不同的地域也变幻着不同的意象，纵向来看，他的作品镜子一样映射着时代的进程、历史的变迁，是一部辉煌的史诗，局部来看，他的小说里的时间又像水流一样流淌心灵的波澜，还有一些作品，时间飘浮飞翔，如云一样轻盈，云一样变幻莫测，聚散飘忽，形态如风，穿越时空和心灵。

## 一、物理时间："季节"与共和国镜像

王蒙对时间的酷爱和敏感也许是与生俱来的。他的第一部长篇小说《青春万岁》就是以时间来命名的，虽然迟到了20多年才出版，但丝毫没有淹没其光芒，直到今天依然焕发出迷人的光彩。这是一部记录青年中学生的长篇小说，写共和国建立之后的热情似火的生活，但这又是一部关于时间的青春文本。小说开头的序诗这样写道：

> 所有的日子，所有的日子都来吧，
>
> 让我编织你们，用青春的金线，
>
> 和幸福的璎珞，编织你们。[1]

"青春"是时间，表示年轻；万岁是时间，表示古老。青春是美好的，也是稍纵即逝的，王蒙希望它长长久久，永不消逝，所以万岁。青春是短暂的，但又是长久的，短暂在于人生易老天难老，长久在于青春永远生长。个人的青春如烟云一样飘过，但新的青春再度生长，所以青春万岁。

小说是时间的艺术。小说的内容情节、故事走向等表面上决定着小说"生死"的因素，实质上都是在处理文本中的时间问题。从这一层面来说，时间构成了小说最重要的内容。除了物理层面的时间流逝之外，小说还需要表现人物内心的情绪流动。

不同的时间观，有时候就是不同的世界观，当然世界观也会

因为时间而变化。时间的长度在物理上也许是一致的，但时间的质量是不一样的，有的时间因历史变化而变得厚重，有的时间则显得轻飘飘地流过。王蒙 70 年的创作，通过时间塑造了历史的形象，塑造人物的形象，也塑造了自己的形象，他的作品也成为共和国历史的镜像。

从创作《青春万岁》到现在，王蒙的写作已经跨越了 70 个年头，创作的总字数也超过了 2600 万字。这样悠久的时间长度和庞大的体量效应，在当代作家中极为罕见，在古今中外的文学史上也是奇迹。作家的生命是一种时间长度，这种长度能不能转换成创作长度也是因人而异。王蒙 70 年的创作生涯，留下了共和国历史前行的足迹，王蒙说："生活是以'日子'的形式展现在我的眼前，以'日子'的形式敲打着我的心灵、激发着我的写作的愿望的。这就是说，时间是生活的一个要素，是生活最吸引我的一个方面。生活是发展的、变化的、日新月异的。那随着时间的推移而不断出现的新事物，那时代、年代的标记，就像春天飞来的第一只燕子，秋天落下的第一片黄叶，总是特别引起我的关注和兴趣……我希望我的小说成为时间远行的轨迹。"[2]

列宁把列夫·托尔斯泰称为俄国革命的一面镜子，因为托尔斯泰的作品记录了俄国革命的运行轨迹。同理可推，王蒙也是共和国的一面镜子。这面镜子映射了共和国辉煌而艰辛的历史进程，是共和国活的心灵档案。从新中国成立初期的岁月到改革开放的漫长征程里，都留下了王蒙创作的印记，从共和国第一代中学生的青春到知识分子中老年的婚恋，从北京胡同里的旧式家庭的内斗到新疆维吾尔族人民的生活状态，从京郊农民的悲欢到球星、名医的奇遇，都在王蒙不同时期、不同地域的作品里得到体现。

《女神》是一部关于女性命运的长篇小说，但王蒙却时时让人物感受到时间在时代流动的动静。在《女神》的第五部分，以信件为媒介展开了一段时间叙事："感谢你的儿子给我提供了这封一九八五年信的照片。……这是一封在二〇一六年只能算作是三十一年前的信。……至于你给王某俺写的信，是一九五七年，是上面这封信再上溯二十八年所写，也是在计划实现全面小康、消除贫困的二〇二〇年的六十三年前的一封信。"[3] 这些反复出现的时间有些绕口令式的回环，但时间本身构成的叙事，都会是历史场景的隐形再现。我在《这边风景》的研讨会上曾经说过，我们反映"文化大革命"的作品很多，但是缺少反映"四清"运动的小说，而王蒙的《这边风景》就填补了这一空白。从《青春万岁》开始，王蒙书写新中国成立之初到新时代的漫长历史，"季节"系列长篇小说是共和国前三十年的编年史，《青狐》是改革开放史，而最近的一系列的小说创作，则是新时代的心灵史。

物理时间在王蒙的创作中主要表现为两方面，一是文本外部的时间历程，一是文本的内部时间。外部时间如王蒙的青春岁月，王蒙的新疆时期，写作转型时期等，这些客观存在的物理时间在王蒙的小说写作中留下明显的痕迹，"季节"系列长篇小说以及《青春万岁》《这边风景》《春之声》《蝴蝶》《相见时难》《青狐》《尴尬风流》《仉仉》《奇葩奇葩处处哀》《女神》《笑的风》《霞满天》等，这些作品串起来就成为共和国的时间档案，记录了共和国的全部历史进程。如果把王蒙的作品排列起来，会发现居然是一个编年史的结构，也就是说王蒙不自觉地成了共和国的"书记官"（巴尔扎克语）。文本的内部时间，就是王蒙的写作依照着大自然的时间顺序，包括但不仅限于故事和情节发展的时间、小说人物成长所需的时间、人生经历时间等，如《组织部来了个年轻人》的情节发展时间，上班第四天，林震去通华麻袋厂了解发展党员的情况。他预备了半天的提纲，和厂组织委员魏鹤鸣只谈了五分钟就用光了，这使他很窘迫。"第四天""五分钟"都是典型的物理时间。《这边风景》的时间线也是物理性的，近期的《霞满天》也是物理性的时间，这些作品正是由物理时间支撑起了小说的基本骨架。

这种物理性时间还表现在王蒙的写作时态上。王蒙既是一个回忆性的作家，也是一个即时性写作的作家。这种即时性或许秉承了《青春万岁》《组织部来了个年轻人》的写作初心，也与热爱当下生活的精神气质相关。王蒙的《春之声》《悠悠寸草心》《仉仉》《霞满天》《尴尬风流》等一系列的小说可以说是当下生活的"现场直播"，他的写作时间和小说中的时间是同步的，他和小说拥有了相同的物理时间，小说和生活在时间上是重合的。

文学界流行一种审美距离说，认为作家对生活的反映和描写最好不要近距离地去书写，因为缺少应有的距离，往往容易身在庐山中，不识真面貌。如果过一段时间，事情和人物都尘埃落定了，这样写起来会更客观和冷静一点。因而反映描写当下的生活常常成为一些作家的瓶颈，希望等沉淀沉淀再写。审美距离说有一定合理性，很多回忆性的小说容易打动人，不仅仅是怀旧的原因，还是因为时间过滤掉那些非文学元素，留下来的记忆带有天然的文学性，所以更容易打动人。即时性的书写一般不被看好，而王蒙反其道行之，几乎在他70年的创作中时时保持这种即时性书写的热情，青年时期如此，中年也是如此，晚年往往是作家回忆往昔拒绝现实的阶段，而王蒙依然拥抱着当下的生活。这种写作的风险在于，容易让人觉得枯燥和乏味，而且会时过境迁，速朽。王蒙这些年与生活同步的写作，不仅当时看了新鲜，还留下了像《青春万岁》《组织部来了个年轻人》《春之声》《海的梦》《奇葩奇葩处处哀》等让人过目难忘的作品。时间造成的审美距离，对王蒙来说不是问题。

## 二、心理时间：音乐思维与语言之波

> 咣地一声，黑夜就到来了。[4]

这是《春之声》的开头第一句。《春之声》是施特劳斯的名曲，王蒙选择名曲作为小说的题目，足见王蒙对施特劳斯和音乐的热爱。《春之声》和他的《夜的眼》《风筝飘带》《海的梦》被称为东方意识流的"集束手榴弹"。《春之声》又是四篇中的领衔之作，在新时期文学史上地位卓著，甚至被称为中国"现代派"的春之声。

这篇小说之所以被称为"意识流"小说，在于没有完整的故事情节，或者说没有完整的叙事骨架，而是在一篇音乐声中让文字和情感自由地流淌。意识流作为西方现代主义文学的重要流派有着完整的体系，而王蒙并没有读过伍尔夫等人的意识流名作，所以王蒙对自己的小说被称为意识流也感到惊讶。那么《春之声》是从天上掉下来的吗？不是。这里要回到小说的题目，回到音乐对小说的内在影响。王蒙在选择《春之声》作为题目时，便决定了整个小说沉浸在音乐的河流之中了。音乐靠音符和旋律来构成艺术空间，小说靠语词和叙述来建构世界。王蒙的《春之声》在于打通了语词和音符、旋律和叙述的界限，形成了新的叙事。因而在《春之声》里面，我们感受到音符的跳动和旋律的奔涌，语词转化为音符，叙述成为旋律的流淌，而意识流本身的特点就在于记忆的片段化和叙述的情绪化，这与音乐的抽象和自然流动是同构的。王蒙是一位音乐造诣很深的作家，发达的听觉为王蒙的小说注入了另一股真实的情感力量，"王蒙的听知觉朝向生活中一切有声对象敞开"[5]，"声音是世界上最奇妙的东西，无影无踪，无解无存，无体积无重量无定形，却又入耳牵心，移神动性，说不言之言，达意外之意，无为而无不为"[6]。他的小说多次以"歌唱"的方式来表达，音乐在《春之声》里转化为小说的结构、小说的皮肤、小说的血液、小说的灵性。小说写声音、写音乐到了至境，也就和"意识流"的"流"向相通了。

王蒙在被人称为意识流的小说中，其实使用的是音乐思维。音乐的思维方式是抽象而具体的，抽象在于它不用文字说话，只用音符叙事，具体在于每个音符又是具体可感的，每个音符有自己的音长、音高。音乐是通过时间的流动来构成节奏、旋律和腔调，这时间是物理性的，一首乐曲的长短是可以用时间来计算的，而音乐时间的心理性成分会比文学、雕塑、绘画大得多，文学的时间是阅读产生的，是通过视觉转化为想象，再转化为形象，雕塑和绘画的时间是凝固的，视觉和画面的复合形成意象美学。音乐的非视觉化让听者通过心理的想象来产生美的感受。音乐的叙述性实际是非物理性的，而是心理性，借助音符的流动和旋律的生成产生特殊的心理时间。

如果说物理时间要尊重的是客观的岁月流逝、青春不再等显性的时间问题，那么心理时间则是隐形的，心理时间随着人物情节的走向而发展延伸，它或许大于物理时间，或许小于物理时间，总之无法和物理时间完全等同，物理时间遵循自然世界的客观规律，心理时间更在意人的感觉。大量的视觉和听觉表达也是心理时间的表征之一，视觉和听觉表达同时又是意识流写作的重要因素。"巴赫金认为：人物是叙事世界的主人。作为文本内部一个具有特殊功能的人物，叙事者不受情节、小说结构的限制，我们能够在这些意识流小说中看到的跳跃性画面一定程度上源于小说叙事者的视觉跃动。不断闪回的画面和翻转的情景，实际上是由叙事者无处不在的观看行为以及随时随地转换的叙事视角所导致的。"[7] 意识流叙事的内容不仅仅有感知与经验，在感知觉体验延伸到意识流动的过程中，正如耿传明所指出的视觉的跃动起了很大的作用，相比于其他感知觉的被动接受，视觉是主动且无法加以选择的过程，由观看所引起的跳跃性叙述同样会增加文本的丰富性，继而让文本中的物理时间同样遭到无视。王蒙酷爱音乐，对声音的敏感，在小说中有大量的表现。《春之声》直接借助施特劳斯的旋律来结构小说，同时期的《夜的眼》《海的梦》和《风筝飘带》都是借助《春之声》这样的旋律来寻找小说的节奏。如果我们仔细来解剖一下《海的梦》的内在构成，会发现《海的梦》其实是一首小夜曲，是一篇音乐化的小说。同时期的中篇小说《蝴蝶》几乎套用了交响乐的结构，主旋律是张思远的人生经历，而海云、美兰、秋文三个女性的故事是不同的乐章，主旋律与不同乐章的变奏形成了《蝴蝶》非线性的多声部的合奏。

王蒙曾称赞张承志的《绿夜》："没有开头，没有结尾，没有任何对于人物和事件的来龙去脉的交代……不借助传统小说的那些久经考验、深入人心、约定俗成的办法：诸如性格的鲜明，情节的生动性、丰富性、戏剧性，结构的完整、悬念的造成……摆在你面前的，是真正的无始无终的思考与情绪的水流，抽刀也断不开的难分难解的水流。"[8] 这里的"无始无终的思考与情绪的水流"正是音乐化思维的本质，正好契合意识流的心理时间。

在《夜的眼》中，王蒙自己对时间的碎片已经有所认识，"这是陈杲（《夜的眼》）感受到的生活世界。陈杲无法像《青春万岁》中的女学生一样从中提炼出对生活的某种本质性的理解，而只是觉得'这很有趣'"[9]。生活不再具有意义能指的价值，在人物的生活体验中被切割成一个个零碎的感官碎片。"唯有在我们的感官感知中可获得的、亦即被我们亲身体验到的存在者，才是现实的和存在着的，此外一切皆虚无。"[10]

王蒙曾在自述中表示，《布礼》独特的叙述方式并不是一开始就计划好的，而是一次失败后的新尝试："我开始写时还是按一般的写法，也是回忆，是说粉碎'四人帮'之后，主人公在政治上得到平反昭雪之后，他回忆了三十年。但是写下来就变成了一本流水账……很困难，也很浮泛。所以，后来我打破了时间的线索，而主要是通过他内心的活动来结构作品。"[11]正如王蒙自己的体认，不善于经营小说结构的确是他写作的"痼疾"，早在 20 世纪 50 年代萧殷就曾指出王蒙处女作《青春万岁》结构过于松散，缺乏主线的问题。另一方面，善于描摹人物的感觉和情绪，细腻刻画人物复杂的思想意识活动也是王蒙一贯的写作特点。这一特点早在《青春万岁》《组织部来了个年轻人》中的人物心理活动描写上就已充分体现。到了新时期，随着小说观念的更新和变化，王蒙也无须去刻意经营小说"主线"结构，而是按照自己的艺术个性去书写，他认为"《夜的眼》最大的一个突破、一个变化，就是摆脱了戏剧性的小说的写法"[12]。摆脱戏剧性的小说写法，也是摆脱单一的物理时间结构的束缚，是心理时间形成的东方意识流"集束手榴弹"。正是弘扬自己艺术个性的一次成功尝试，又遇上了当时文学的"意识流"的潮流，王蒙对小说的理解也进入自由之境。

当然，在分析王蒙小说的心理时间时并不是说物理时间就可以被忽略，事实上，心理时间的存在是以物理时间的存在作为基础，如果没有物理时间的骨架作为支撑，心理时间也就没办法行使它在小说的行进中调度时间快慢的权利。从这一层面来讲，小说必须由物理时间和心理时间同时合理搭配来完成。

前面我们说过王蒙的作品是共和国的一面镜子，他笔下的历史同时是一部心灵化的历史。"心灵化"即是个人化，个人化产生的强烈主体意识会让一切"事物"为"我"所用，在王蒙这里，"事物"就是历史，而心灵化的历史与客观的历史相比，是有差异的，王蒙的思想也是如此，心理时间以历史意识为底色，扩充和容纳进个人的经验、感知以融合共和国的历史，于是有了共和国"心灵化"的历史。

## 三、量子时间：云叙述与时空合体

中国海洋大学温奉桥教授注意到时间在王蒙小说中的重要作用，发现"季节"系列小说在自我情绪的转换方面，已经"建构起了一种特殊的回忆诗学"，而"特殊的回忆诗学"其实就是心理时间的一种，物理时间是线性的，是连续的，而回忆所承担的心理时间可以是断裂的，是不连续的，甚至可以根据人物情节自由组合，这就是心理时间的特殊魅力，"'季节'并非纯粹意义上的自然交替的度量，也喻指由时间衍生构成命运曲折的色彩。其间所展现的家国坎坷深深镶嵌于个人平凡、丰富、独特的灵魂之中，包含对生命、生活的直接体验，基于此种主观意识，时间被赋予美学的意味"，很显然，温奉桥在表层的物理时间之下已经看到了让小说呈现出"诗意"的元素，小说人物心理一旦有了广阔的空间作为加持，诗意就很容易萌发，小说中诗意的本质就是人物心理变化在与空间互动时产生的特殊情绪，"我们无法直接感知世界的时间存在，而是在一种绵延的存在之中，在一种'带回'的状态中察觉到时间的存在，换句话说，就是人的主观经验的时间对客观世界的回溯，在时间的序列中，每个片段构筑成不间断的时间流，心理上对时间的感知将时间向度转向过去。"[13]

巴尔加斯·略萨说过，"小说中的时间是一种可长、可短、可停止不动、可急速飞跑的东西。故事在作品时间中的活动如同在一块土地上一样，它在自己的领地里来来去去，可以大步流星地快进，也可以迈着慢步徜徉，既可以废除大段的计时顺序时间，也可以再恢复逝去的年华，既可以从过去跳向未来，也可以从未来转回过去，其自由程度是我们这些有血有肉的人们在现实生活中不允许有的。"[14] 这种物理时间和心理时间的交织在王蒙的小说中尤为明显，因而形成有别于物理时间和心理时间的第三时间，物理学称之为量子时间，而我习惯称之为空间时间。

量子时间是一种不确定的时间，是时间与空间界限模糊的时间。量子时间性里，存在着一种"不可想象的时间"，即在无法观测到的事件的连续记录时间的情况下，量子对象和行为不可想象的现实支配着观测事件这种离散的记录。"不可思议的时间"是指那些不可思议的层级，这些层级负责暂时性影响，以至于可以划定这些影响的效力。这个程度是有限的，因为永远无法完全确定最终导致这种功效的因素。然而，在考虑时间的影响时，可以假设诸如"不可想象的时间"之类的东西，也被认为是时间的现实基础，并且就时间的观点而言，在物理学、哲学、心理学或其他方面可能需要这些说明。时间不可想象是真实的，在目前看来，它属于物质，而时间最终属于思想，甚至仅属于有意识的思想。总之，量子时间"属于物质"，而物质的时间性，不论空间大小，都是可以视为一种时间存在的。

量子时间与巴赫金的"时空体"有异曲同工之妙。巴赫金认为："在文学的艺术时空体里，空间和时间标志融合在一个被认识了的具体整体中。时间在这里浓缩、凝聚、变成艺术上可见的东西，空间则趋向紧张，被卷入时间、情节的历史运动之中。时间的标志要展现在空间里，而空间要通过时间来理解和衡量。"[15]

王蒙小说的时空体特征，已经有研究者发现："对时间的青睐，使王蒙的作品很少共时性的空间展示，而偏好历时性的时间连缀。这成为王蒙小说的一大特色。然而，对时间的青睐，并不意味着王蒙对空间的轻视。实际上，时间与空间是不可分割的统一体，没有离开时间的空间，也不存在脱离空间的时间。"[16]

王蒙小说以空间来支撑时间，他的小说里经常通过空间的转换形成某种时间流体，这一点王蒙可能受到了《红楼梦》的影响。《红楼梦》虽然是以贾府的兴衰作为全书的结构，但其实不是用时间的纵结构来组织小说的。《红楼梦》写到很多节令，对元宵、中秋、重阳、春节都有详尽的描写，有些人物的生日也交代得清清楚楚，但是在具体到年份时，往往用"又一年""第二年"这样模糊的概念，已经有研究者发现，主人公贾宝玉和林黛玉的年龄随着故事的展开时间的流逝，似乎没有长大，这种没有长大不仅是心理上的，而且年龄上出现讹错，比如贾宝玉和元春年龄的前后矛盾，黛玉到贾府之后的年龄停滞等等，都说明作者有意或无意地忽略了时间的意义。

《红楼梦》是通过空间的转换来替代以往长篇小说常用的时间流逝的纵向结构。通过那些实实在在的空间来组织小说的结构，荣国府、宁国府、大观园，亭台楼阁，斋庵院轩，这些形成了小说的块状结构。这个"块"最重要的就是大观园了，大观园又分成若干小块，怡红院、潇湘馆、蘅芜苑、稻香村、栊翠庵，一个空间接着一个空间，也就是一个意象接着一个意象，这些意象形成了意象群，这些意象群组合起来仿佛布达拉宫的建筑一样，看似漫不经心，其实形成了一个意象的巨大宫殿。《红楼梦》就是这样充满象征主义色彩的意象群落，小说由大观园等一系列意象群组成辉煌的宫殿，时间的流逝，人物的命运，都在宫殿的背景下展开。《红楼梦》这样的结构出现小说的量子时间，就是林黛玉长不大，元春与宝玉的年龄前后难以统一，也就不奇怪了。

王蒙有意识地淡化时间的意义，比如在《杂色》中，他虽然写了具体的时间，精确到 1974 年 7 月 4 日，但读完《杂色》之后你会发现小说里的时间几乎是凝固的，曹千里骑着那匹老马在草原上行走，时间已经没有意义，这也是一种共时性的叙述，温奉桥在《论王蒙"季节"系列小说的时间美学》中指出："王蒙对时间向度的消解则更为坚决，精神体验之上的时间不再是存在于当下或者曾经的片段，它因为绵延而流动于过去与未来。王蒙在这一过程中将复杂、理想、抽象、荒诞、虚无并置继而粉碎，他希望以一种超越的方式实现时间的共时，而超越的状态则是一种摆脱时间限制的存在状态。在王蒙的意识中，他将被搁置的回忆、书写的作品、评论与鉴赏绵延为一个自在的时间状态。当衰老渐渐切断往事时，王蒙选择入梦的方式获得时间的自由，寻找着生命的另一条轨迹。"[17]

共时性的叙述实际上是一种云叙述的状态，云叙述的特点就是叙述的起点和终点不明确，叙述的时间不明确，叙述的地点（空间）也不明确，云的特点是移动变化多端，没有起点也没有终点。"时间在这里浓缩、凝聚、变成艺术上可见的东西"，这种云叙述在 2014 年的《闷与狂》中得到了充分的体现，《闷与狂》彻底弥合了时空的界限，叙述者也被叙述者的界限也打破了。

在《闷与狂》中，作家始终处于一种追逐的状态，他在追逐历史，历史也在追逐他，他在追逐现实，现实也在追逐他。"我常常陷入一种胡思乱想或者准梦境：我跑得上气不接下气，追逐一个影子。两个影子拼命地追赶我。或者是他们锲而不舍地追逐我，以为我是阴影。"[18] 这两个影子一个是历史，一个是现实，历史是现实的影子，而影子又是昨天的现实。在《闷与狂》中，历史和现实纠结着，像两个影子，也像太极图里的两条鱼互相拥抱又互相离异，朝着同一个方向，又向着不同的方向。历史与现实的无穷纠结，在王蒙小说里尴尬而又潇洒地首尾交接，剪不断理还乱，王蒙曾经试图整理这样的纠结，但发现旧的纠结尚未了结，新的纠结又源源不断地涌来，这种纠缠是时间的纠缠，也是空间的纠缠，最终形成量子时间的纠缠。《闷与狂》超越了意识流，而成为量子流小说。

《闷与狂》打破了叙述的时间限制和空间限制。作者跨越时空衔接今昔。宠物的出现是当下生活富裕之后才会有的现象，而王蒙则联想到自己的苦难岁月的宠物，让人心酸，又让人叫绝，"我的宠物是贫穷，弥漫的、温柔的、切肤的与轻飘飘暖烘烘的贫穷。更正确地说，我从小就与贫穷互为宠爱。我的童年与贫穷心心相印。贫穷与童年的我同病相怜。爱就是被爱，宠就是被宠。我钟爱于贫穷的瘦弱。贫穷瘦弱怜惜于它培育出来的发育不良的、火焰燃烧的、心明如镜的我。"[19] 在谈到苦难的时候，王蒙又写道："唯一的苦就是无所苦。无所苦的生活没了分量，周身轻飘飘，脚底下发软，胳臂也变成了面条，大脑平滑失去了褶子。思考、期待、忘记与记忆都没有对象。无忧、无碍、无愿、无憾，如仙、如鬼、如魂、如灵，如水泡，如一股气儿，如早就驾鹤西去的云。没有重心，没有平衡，没有注意，永远不能聚焦。"[20] 苦与无所苦，谁更苦？历史和现实，谁更荒诞？这些都是王蒙作品里反复出现的无解之题，时间的尽头是"无"，时间的起点也是"无"，"无"也是空间。

这种云叙述的方式，在于采用了元小说和元叙述的方式，出现了边界不清的叙述时空，就是王蒙和小说中人物的对话，在《闷与狂》中，那个无所不在的叙述者和那个无所不在的王蒙之间的时空是无法确定的，王蒙是现实生活中的物理性存在，小说中的人物又是虚构的。这有点像"元宇宙"的结构，现实和虚拟对话，历史和现实对话，小说的人物和生活中的人物对话。对话构成的第三空间，是作品前所未有的。"由于《猴儿与少年》的显性叙事结构是施炳炎与小说人物王蒙的主体间'对话'，在'对话'中因时间和回忆的自由穿越而勾连起的人生片段就构成了小说的主体内容，而且由于对往事的回溯来自于施炳炎相去甚远的鲐背之年的'重述'，'历史'就沉入到了被重述的个体生命时间的缝隙中，并因为这种'重述'而获得了被审视与重评的机会。"[21]

王蒙小说里还有一种未来时叙述，超越了过去时和现在时的叙事格局。短篇小说《明年我将衰老》是一种超级文本。这篇小说将现在、过去、未来三种时态融合到一起，小说没有叙述的空间支点。"我看到了你，不是明年的衰老，而是今年的崆峒。位于甘肃省平凉市。这是一座早负盛名，却又常常被虚构成邪门歪道的山。它的样子太风格，它不像山而像狂人的愤怒雕塑。它太冒险，太高傲突兀，拔地而起，我行我素，压过了左邻右舍，不注意任何公关与上下联通、留有余地。空同不随和。悬崖峭壁，树木和道观，泾水和主峰，灌木和草丛，石阶，碑铭，牌坊，天梯，鹰，和山石合而为一的建筑与向往。天，天，天，云，云，云，与天合一，与云同存，再无困扰，再无因循。多么伟大的黄河流域！我在攀登，我在轻功，我在采摘，我看到了你……我看到了蝴蝶与鸟，我闻到的是针叶与阔叶的香气，我听到的是鸟声人声脚步声树叶刷拉拉。"[22] 明年的衰老转化为崆峒山这样的实体空间，在逻辑上是没有任何的依据可以推理，但"天，天，天，云，云，云，与天合一，与云同存，再无困扰，再无因循"的意象让时间变成了永无边际的语言天空。

## 四、结语：存在与时间

王蒙的小说具有广阔的时空，时间从清末到新时代，横跨三个世纪之远，空间从河北南皮乡村到北京四合院，从新疆到美国和欧洲大陆，再到中国东南部工业园，全球化之开阔和小山坳之逼仄，都有精致的描绘。这样如此壮大宏阔的历史舞台，王蒙以时间巨笔书写了人间的悲喜剧。

文学与时间的关系密不可分，文学本质上是"记忆的倒流"[23]、岁月的回放，如何倒流，如何回放，则是由作家的时间观所决定。时间的本质是"存在"，大到宇宙的存在，小到粒子的存在，而人的存在，语言的存在，声音的存在，感觉的存在都是文学孜孜以求的。时间给予王蒙可谓多矣，90年的岁月，70年的写作，让他成为一个巨大的存在，而我们穿越这些语词的迷障和叙述的曲径，发现的是一个年轻的心和不老的灵魂。这是文学的意义。

70年前，王蒙在《青春万岁》里曾充分表达过对时间的渴望和拥有，他在序诗的最后写道：

所有的日子都去吧，都去吧，

在生活中我快乐地向前，

多沉重的担子，我不会发软，

多严峻的战斗，我不会丢脸；

有一天，擦完了枪，擦完了机器，擦完了汗，

我想念你们，招呼你们，

并且怀着骄傲，注视你们。[24]

如今这些日子都来了，这些日子也都去了，现在依然有很多的日子会来，也有很多的日子会去，王蒙还在擦枪，还在擦机器，他擦去电脑上的一丝尘埃，依然"怀着骄傲"，注视着我们，注视着你们，"让所有的日子都来吧"，"让所有的日子都去吧"，"来""去"之间，生命在前行，"日子"不是没有重量的，青春无敌，时间无敌，王蒙无敌。

2023 年 7 月 10 日于青岛悦府

**注　释：**

[1] [24] 王蒙：《青春万岁》序诗，《王蒙文集》第 1 卷，人民文学出版社 2020 年版，第 1 页、第 1—2 页。

[2] 王蒙：《倾听着生活的声息》，《王蒙文集》第 26 卷，人民文学出版社 2020 年版，第 47—48 页。

[3]王蒙：《女神》，《王蒙文集》第 15 卷，人民文学出版社 2020 年版，第 468—469 页。

[4] 王蒙:《春之声》,《王蒙文集》第16卷,人民文学出版社2020年版,第245页。

[5] 徐强:《心之声——听知觉与王蒙作品里的音响世界》,《当代作家评论》2007年第2期。

[6] 王蒙:《在声音的世界里》,《王蒙文集》第20卷,人民文学出版社2020年版,第73页。

[7] 耿传明、陈蕾:《小说与技术的共振——王蒙新时期小说视觉叙事与多维时空构建》,《山西大学学报(哲学社会科学版)》2021年第4期。

[8] 王蒙:《读〈绿夜〉》,《王蒙文集》第25卷,人民文学出版社2020年版,第41—42页。

[9] 黄珊:《表意的焦虑与文体策略——重读王蒙早期的"意识流"小说》,《中国现代文学论丛》2022年第3期。

[10] [德] 海德格尔:《海德格尔自述》,丁大同、沈丽妹编译,天津人民出版社2017年版,第120页。

[11] [12] 王蒙:《在探索的道路上》,《王蒙文集》第27卷,人民文学出版社2020年版,第36页、第41页。

[13] [17] 温奉桥、霍忠欣:《论王蒙"季节"系列小说的时间美学》,《中国现代文学论丛》2019年第2期。

[14] [秘] 巴尔加斯·略萨:《给青年小说家的信》,赵德明译,上海译文出版社2004年版,第75页。

[15] [苏] 巴赫金:《小说的时间形式和时空体形式——历史诗学概述》,《巴赫金全集》第3卷,白春仁、晓河译,河北教育出版社1998年版,第274—275页。

[16] 金鑫、郭宝亮:《空间的时间化:建构文本双重语法的策略——论王蒙小说的时间与空间形式》,《沈阳师范大学学报(社会科学版)》2005年第3期。

[18]［19]［20]王蒙:《闷与狂》,《王蒙文集》第 11 卷,人民文学出版社 2020 年版,第 128 页、第 36 页、第 209 页、第 301 页。

[21]段晓琳:《身体发现·历史重述·独语体小说——评王蒙最新长篇小说〈猴儿与少年〉》,《中国当代文学研究》2022 年第 1 期。

[22]王蒙:《明年我将衰老》,《花城》2013 年第 1 期。

[23]王蒙、王干:《王蒙、王干对话录》,《王蒙文集》第 31 卷,人民文学出版社 2020 年版,第 247 页。

# 第四章　女神的背后

## ——论王蒙小说的女性视域

千百年来，文学塑造了诸多令人难忘的女性形象，无论是外国文学中的海伦，还是中国楚辞里的"湘夫人"，无论是歌德笔下的绿蒂，还是曹植笔下的洛神，都是精妙绝伦的女神，成为读者心中的偶像。一部文学史，同时也是一部女性形象的画廊。迄今为止，还没有一个作家能够不写女性而成为经典作家的。一个作家对女性形象的塑造，可以看出他的人生观、文学观和性别观，也能读出他潜在的深沉意识和灵魂重量。

王蒙作为一个资历深厚的作家，并不以塑造女性形象闻名。王蒙 2005 年之前的小说创作，大多以男性干部和知识分子的形象为主人公，很少以女性形象作为一号人物的。进入新世纪之后，王蒙的"女性"意识明显加强，2006 年的《青狐》塑造了一个女性主人公的形象，写了一个女作家的人生经历，好像开启了塑造女性形象的闸门。近年来，王蒙小说屡屡以女性作为主人公，塑造了一群性格相异的女性形象，《女神》《仉仉》《奇葩奇葩处处哀》《笑的风》《霞满天》《从前的初恋》等作品呈现出来的叙述视角和叙事态度，蕴含着男性／女性、权力／自由、苦难／幸福等诸多方面的语义，研究背后的情感指向、价值逻辑和修辞结构，对深化王蒙研究以及当代文学的女性研究不无价值。

## 一、仰视：源自情

> 永恒的女性，领我们飞升。[1]

这是歌德《浮士德》终曲《神秘的合唱》里的名句。在歌德看来，女性是爱的源泉，是生命的源泉。虽然有人将"飞升"翻译成"前进"，无论"飞升"还是前进，都说明女性是正能量，不是颓废和倒退的。郭沫若的诗集《女神》扩展升华了歌德的内涵，也是新文学运动的标志性的符号。《女神》里没有一首诗的题目叫"女神"，但对女性的热爱、膜拜、歌颂，让人感受到"少年中国"的激情和开放。

王蒙年轻时候写的《青春万岁》也是一部以女性为题材的长篇小说。在这部以青年女中学生为中心的长篇小说里，没有看到王蒙对女性狂热的称赞和热爱，我们看到的是青年女生对革命的狂热的追求和痴情的热爱，青春、女性、革命成为一个同义词。更有趣的是，《青春万岁》居然没有出现爱情的描写，这是古今中外长篇小说极为少见的，这与王蒙自身的经历或者相关，在这个年轻的布尔什维克眼里，革命就是青春，革命就是爱，年轻的女性世界里没有缠绵的爱情和爱情滋生的忧伤。

到了《组织部来了个年轻人》里，王蒙笔下的女性赵慧文不再是风风火火的杨蔷云了，而是多了点沉静和微微的忧郁，林震对赵慧文的暧昧之情，也是一个男青年对成熟女性的爱的向往和幻想。新时期复出之后，王蒙小说的主人公基本是男性，那些女性的形象只是配角。在写完"季节"系列长篇小说之后，王蒙突然笔锋一转，写出《青狐》这样别具一格以女性成长为主体的长篇小说，当然不是歌颂性质，而是带有强烈的"祛魅"色彩，还被一些评论家误读为男权主义的话语。

时间到了 2016 年，王蒙写出了与以往风格不一样的《女神》，从题目到小说叙述腔调，都是仰视甚至膜拜，一反王蒙小说惯有的对人物的叙述态度。王蒙小说对情感的书写往往信马由缰，但对人物的褒贬非常克制，很少全身心地用笔墨去"爱"他笔下的人物，不管男性还是女性。到了《女神》突然变调，是充满了吟诵和咏叹的赞美诗。《女神》的语气，甚至像歌德的《少年维特之烦恼》那般情真意挚，一咏三叹。

王蒙在小说里以颂体的第二人称来叙述，情感热烈、炽烈：

> 那时候你三十七岁，我二十二岁零七个月。
>
> 你的生活可以说是前紧后松。十七岁结婚与革命。十八岁到达延安，研究鲁迅，写作文学。而后步入领导的高层，从事文秘。三十二岁离开了火热的高层文秘岗位。三十四岁彻底回到家庭，三十六岁又发表了一些作品。三十七岁仍然英姿勃发。然后，你以一去不返的不存在的方式静静地，仍然是热烈地存在着。你永远的三十二至三十七岁。[2]

小说的主人公陈布文，是一位比"我"岁数大的大姐。作家叙述了她与自己神奇的交往过程，展现了她传奇而曲折的一生。小说对陈布文生平的描述介于虚构与非虚构叙事之间，对这位女神的溢美之词溢于言表，"我看到了它们的主人，那个个子不高的女子的脸孔，她有一张东方女人的脸，她的眼窝不像多数欧洲人那样深邃与拉长。她眼睛不大，但左右两只眼拉开了一点距离，她双目的布局舒展、开阔而且英武，她的目光却是谦和与内敛的。她的下巴微带嘲弄地稍稍翘起，她的身材无与伦比。……但是我确信，她走过我时飞快地看了我一眼，而且，她认得我。我相信……她就是你。"[3]

《女神》是以仰视的笔触去写主人公陈布文，她以其超越性的人格魅力通过一封信和一通电话照进王蒙的人生。作者对女性的歌颂不仅仅是外貌的，更重要的是在精神层面通过直白的叙事语言以及人性刻画将女神的意义进一步升华，让女神这个人物内外兼修，能够在纸上立起来，形成一个立体的、丰盈的、值得信赖的小说人物。与此同时，小说中女神形象的成功塑造，不仅得益于叙述视角的不断转换，还基于作者采用了一种讲述性的回顾视角。以现在之"我"回顾彼时之"你"的生活经历，并在叙述的过程中不时插入关于陈布文的资料和信息以及在此基础上的文学想象。如文中谈道："第二天我就收到了你的信，……你的信封与信笺上的字迹立刻使我爱不释手，如醉如痴，一时间亲切、秀丽、文雅、高傲、自信、清丽、英杰、老练、行云、流水……各种美名美称美感纷至沓来，我怔在了那里。"[4] 陈布文的来信让作者惊喜万分，来信的封面字迹让王蒙联想到各种溢美之词。接着谈到了作者与陈布文的电话沟通。只见电话那头陈布文爽朗响亮，流利而又成竹在胸的气韵，与王蒙当时设想的革命家以及知识分子身份完全符合。在此构成了文本的第一层叙事，即作为非虚构小说的王蒙与书写对象陈布文的第一次交集。而在小说的具体叙事安排中，文章频繁地采用了时间叙事与空间叙事的观察视角。

时间叙事与空间叙事相得益彰。一方面显示出作者对文本中的时间概念以及故事发展的把握游刃有余；另外一方面也很有效地还原了作者当时的创作意图，以及对文中人物形象主体的描刻。这是一种对传统叙事时间和方法的超越，也显示出了作者对语言文字的驾驭能力。在《女神》的第五部分以信件为媒介中有一段时间叙事："感谢你的儿子给我提供了这封一九八五年信的照片。……这是一封在二〇一六年只能算作是三十一年前的信。……至于你给王某俺写的信，是一九五七年，是上面这封信再上溯二十八年所写，也是在计划实现全面小康、消除贫困的二〇二〇年的六十三年前的一封信。"[5]以上时间概念组合的频繁出现，文本叙事与时间叙事的交叉，以及话语的解放和流动，在王蒙的《女神》叙事文本中随处可见。王蒙与陈布文始终未曾见面，因此他只能够通过想象去猜测陈布文的相貌、住址等相关信息。而当作为小说人物的"我"终于在多年之后（通电后的五十九年以后）真正有机会目睹"你"的照片："这样的大气，骄傲自信而又平和淡雅，更主要是端庄。"[6]王蒙与陈布文的对话，由此联想到她的容貌和仪表。由想象中对形象高大、人格高尚女神形象的描摹，到五十九年之后终于见到真人照片后的惊喜。跨越近六十年所造成的叙事效果，不仅给作品中的"我"留下了深刻印象，而且对读者来说，也造成了一种悬念。而这种阅读体验无疑更好地调动了观者的思绪，从而达到了一种主客互动的叙事效果。

《女神》的语言汪洋恣肆，狂欢化的叙述让读者隔着文本都能感受到作者的激情。纵观王蒙的小说创作，采用大量篇幅对女性个人品质赞赏与溢美的文章其实不算多，而这一篇之所以独特，还有一个重要原因是主人公陈布文的人物经历和性格或许契合了王蒙对革命的理想和激情。在见证共和国的历史方面，王蒙可以说是不可多得的、真正的历史见证者，正是这种对于历史的参与感，让王蒙对国家和民族的未来有着自己的抱负和追求，无疑，陈布文在某些方面是成功的，是让王蒙心生向往的，在写作时，难免露出对陈的敬仰之情，而这种敬仰带来的文本呈现便是"仰视"。王蒙在《笑的风》里写傅大成在深夜里听到一阵银铃般的女子笑声而终生难忘，而在《女神》中，陈布文的一个电话，也让"我"如《笑的风》那样，刻骨铭心，心怀向往。可以说，《女神》是王蒙写给陈布文一封迟到的情书，当然也可以是王蒙写给革命者的一封情书。

过了六年之后，相同的情愫和写法，在王蒙于2022年发表的作品《霞满天》里再次呈现。《霞满天》讲述主人公蔡霞在中年、晚年遭遇家庭和婚姻不幸，最终重拾行囊，走上找寻自我道路的精彩故事。蔡霞面对第三者插足的婚姻生活，她毅然决然地选择了自己退出，为了疗愈心灵的伤害，她开始环游世界，一个原本困于家庭和工作的女性，却在离婚后"放飞自我"，成就了一个全新的自己。小说在描写蔡霞时，很多地方都透露出作者对于这位女性的欣赏，"蔡老师的高雅与美丽是磁石，也是刀刃，是温情，更是尊严，是暖洋洋，同时是冰雪的凛然不可造次；只消比较一下蔡老师的亭亭玉立，与一帮子酒肉穿肠、大腹便便、口气臭浊、举止鲁拙的俗物蠢男的风度观感，也就没有人再说什么了"，"每次舞会之前已经有了不知多少关于蔡教授将要、会要、可能要、大约前来或者不来、迟到或者早退或者准时，起舞、或者只看、或者未定，或者随机下池的消息。蔡老师已经成为传播与猜测的话题，成为舞会的兴奋点，舞翁之意不在舞伴，不在蓬猜猜，不在灯光乐手清咖果盘，而在蔡霞一人"[7]，为了表现蔡霞的美以及"霞满天"养老院里老年男性对蔡霞的期待与膜拜，文章不惜用几近放肆的笔法描写老年男性的心理状态，"有佳人兮女神之光，下舞池兮温雅淑良，万般风韵兮似隐步态，鸽子探戈兮展翅飞扬"[8]。足见蔡霞这人的外在魅力。而蔡霞不仅仅有着吸引人的外貌和身段，她身上的传奇色彩更是引得人遐想连篇。她的教育背景是传奇，她在战乱时期出国留学，通晓八门语言；丈夫去世后又与丈夫的弟弟结婚，往后孩子去世，多年之后丈夫出轨，自己成全了丈夫和小丈夫三十岁的女人……命运的传奇使得蔡霞的性格坚韧，"你必须活着，活好，活着就有爱，活着就有情，活着就有戏，活着就有天空和太阳，活着就是春天，花开，叶绿，水流稀里哗啦，鱼戏南北西东，鸟也滴滴沥沥地叫，虫也变蛾变蝶升空，虫儿们组成了绿色的夏天的夜夜室外乐队。"[9] 对蔡霞乐观、坚韧的人生塑造，作者在写作时任由语言与修辞像水一样不加节制地流淌，在这些非线性的、任性恣肆的语言流中，可见王蒙对这位女性的欣赏，这种欣赏其实就是仰视的视角。仰视、膜拜的叙事方式，有点类似《洛神赋》中曹植对洛神的仰视，《霞满天》和《女神》有着异曲同工之处。

王蒙近十年的小说特别喜欢塑造一种女强人或大女人的形象，她们往往年龄比丈夫大，性格比较外露，但颜值高，能力强，懂事理，衬托出小男人的萎缩、软弱、无能。《霞满天》中的蔡霞知识、风度、颜值、能力超群，《笑的风》里的白甜美漂亮、丰腴、能干、善良，《女神》里陈布文更是集女性的优点于一身，妻性、母性、女儿性完美融合，在《仇仇》《小胡子变奏曲》里的女性也是风风火火、有情有义有才能。作家不全然是仰视和膜拜，但欣赏之情并不掩饰。

在另外一些不以女性作为一号人物的作品中，也会有被作者仰视的人物。《蝴蝶》里海云是一个类似女神陈布文一样的人物，她的纯洁和真诚是通过男主人公张思远的忏悔追忆来书写的，因而显得比较隐蔽。而王蒙"季节"系列长篇小说里也有不少关于恋爱的描写，也有不少的女性形象，这些大多数是被作者平视甚至审视的，被评论家认为"在写到其他人物时作者都盯得很紧、把握得很牢，在我看来简直是太紧、太牢了，作者写他们写得太自觉、太清醒也太清晰了，而没有给自发、天籁与混沌留下应有的余地，这都是作者对人物权力欲太强"，但是写钱文时的语调和态度就完全不一样，"在《恋爱的季节》各对爱情中，钱文的爱情写得最好，因为作者在写到钱文时态度最平等，心情最激荡，心态最正经。在写其他人时作者总是有深刻地经历过青春又在青春之后饱经沧桑、明白了青春的结局与结果（尤其还是恶果）的老人回头再看青春的眼光，那是一种对青春与青春的过度热情不假思索的同怀同抱、同怀同抱之余情不自禁的揶揄、揶揄之后自然而然的宽谅与抚慰"，"他小心翼翼地警惕着不去碰破青春的氛围，他甚至有几分怯生生的，他恢复了青春时期的期待与紧张"，"但在写钱文的爱情时作者恢复了几分闪烁、神秘与朦胧。但看钱文那白色大鸟的梦，给人的印象就强烈而模糊、模糊而美好。钱文根本就没有进入爱情状态，但他对林娜娜、束玫香、袁素华、吕琳琳们又似乎牵惹着难言的情愫。笔意的朦胧就暗含着作者的敬畏，作者的神圣感。将无踪无由而又满心满怀的爱情写得如此丰盈可感，在我看来这乃缘于作者对爱情掩饰不住的诚意与正心。爱屋及乌，作者对钱文忽生爱恋的叶东菊也写得纯粹而纯洁，避开了他点染于其他女性形象上的杂色。结尾之处作者还明目张胆地渲染了钱文与叶东菊相遇的神奇，渲染了那种'稀罕的命定'。作者王蒙在这里皈依了最古老的爱情信念。作者在庄敬而虔诚的心情下用寥寥数页将这意外的北海夜遇写得甜蜜而美丽（原谅我不得不用这样古旧的词汇）。这出于惯于调侃与戏拟、众人皆曰世故（Sophisticated）的作家王蒙之手，出于这个童年没有童稚、老年恶生春情的祛魅（Disenchantment）的时代，出于沉湎于消解性智慧的当代文学语境（Context）之中，不由得使我们觉得有几分可贵、可喜甚至可泣"[10]。

庄敬而虔诚，在仰视的目光下充满了真情与真爱。钱文和叶冬菊的爱情故事有着王蒙自身的爱情故事的影子，当然要"纯粹而纯洁"。

## 二、审视：源自诚

以鲁迅为代表的五四新文学运动，是一场对中国社会现实进行反思和解剖的思想运动。作家常常以审视的目光去关注当时的社会生活和人的精神面貌，鲁迅先生对现实的批判精神不仅体现在他的那些杂文当中，他的小说也是以冷峻的深情和笔墨，成为其独特的思想文本。鲁迅作品里除了对阿Q、王胡、闰土、华老栓、吕纬甫等男性形象，以解剖刀一样的笔法透视其灵魂外，对女性的描写也同样以冷峻的叙述来审视其心灵，对祥林嫂、单四嫂子、豆腐西施等人同样哀其不幸，笔墨毫不温馨。

王蒙对笔下的女性大多时候是温情的、不去挖掘她们的"暗"和"恶"，但在一些小说中也会用严酷的笔法来审视这些女性的丑陋和邪恶。审视不同于平视当中的客观"呈现"，与仰视当中的礼赞情感相反，审视更多一重批判的视角，《活动变人形》是典型的审视视角类小说，王蒙自己甚至用"审判"来形容自己的叙述态度。作家在貌似平静的叙述中，对旧式家庭、生活、婚姻带有明显的批判色彩。小说的主人公倪吾诚从小受到的是中国传统的文化教育，而成长过程中留学的经历让其看到了"文明"的曙光，当他经受过这种洗礼之后再回到被封建占据着的家庭，必将遭遇到所谓现代文明与旧式封建之间的"厮杀"。

在小说里，倪吾诚面对的三位女性对手，绝对不是善茬，她们身上的那股邪恶和丑陋的气息，在王蒙小说里是第一次出现，好像也是最后一次出现。这三位女性是倪吾诚的妻子静宜、大姨子静珍和岳母姜赵氏，她们是来自乡村地主家庭的"贞女"，姜赵氏和静珍都是"守志"女，她俩不满意"守寡"一词的不够"悲壮"，而自称为"守志"，从而将捍卫贞洁上升到"志"的高度。静宜虽然不是寡居，但丈夫倪吾诚对她来说，也是行尸走肉，也跟死去一样，静宜本可以和倪吾诚离婚，但从一而终的封建贞洁理念，让她誓死捍卫倪吾诚这个"志"，幸福不幸福不重要，在家不在家不重要，你活着我守着你，你死了我也要守着你。为了"守志"，为了制服倪吾诚这匹野马，三位女性不惜动用一切手段，人性之恶通过种种行径暴露无遗。

王蒙让我们惊异于静珍的恶，"人怎么会变成这样的呢？女性——人类中善良、美丽、纯洁、柔弱的充满诗意的花朵，怎么会幻化为这样一丛干枯、歪斜、锋利、无情、令人望而生畏的荆棘刺呢？"[11]而倪吾诚在听说姜却之（静珍解放后改的名字）死了之后，说"少了一个魔鬼"[12]。在小说中，静珍和静宜、姜赵氏是命运共同体，也是封建主义价值观的顽强守护者，王蒙写出了她们被封建主义戕害已久而变态的灵魂，在与倪吾诚的争吵中，她们甚至会露出魔鬼、恶鬼、厉鬼的形态。

这在静珍身上体现得最为集中。鲁迅在《祝福》里写了祥林嫂被迫改嫁之后，担心自己死后的灵魂没有着落，而静珍是拒绝改嫁，把倪吾诚劝她改嫁说成是"没人性"，可见"人性"一词在静珍那里已经异化为"守志"了。这种颠倒性的思维在静珍每天的"晨课"（化妆）之后表现得极为诡异。

> 她两眼发直，激动起来，"呸"地一声，一口吐沫啐到镜子上。积蓄已久的仇怨和恶毒，悲哀和愤怒，突然喷涌而出。[13]

接着就是一通铺天盖地、汹涌澎湃、势不可当的恶骂。骂得鲜血淋漓，骂得翻江倒海，骂得山崩地裂。而她骂的"你"完全是一个虚拟的"你"，不是前夫，不是邻居，也不是倪吾诚，更像是静珍的自我博弈，左手击打右手，因为她是对着镜子谩骂的，而镜子里的形象正是她自己。最让人费解的是在她化妆之后，在"大白脸"之后。俗话说，女为悦己者容，女性化妆的目的是为了讨好男性。但静珍是坚持"守志"的，她不应该去讨好任何男人。化妆对她来说，属于青春的记忆，也是女性爱美的本能。当青春和本能被压抑，当"容"后并无悦己者时，静珍的苦闷和痛苦转化为仇恨和愤怒，力比多转化为邪恶的发泄。这个18岁结婚、19岁守寡的年轻女性，在封建礼教的毒害下变态而疯狂。

静珍无疑是一个受害者，但如果只是像祥林嫂那样可怜和可悲，作家也不会将其描写为魔鬼。静珍的可怕之处，在于她作为一个受害者，用鲁迅的话说，她是被封建礼教"吃"了，可她还要吃人。在倪吾诚和静宜的冲突和恶斗中，静珍无疑是一个搅屎棍，她怂恿、鼓励静宜与倪吾诚展开殊死之战，当然她也直接加入其中，下手比静宜还要狠。当静宜和倪吾诚出现和解，一度有点恩爱夫妻的亲热时，她和姜赵氏就如坐针毡，惶恐不安。这样不能容忍别人幸福的行为，确实是一种恶，一种魔鬼一样的心态。

王蒙笔下的静珍确实是少见的悍妇、泼妇、恶妇形象，她的邪性和恶毒不仅在王蒙小说中非常少见，在现当代文学史上也不多见。当然，这不仅是人性的善恶的问题，也是社会环境和封建文化造成的。即便如此，王蒙也依然能够发现她善良和美好的一面，她对倪藻的启蒙和教育又是一个母性十足的女子，她教侄儿倪藻背诵古典诗词，让倪藻学习胡适、冰心、徐志摩的新诗，而胡适、冰心、徐志摩的诗歌与她的"守志"理念又是格格不入的。

《活动变人形》是王蒙写得最痛苦的长篇小说，他曾想用《空屋》作为小说的题目，是他对故乡的回望和审视，但又是长辈的一种特别的"爱"，因"爱"得太深而生出来的怨恨。用王蒙自己的话说，是审判，或许不仅仅是审判，甚至有更多批判的因素，当然这种时代的"罪"最后都得到了赦免。"然而我毕竟审判了国人，父辈，故乡，我家和我自己。我告诉了你们，普普通通的人可以互相隔膜到什么程度，误解到什么程度，忌恨到什么程度，相互伤害和碾压到什么程度。我起诉了每一个人，你们是多么丑恶，多么罪孽，多么愚蠢，多么不幸，多么令人悲伤！我最后宣布赦免了他们，并且为他们大哭一场。"[14] 这种双重审视的视角不仅受到了五四以来文化潮流的影响，还超越了五四新文学的"审他"，自传性色彩的自审更为小说写作增加了一种悲痛与沉郁。

时隔多年之后，王蒙又写作了《奇葩奇葩处处哀》。小说写一位老年知识男性丧偶之后重新择偶的故事，"择"本身是"审查"后的选择，而小说里男主人公沈卓然遭遇的人间悲喜剧，让作家认识新一代女性的同时，对当下的流行文化的弊端也有了清醒的审视。小说写了几个性格迥异、心性不同的女性，端庄、凝重也瘦削的连亦怜似乎从宋词中走来，让沈卓然体会到纠结和期待，凄美和缠绵，还有如莲的喜悦。七十六岁的他迅速从"灭亡"走向"新生"，连亦怜是美女是大厨是菲佣是老婆是保健员是护士是天使，是让他一旦想到就想跳起来的绝佳的晚年伴侣。"有了亦怜，不再自苦，不再恐惧，不再一味恨憾，不用再咀嚼寂寞的凄凉，不必再质疑活下去的理由。"[15] 连亦怜终究不是《红楼梦》中人，不是不食人间烟火的"奇女子"，她有她的生活哲学，有她振振有词也行之有效的生活逻辑。而沈卓然就败在了她的"逻辑"之下。有淑珍作参照，连亦怜的"生活逻辑"就不那么叫人"依恋"了。相较于连亦怜的楚楚可怜温婉动人，女教授聂娟娟是另一类"奇葩"，她似乎始终活在语言虚拟的世界里，她的学识，她的儿女，如她与"鲜活的生命"隔绝的生活一般，似真似幻。而块头十足的吕媛虽然豪爽、痛快、义气，却有些"二"与"糙"。

新潮少女乐水珊的处事方式与众不同，沈卓然惊奇之余，更多的是难以适应。经过比较和审视之后，沈卓然不得不感慨"人与人是怎样的不同"，"女人都是奇葩，吕（媛）是力量型葩。连（亦怜）是周密型葩。聂（娟娟）是才智型葩。那（蔚阗）老师是贵族型葩。"而"淑珍则不仅是葩"，还是树，是根，是枝，是叶，她提供"生命的范本"[16]。

《奇葩奇葩处处哀》的叙述不乏讽刺和嘲弄的口吻，但比之《活动变人形》中对静宜、静珍的无情揭露和痛心疾首已经缓和很多，虽然作家将这些女性称为"奇葩"，但内心里还是觉得"哀"，"哀"既是觉得悲哀，同时也有怜爱、同情的成分，王蒙只是将她们的"刺"如实写出来而已，奇葩之刺，还不足以称为女鬼或魔怪。

## 三、平视：源自爱

对人物的仰视和审视并不是王蒙小说叙述的常态，喜欢辩证法和"费厄泼赖"的王蒙对人物的叙述态度在大多数时候是平等的，不是居高临下的高位俯视，也很少膜拜、赞美的仰视。在女性形象的描述中，更多的时候是一种平等的、诚恳的对话姿态。这不仅是王蒙对女性的态度，其实也是王蒙在所有作品里对人物的一种精神取向。

《青春万岁》和《组织部来了个年轻人》属于平视视角。《青春万岁》书写的是 20 世纪 50 年代北京女七中高三女生热情洋溢的青春生活，《青春万岁》写作的时间大致与书中主人公生活的时间相符，正是王蒙的青春时期，王蒙写这一群热情洋溢的年轻人采用的便是近乎纪实的写法，显然不同于《女神》和《霞满天》中仰视"女神"的写法，作家和笔下人物是同龄人，他们在思想上又一定程度地同频共振。小说除了人物本身的刻画和故事情节的发展之外，作者更着意营造和渲染一种青春的激情，一种理想主义的光辉，这种光辉是新中国成立初期年轻人身上那种奋发向上的激情，是年轻人对于未来的憧憬，是对年轻本身的憧憬，同时也是对祖国未来的美好憧憬。在《青春万岁》中，王蒙虽然对青春气息是肯定的，是赞赏的，但王蒙的视角是同辈人的同舟共济之感，他没有让青春的人物个性脱离时代的框架，行使个体作为"个体"的权利，这显示出了与《女神》和《霞满天》显著的不同。在《青春万岁》中，个人还是时代的产物，人物的理想其实是时代的使命赋予，共和国的成立激发了人们对未来的憧憬，青年的血液被注入了革命的种子，他们的生命意义紧紧地与时代联系在一起，对青年人的平视也是王蒙的自我投射。

《组织部来了个年轻人》也是平视，小说中写到的主要人物林震、赵慧文、刘世吾、韩常新其实都是生活中的"平常人"，这种平常表现为各个人物都不是完美的人物，他们有着自己的小缺点，有着个体作为常人的不足，作者着意刻画普通人的生活与工作来实现对故事的"呈现"。小说《笑的风》中爱情的呈现是很意味深长的，白甜美对傅大成的爱是隐形的，是崇拜式的，是仰视的，而傅大成与离婚之后再娶的杜小鹃之间的婚姻也没有绝对的平视，这种不平等的爱情和婚姻在深层上也是造成傅大成婚姻家庭不幸的主要原因。与《笑的风》不同，《组织部来了个年轻人》当中的爱情是平视的，赵慧文对林震的暧昧在平视中产生，虽然最后二人的爱情并没有明确的结果，但小说对赵慧文的描写不可以说不深刻。与仰视相比，平视的视角有一种朴素感，它没有赞扬，也没有批判，文本的呈现更多是一种客观，所以，《青春万岁》当中的杨蔷云、呼玛丽，《组织部来了个年轻人》当中的赵慧文，她们都是平凡的、甚至是日常的人物，她们的人物形象设置更多的是满足于文本的需要，说得更形象一些，是人物追着文本跑。相比之下，《女神》和《霞满天》书写的对象是真正个性解放的，是个人魅力凌驾于时代之上的"女神"形象，"女神"形象的塑造本质上是先有了仰视的对象，然后才构思小说，是文本追着形象跑的写作。

《青狐》是一篇曾经产生过争议的小说，有评论者认为作家采用了男性视角，因而体现了某种男权主义，"在这种叙事建构中，'卢倩姑'从一个粗野坚硬的女性转化成了最迎合男性期待的'拜月之狐'，'人化狐'的这种转变背后显露的是无意识的男性立场。正是这样的立场使得男性作家在以女性视角进行叙事时受到不同程度的限制"[17]。

有趣的是，《青狐》恰恰是王蒙有意识地使用女性视角进行叙事的一部小说，王蒙试图潜入到女性世界中探索新的可能性。在发表小说《青狐》之前，王蒙的小说主要以书写男性为主，男性视角在王蒙的小说里经常出现，但这种男性视角不能简单理解为男权主义，作为男作家，书写男性视角其实是惯性使然，《组织部来了个年轻人》《春之声》《蝴蝶》《杂色》等作品都是典型的男性视角。相比于男性视角，女性视角在王蒙小说写作的前期是比较少的，《青狐》是一个开端，是具有创新性的作品，里面包含着王蒙对女性的重新认识。《青狐》作为转型时期的作品，发生的最重要的变化是王蒙开始把写作的视线转移到女性身上。《青狐》长期以来是被视作男性话语的小说，这主要归因于王蒙在女性视角转向中的不熟悉，王蒙毕竟是一位男性作家，与生俱来的性别立场和视角使他无法彻底超越自身而进入纯女性视角的创作，创作中对女性的心理、意识、情绪的揣测很多源于自身的想象，这是可以理解的。

《青狐》其实是一篇成长小说，卢倩姑从一名普通的城市女性蜕变为声名赫赫的美女作家青狐，中间经历了很多的人生历练，她的聪颖、好学和才华成就了她后来的名望，但她不是女神，她被作者称之为"狐"，她是凡人，由凡人转化为狐仙，因而也誉满文坛。如果我们仅从一个狐的称呼去认定是男性主义，就有些望文生义了，小说中狐的意象来自《青狐》另一个人物钱文之口："青狐完全谈不上漂亮，但是她是太耐看了，越看越爱看。那是一个多么像火红的狐狸的脸型，那种高高吊起和远远分开的眼睛，那种宽阔的下巴和分开到两侧的嘴角，那笔直的不可阻挡的鼻梁和长圆的鼻孔——她是怎么样地与众不同的一匹小兽啊！"[18]钱文的话显然是从一个男人的视角去看待卢倩姑的形象，但如果说性别歧视，则是对爱情话语的色盲。这"小兽"的称呼饱含着多少爱意啊，爱慕之意溢于言表，甚至有些仰视了。

再结合小说文本来看，《青狐》其实不是性别歧视小说，而是一篇祛魅小说，是祛狐之魅的一篇解构主义的文本。"季节"系列长篇小说之后，王蒙的《青狐》在时间上属于季节的"第五季"，写新时期的现场和历史，在时间结构上是秉承的"季节"序列，那个在"季节"系列中贯穿始终的主人公钱文，又一次出现在《青狐》中，正是这种延续的明证。之所以没有把《青狐》作为"季节"的续编，在于《青狐》使用了新的美学手段，就是为曾经梦想一般辉煌的 80 年代文化祛魅。《青狐》的祛魅因为选择一位女作家作为对象，因而难免引起误解。其实，《青狐》对男作家的描述也是充满善意的调侃和反讽，有的人物甚至有些漫画化，这也就说明《青狐》并不是针对女性作家而言的祛魅，对男作家也是同样的祛魅、同样的解构。《青狐》中对男性的"挖苦"和嘲讽的力度绝对在女作家青狐之上，比如那个风度翩翩、能说会道的杨巨艇，是青狐的梦中情人，但关键时候却是一个性无能，能说作者是女性主义的思维吗？

而在《笑的风》里那段对女性被离婚后的命运的反问，更是超越女性主义的高度，小说的第二十五章《谁为这些无端被休的人妻洒泪立碑》写道：

> 一连几天他昼夜苦想，他越想越激动，近百年来，中国多少伟人名人天才智者仁人志士专家大师圣贤表率善人，对自己的原配夫人，都是先娶后休的。伟人益伟至伟，圣

人益圣至圣，善者自善修善，高人本高更高，而被休弃的女人除了向隅而泣以外又有什么其他话可说？又能有什么选择？[19]

这是为女性不平等的命运呐喊！我们还会怀疑王蒙男性立场吗？当他用爱的情怀审视这一历史现象时，你会发现王蒙对女性的真正尊重和爱。其后的《女神》和《霞满天》两部作品，就通过对女性的描写来表达王蒙对某一类型女性的高度赞赏，虽然叙述的角度还是"王蒙"的，是男性的视角，但是小说讲述的对象已经完全是女性的，是以女性为主导的，这两部作品可以看作王蒙从男性视角讲述女性的转型之作。我们不能要求王蒙像女性作家那样写女性，王蒙与女作家对女性群体的关注是不同的。女性作家写女性的作品最典型的是张洁。她的作品《无字》把写作的目光集中到了爱情这一主题，以几代人的爱情为线索，用情感经历去打开每一个人身上所背负的故事，张洁在写作时使用了插叙的手法，使得时空在几代人的生活中间来回交换，融合了个人与历史，时代与现实等因素。作者在写作这些女性的过程中，试图用情感尽力打开束缚几代中国女性的枷锁，却发现女性的悲剧如宿命一般存在，根本无法改变，一切都是徒劳的。而张洁对焦的是大众群体，是平凡的普通人，是对墨荷到叶莲子，再到吴为这样的女性命运的追问和探寻，也是对女性本身生存空间的追问与探寻，张洁是更具有女性意识的，《无字》中，张洁看到婚姻对女性的不公似乎并不是随着历史的演进而一步步减轻了，相反，它在现代社会生活中变得更复杂、更带有普遍的灾难性。关注点的不同势必导致小说走向的不同，这是男作家和女作家关注女性群体的不同向度。

如果王蒙笔下的女性形象最丑陋的是《活动变人形》里静宜、静珍和姜赵氏的话，那么也不会有人批评王蒙在丑化女性，因为他的笔端的锋芒对倪吾诚更加毒辣，更加毫不留情。《活动变人形》是集批判和反思于一身，但批判的对象包括了主人公倪吾诚，还有他身边的三个女性角色，它写了男主人公倪吾诚的无能软弱和不负责任，也写了女性静珍静宜的丑陋和邪恶。小说通过主人公倪藻的视角来审视这位知识分子父亲，作者不是全盘批判，而是采用意识流手法，从不同人物的心灵角度观察解释倪吾诚的行为，描述他的行为给别人带来的心理变化，使得书中的细节具备了审视的意味。倪吾诚的形象是复杂的，他既接受了西化的教育受到西方文化的影响，但他身上又有根深蒂固的封建文化残留，在两种文化的拉扯中，倪吾诚有时候清醒有时候糊涂；有时候伟大有时候又很卑微；既是天才，又是废物，这种多面性让倪吾诚变成了复杂的、立体的人。《活动变人形》中不仅仅主人公倪吾诚是复杂的，它还塑造了一系列性格更为丰满的女性，郜元宝认为"这样复杂的女性形象身上无一没有波谲云诡的历史的斑驳投影，也无一不从侧面支撑着、丰富着男性主人公的性格。比如，姜赵氏老太太与静珍、静宜姊妹俩，就衬托、丰富了倪吾诚的形象"[20]。在郜元宝眼中，三位女性主要是为了衬托主人公的形象而存在，如果这样的话小说其实就成了男性视角的小说，但这只是小说前半部分的内容，正如郜元宝所说，"《活动变人形》并非只写倪吾诚一个人。围绕倪吾诚的出丑露乖，作者也无情暴露了中国家庭内部所有人的原罪。比如，作者也批评了'倪藻'的外婆、姨妈和母亲（倪吾诚的妻子），包括受这些长辈影响而不由分说地疏远、敌视、抨击倪吾诚的儿女们。小说既不为尊者讳，也不为幼者讳，可谓'一个都不宽恕'"[21]。

《活动变人形》不仅是男性的悲剧，也是女性的悲剧，更是社会的悲剧。王蒙小说中女性的命运大多是悲剧，《布礼》中的海云，《女神》中的陈布文，《笑的风》虽然以笑开头，以笑作为题目，但是写的是女性的悲剧和男性的悲剧，主人公傅大成的前妻是白甜美，白甜美有着坚韧的性格，勤劳能干，吃苦好学，把整个家打理得井井有条，并且自己能做生意，会赚钱，对于一心把心思花在家庭上的白甜美来说，她无法阻止丈夫离开自己，更无法改变自己被抛弃的命运。带有喜剧色彩的《霞满天》写老年女性的奋进与成功，在对女性的礼赞中全文充满着一种轻快感。《霞满天》的主人公蔡霞的晚年生涯，或许有王蒙夫子自道的味道。在这个意义上，王蒙还是一个披着男性外衣的女性主义的拥趸。


## 四、结语：女性与人性

古典哲学家狄德罗有一句名言，"说人是一种力量与软弱、光明与盲目、渺小与伟大的混合物，这并不是责难人，而是为人下定义。"[22] 给人下定义当然不会像狄德罗说的那么容易，给女人下定义就更不容易，王蒙通过创作去探讨女人，也探讨男人，他没有放大女性的"第二性"特征，他在歌颂女性的美丽、善良的同时也会描写她们的性格弱点，这不是男权思想，而是以平等的视角去展现作为性别差异的人的特性。描写人的个性，王蒙清醒地将女性和男性放在一个同样的审美天平上衡量，在王蒙这里不存在第一性和第二性的差别，都是人性的差别。

近年来王蒙的小说创作对女性命运和女性意识强烈关注，并对女性问题发问，这些发问包括生命意识，博爱情怀，幸福的概念与对现代性的反刍。女性生命就是人类的生命，女性意识是人类意识，不是什么女权意识，女性意识是人类意识的一部分，而不是与人类意识对立的另一个世界。对待女性命运的关怀和悲悯，王蒙可能要比一些女权主义者还要深刻。在《女神》中他对女性无限称赞和讴歌，在《笑的风》中对白甜美和杜小鹃平等叙述，而不是简单的褒抑，甚至比对傅大成还要更爱怜些。

同样是对女性的书写，王蒙的《女神》和《霞满天》是千百年中国女性中的优秀个案，"女神"的存在实际上是凤毛麟角的，王蒙对这样的人礼赞有加，本质上不仅仅局限于对女性群体的肯定，也是对优秀人类的礼赞，从这一层面来讲，王蒙的《女神》和《霞满天》实际上是超时空的写作，是接近永恒的写作，他表面上是写作女性，实际上写的是全人类，对"女神"的礼赞已经具有了超越性别的力量，是人之歌。

## 注 释：

[1]［德］歌德：《浮士德》，钱春绮译，上海译文出版社 1989 年版，第 666 页。

[2]［3］［4］［5］［6］王蒙：《女神》，《王蒙文集》第 15 卷，人民文学出版社 2020 年版，第 465—466 页、第 462—463 页、第 464—465 页、第 468—469 页、第 473 页。

[7]［8］［9］王蒙：《霞满天》，《北京文学》2022 年第 9 期。

[10] 李书磊：《〈恋爱的季节〉眉批四则》，《文艺研究》2001 年第 4 期。

[11] 曾镇南：《静珍静宜合论——〈活动变人形〉人物论》，《文学自由谈》1987 年第 3 期。

[12]［13］王蒙：《活动变人形》，《王蒙文集》第 2 卷，人民文学出版社 2020 年版，第 307 页、第 27 页。

[14] 王蒙：《大块文章》，《王蒙文集》第 47 卷，人民文学出版社 2020 年版，第 290 页。

[15]［16］王蒙：《奇葩奇葩处处哀》，《王蒙文集》第 15 卷，人民文学出版社 2020 年版，第 419 页、第 438 页、第 444 页。

[17] 王敏、刘维笑：《浅析王蒙〈青狐〉女性视角叙述背后的男性立场》，《大西北文学与文化》2021 年第 1 期。

[18] 王蒙：《青狐》，《王蒙文集》第 8 卷，人民文学出版社 2020 年版，第 325—326 页。

[19] 王蒙：《笑的风》，作家出版社 2020 年版，第 229—230 页。

[20] 郜元宝：《王蒙小说女性人物群像概览》，《浙江社会科学》2020 年第 2 期。

[21] 郜元宝：《审视或体贴——再读王蒙的〈活动变人形〉》，《小说评论》2019 年第 5 期。

[22] [法] 狄德罗:《哲学思想录增补》,《狄德罗哲学选集》, 江天骥、陈修斋、王太庆译, 商务印书馆 1983 年版, 第 44 页。

# 第五章　修辞之上

## ——论王蒙小说的语言创新

弗雷德里克·詹姆逊有一本著名的语言学著作，叫《语言的牢笼》，出版于 1972 年，时过多年，仍然在文学理论界有着广泛的影响。詹姆逊从俄国形式主义和法国结构主义语言学入手，探讨索绪尔的语言学所提出的共时方法和时间与历史现实之间可能发生的各种关系，他认为语言是一种牢笼，"人类应该冲出语言的牢笼，寄希望于一种新的真正能将形式与内容、符号和所指结合起来的阐释学和语符学"[1]。詹姆逊的冲破是对阐释学和语符学而言。都说文学是语言的艺术，因而文学更需要这种冲破的精神和实践。

本文将从语言和言语、能指和所指、历时和共时三个方面去洞悉王蒙小说创作中的语言创新实践，从而考察语言与文体之间的联系，发现他对修辞学的超越与创新。

## 一、感觉如潮："受想行识"的交响

索绪尔把言语活动分成"语言"（langue）和"言语"（parole）

两部分。语言是言语活动中的社会部分，它不受个人意志的支配，是社会成员共有的，是一种社会心理现象。言语是言语活动中受个人意志支配的部分，它带有个人发音、用词、造句的特点。用索绪尔的观点来看，文学创作显然是"带有个人发音、用词、造句的特点"[2]，如果一部全部用公共语言写作的作品，没有自己的"口音"，就难以体现出自己的艺术个性。

王蒙是一个有着自己"口音"的作家，虽然王蒙自己讲着一口标准的北京话，但他的小说的识辨度极其明显。当代作家里如果不看署名，光看作品就能判断出作者来，王蒙无疑是最容易被人识别出来的。这"口音"不是运用方言俚语，而是源自王蒙自己的文学语法，在他的语法组织下，那些语言才转化为"言语"，那些看似"公共"的语言才化茧为蝶，转化为艺术的话语。

王蒙是一个非常推崇艺术感觉的作家，早在 1988 年的时候他就说过，"尽管说我在年轻人的眼光里年龄也相当大，我从来不感觉自己老了。但我在读了莫言的某些作品，看了他那些细致的感觉后，我觉得我是老了。因为我年轻时候同样可以写得那么细，也许比他还细，但现在我已经没有那么细致的感觉了"[3]。

时隔 35 年，你读一读王蒙《闷与狂》的这段文字，就会发现，王蒙当时说"我是老了"是自谦之语，他依然拥有细腻的感觉、超常的语感：

> 突然，小院黑云压了上来，你想欢呼，盛夏希望雷雨，严冬期盼太阳。雨的声音你分辨得清晰细腻。沙沙，卟卟，

啦啦，哗哗，咣咣，再加上流水的吡溜吡溜。小雨与微尘的气味的混合，中雨与土气的混合，大雨的腥气与渐渐加上来的植物茎叶的气息，然后是从室内外各个角落里散发放射出来的湿潮与旧物气息，有时候已经上百年的房子会突然散发出油漆味道，使你敬佩于祖国漆料的源远流长、历久弥新。[4]

这一段从黑云出发，联想到雨，继而到雨声，由雨声又联想到气息，从听觉到嗅觉，每一种感官都在叙事中活跃，接下来由上百年的房子的油漆气息联想到漆料的历史和今朝，整一段的叙述实现了从视觉到听觉再到嗅觉，最后由嗅觉又回到思考本身，是感官的解放也是感性的解放，"感官的解放将获得现在尚未存在的自由"，和人的思想一样，"感官具有'生产性'和创造性"[5]，王蒙比别的作家更依赖这种感官的生产和创造，以《闷与狂》为代表的小说文本大量的感官叙事让语言有了飞翔之姿，小说因此进入一种前所未有的自由状态，混沌感、模糊感顿生，这与昆德拉所指的小说的暧昧性和相对性似乎不谋而合。昆德拉认为小说死亡的原因正是小说的历史停滞了，"小说复制着自己的形式，形式里的精神却已经被掏空了。所以，这是一场被隐匿的死亡"[6]，也就是说，小说要"不死"，最重要的是小说必须要有不断开拓形式的精神，昆德拉对于小说的死亡界定可以很好地来印证王蒙的杂语以及感官的开拓中对小说传统范式的解构，以《闷与狂》为代表的一系列写作已经不再以叙述故事情节作为己任，相反，大量的与情节无关的叙述，内在与外在声音相交合让他的文本有了八面出锋、变幻莫测的特点。《闷与狂》像散文，也像诗，像回忆录，甚至像评论，正是这些"像"让他的文本从过去的"自由"走向未来的"自由"，这也是王蒙小说的真正生命力所在，因此他又在《闷与狂》的最后一节说："明年我将衰老"。

王蒙小说充满了对各种感觉的描写，打通味觉、听觉、触觉、视觉、嗅觉诸多感觉的融合，成为王蒙小说的感觉流。修辞的概念似乎不足以来形容他对语言的追求，他把"受想行识"和"色"这些《心经》里的五蕴高度融合，融于一体。"受想行识"，用大师的话来说，"受如浮泡，想如野马，行如芭蕉，识为幻法"（《增一阿含经》二十七曰）。都是难以具象描述的东西，眼、耳、鼻、舌、身和色、声、香、味、触，还有苦、乐、舍、忧、喜包含在五蕴之中。《闷与狂》中的这段文字可谓五感交合、五情叠加、五彩纷呈：

> 它们此生第一次照亮了我的意识，渐渐地走入到一个孩子的灵魂。不知道是黑猫在捕我的灵魂还是我的灵魂要俘获两只黑猫。我悻然欢呼：我，是我啊，我已经被黑亮照耀，我已经感觉到了猫、猫皮、猫眼、猫耳、客厅，巨大的房屋与充实着房屋的猫仔，而且在那一刹那我自信我已经比那两只猫更巨大也更有意义了。我在乎的是我被猫眼注视，不是在乎那两只猫。[7]

在"我"与两只猫的注视中,"我"的意识得到照亮或者重生,致使"我"更加巨大,也更加有意义,这是一种完全面对自我的对话,在这种对话中,时间消失,空间中只剩下"我"与猫的注视,在注视中,"我"的感觉得到无限的延伸,语言也开始在感觉之上生长,形成独具王蒙特色的感觉叙事。

《歌神》中也有淹没一切的感觉流呈现:

> 然而我没有睡多久,我被唤醒了,醒来却不见人,原来,呼唤我的是——歌声,喀什噶尔的歌声!……这样的歌声,其实从我们乘坐的大轿车驶过跨越喀什噶尔河的木桥的时候起,压根儿就没有离开过我的耳鼓。但是,现在,当夜深人静,当月光隔着窗子把胡桃叶的影子洒在我的脸上的时候,这南部新疆特有的,充满了焦渴和热情、苦恼和执着,像呼喊一样全无矫饰、像火焰一样跳跃急促的民歌旋律,变得怎样清晰而且强大了啊![8]

《歌神》的这段叙述没有《闷与狂》那样依赖感官,但《歌神》更加注重"内"与"外"的综合,"内"是心灵,"外"是自然存在的声音,自然之声流淌进心灵且经久不息,王蒙听到的外在声音是存在的经验材料,经验材料为想象创造空间,"想象的自由受制于感性的秩序"[9],王蒙打开的生命的感性中,对生活和生命的巨大热情让语言产生了燃烧生命的能量,"像火焰一样的民歌旋律"是内心的声音与外在声音的交融。王蒙小说的语言流中，感觉成了综合内与外的总体因素，语言的流放与狂欢让文本具有燃烧感和野性精神，这种巨大的能量也让外在的世界和社会系统成为一个封闭的系统，文本内部的叙述流具有了共时性，因为共时性不受时间的影响，它只存在于让它流动的感觉系统中，因此王蒙的感觉流又是自成系统的。

> 眼前闪过村庄、房屋，自动列成一队向他们鼓掌欢呼的穿得五颜六色的女孩子，顽皮的、敌意的、眯着一只眼睛向小车投掷石块的男孩子，喜悦地和漠然地看着他们的农民，比院墙高耸起许多的草堆，还有树木、田野、池塘、道路、丘陵地和洼地，堆满了用泥巴齐齐整整地封起了顶子的麦草的场院，以及牲畜、胶轮马车、手扶拖拉机和它所牵引的斗子……光滑的柏油路面和夏天的时候被山洪冲坏了的裸露的、受了伤的沙石路面，以至路面上的尘土和由于驭手偷懒、没有挂好粪兜而漏落下来的马粪蛋，全部照直向着他和他的北京牌扑来，越靠近越快，刷的一下，从他身下蹿到了他和车的身后。[10]

这是一种流动的感觉流，犹如电影的蒙太奇的画面。小说写的是坐车的观感，但作者不仅仅写视觉，还有很多的心理感受，甚至感受到某种乐感，"受了伤的沙石路面"更是跳出了视觉，写心理的感受，因为《蝴蝶》的主人公张思远对往事的追忆和反刍，"受了伤"正是主人公的心境，而当时的"伤痕文学"也是文学的一种表现形态，作家巧妙地糅合其中，让"受想行识"无缝对接。

近作小说《霞满天》在语言上延续了王蒙感觉叙事的特色，由感觉生发词语，不加点缀的铺陈，一泻千里的叙述让表达气势如虹：

> 以蔡老师的身材、风度、举止、穿着和笑容，更不用说她的知识学问经历名气，来到霞满天长者之家，可说是春雷滚滚，春风飒飒，春雨潇潇，春花灿灿，一举激活了高端昂贵、似嫌过于文静的疗养院，引起了"霞满天"的浪漫曲高调交响。[11]

《霞满天》中，王蒙对于"霞满天"养老院里蔡老师的到来采用了一系列和"春"相关的成语，这是对蔡老师到来的"感觉"的直观描写，蔡老师的到来给养老院带来了"春"，是一切新的、美好的开始，长串的铺排只为营造蔡霞"女神"形象的温暖一面：

> 她很快迷上了新疆的《十二木卡姆》，像哭，像笑，像呐喊，像调情，像婚礼，像乡愁，像怒吼，像赏花，像暴风大雪，像相思苦恋，像胡杨也像大漠，像甜瓜也像坎儿井，更像千年不倒不死不烂的大漠胡杨。蔡霞随而起舞，有两次感动得哭湿了枕头。[12]

据说刀郎的《山歌寥哉》也受到了木卡姆的影响，我不懂音乐，但"像哭，像笑，像呐喊，像调情，像婚礼，像乡愁，像怒吼，像赏花，像暴风大雪，像相思苦恋……"一连串的排比下来，似乎有点刀郎的味道了。在王蒙的心中，《十二木卡姆》这首曲子什么都像，音乐似乎具有了囊括世间万象的能力，蔡霞女士恰好有感知这个"万象"的心绪，于是她有"两次感动得哭湿了枕头"。王蒙小说语言就是寻找这样一种奇妙的语言感觉，像哭、像笑、像呐喊、像调情……

## 二、思辨如风："白马""黑马"的变奏

能指和所指是索绪尔语言学中两个重要概念，他认为语言是一种符号系统，符号由"能指"（Signifiant）和"所指"（Signifié）两部分组成。所指就是语言的本来的概念和本义，而能指是声音的心理印迹，或音响形象以及由此衍生出来的意义。无论所指还是能指都是思维的一种表达方式，也是思维借着语言呈现出来的形态。王蒙说："人类的一切思维包括理性思维、形象思维、情绪思维、想象思维和抽象思维都离不开语言，正因为有了发达的语言，才有了发达的思维。文学是思维的艺术，热爱文学的结果并不是让你只热爱文学；文学是思维的桥梁、路径，热爱文学的结果是让你关心社会，热爱生活，热爱科学，热爱历史，追求真理，也热爱世界上存在的一切东西、一切变化。思维的艺术虽然不那么直观，但是你阅读的文学书，空前地激活了你的思维能力

与思维品质。"[13]

语言是思维的工具，也是思想的载体。王蒙小说语言是其思维的表现形态，而王蒙那种穿越古今、思接千里的思维特征，也通过他擅长的思辨方式突破了一般小说家的创作惯性。一般来说，小说家忌于在小说中进行议论，更不需要思辨，但王蒙发现语言自生的思辨特性，尤其汉语特有音形义的结构，为其思辨提供了有趣的磁场，他的那些带有反小说的语言风格，引起了文坛不同的反应。

20 世纪 80 年代王蒙写出《致爱丽丝》《铃的闪》《来劲》等纯粹语言的能指状态而非所指状态的小说之后，人们大惑不解，围绕一个非典型小说《来劲》的争鸣文字居然达到 20 多万，而小说本身才不到两千字，这实在是一个奇迹。现在看来当时的讨论是围绕所指和能指之间的争论，一般说来，小说是所指的产物，小说里的人物、情节、细节都是所指明确的语义，虽然一些小说的故事和人物最后氤氲出象征的能指，也是整体氛围的营造，而不是语言的营造。《来劲》等小说则将语言的所指淡化或模糊，直接用能指来叙事，带来的结果必然是故事的虚化和人物的符号化，是语言和语言在对话，是语言和语言在冲突，是语言和语言在思辨。1988 年他又写作了中篇小说《一嚏千娇》，在这部小说里老坎与老喷的命运以及交往这类客观性的故事已经让位于作家的语言思辨，在《一嚏千娇》中，王蒙恣意地评说老坎和老喷的同时又恣意地评论文坛知名的作家和知名的作品，以至于引起了小小范围内的小小的骚动。这样一部融建构与解构为一体的实验小说，到五年以后才在王安忆的长篇小说《纪实与虚构》里得到了回应，王安忆将纪实（所指）和虚构（能指）结合起来的复调方式比较明显，而王蒙则通过思辨的方式实现了语言自身的所指与能指的融合，这当然得益于作者思维的辩论特征。

年过八旬之后，王蒙的思辨比之 30 年前，不退反进，他的小说里出现了大量思辨和议论的文字，经常跳出小说外和作家对话。

亲爱的读者，王蒙从小就想写这样一篇作品，它是小说，它是诗，它是散文，它是寓言，它是神话，它是童话，它是生与死、轻与重、花与叶、地与天，它不免有悲伤，有怨气，有嘲讽，有刻薄与出气，有整个的齐全的祸福悲喜。同时，尤其重要的与珍贵的是刻骨铭心的爱恋与牵挂，和善与光明，消弭与宽恕，纪念与感恩，荡然与切记，回肠与怀念。[14]

这是小说《霞满天》中的一段，作者突然从小说的叙述者的位置中跳出来，公然对读者说话，说话的内容变成了讲述作者的理想，这种写法在小说中是少见的。我们常说，小说的作者要隐藏自己，留足够的空间给笔下的人物说话，王蒙却相反，他让小说的情节在一种情绪化、感觉化的叙述中显现，小说的情节在淡化，那么其他的因素就有机会来显现，自白是其中一种，因此王蒙的小说杂糅了非常多的东西，当然，自白自带思辨性。同样的写作手法在《霞满天》中很常见，叙述者有"我"，但文本中动不动跳出来一个名叫"王蒙"的人，在小说中似乎是出于交代故事背景的目的而存在。同时，小说交代人物和情节的主线依然在进行，因此就形成了故事背景与小说情节同构的奇妙现象，这种写法无意识地消解了虚构与非虚构之间的差别，文体混淆的同时，文本中出现了"众声齐发"的杂语现象。小说《闷与狂》中同样有这样的思辨性书写，不同的是，《霞满天》还具有小说的情节，而《闷与狂》则是作家的内心絮语，一种介于诗与散文、小说与回忆录之间的文体反倒包容了思辨的存在。

> 为什么说往事如烟或者不如烟？……有时候我觉得往事如冰，它仍然反射着阳光月光星光，它忽然亮晶晶，它产生了你所无法把握的曲光与断层，它折射出带几分紧张的神秘与美丽，它渐渐蒙尘，它渐渐黯淡，它渐渐因地下的温热而融化。……往事保存在你的记忆里正如鲜花保持在花盆里，它注定短命，只有舍弃，只有重归大地，只有再经风雨雷电，只有你与花的命运的交会，我才培育出了一簇寿命长久些的花株。[15]

思辨展现的是思考之力，鲁迅的小说之所以迷人和深刻，一个很重要的原因是文中的思辨色彩。小说《祝福》《孤独者》《在酒楼上》《伤逝》等篇章都有非常明显的思辨色彩，思辨为文本打开了一个巨大的思维空间，鲁迅在其间探索和思考旧思想与新精神的矛盾，在研读鲁迅作品的过程中我们很容易看到思辨性往往与作品的深刻思想内容和独特的艺术格调有关，甚至可以说，思辨是构成鲁迅小说巨大精神穿透力和独有意味的关键，由此可见思辨的重要性。王蒙的文本中自觉或者不自觉地产生着思辨，与鲁迅笔下思索国民性的沉重不同，王蒙的思辨更多阐释生命个体在时代面前、在社会面前，或者在特殊际遇中产生的情感。"为什么说往事如烟或者不如烟？"这样的表述是个人化的，是对语言与存在本身的诘问，中国语言的表达受到了几千年文化环境的影响，语言本身已经有了"锈迹"，王蒙敢于擦拭这种"锈迹"，对语言中陈旧的表达提出了自己的质疑，在思考中试图让语言展现出新意，他说"往事如冰"，会折射出"阳光月光星光"，他又说"往事如鲜花保持在花盆里"，都是对"往事如烟"的消解。对某种固定文化思维模式的反叛与消解似乎成了王蒙的一种语言游戏，他作为先锋文学的一种表现就是对"过去"的解构，这种解构的背后蕴含了王蒙一种复杂的文化心态。

这种"白马非马"的思辨风格到了《猴儿与少年》中几乎发展到极致，小说中施炳炎的七个"我"既是直接参与了历史壮行的"历史见证人"，也是旁观和重评历史的"记录者"与"观察员"。九十岁的施炳炎通过对施某人在历史事件中的重审和对其受难人生的复述，发现了施炳炎个人的苦难经历的历史"价值"。"伟大祖国二十世纪、二十一世纪，首先是变局连连、转折连连、风云激荡、奔突冲撞的世纪。你勇敢地担当了时代的责任，你难免碰壁与风险、坎坷与雷电。幸好中华文化里那么多修齐治平、仁义礼智、恭宽敏惠，你总能学会沉心静气，从容有定，忠恕诚信，排忧解难，乐天知命，坦坦荡荡，仁者无忧，智者无惑，勇者无惧。"[16]施炳炎在七个角色的变化叙述中与生活和解，与历史和解，与自己和解，"伟大的事业都是从试验受挫起步的"，"斗争之后是失败再失败，最后才胜利，而不是一胜二胜三连胜，积累小胜成完胜。这里讲的是数序，不是数量，是数序的进程逻辑，不是数量的比例逻辑……关键在于改进，在于一次更比一次强，关键在于让进程成为真正的前进过程、进步过程，每失败一次就距离大功告成靠近一次。关键在于取得最后的胜利，临门一脚，转败为胜。"[17]胜利与失败的思辨，正是"白马非马"的延伸和拓展，也是王蒙在小说中的自我博弈。

王蒙崇尚感觉的自然流淌，但一味地感觉书写容易让小说滑向语言的深渊，自说自话，从而缩减文本的可读性，但王蒙语言中的思辨稳住了词语的滑翔。王蒙是一位极具思辨性的作家，他对概念和词的思辨和反向思维运用自如：

> 没有道德的婚姻，还可能是阴谋与骗局，是桎梏与牢笼，是虚与委蛇的伪爱情；爱起来千姿百媚，不爱起来千疮百孔；经营起来红利滚滚，表演起来曲极其妙；恶劣起来流氓无赖，冷热软硬暴力俱全。[18]

《霞满天》中对于婚姻与爱情的思索让人看到王蒙的思辨，爱与不爱是"千姿百媚"与"千疮百孔"的区别，这种两极化的情绪在其他作家笔下出现的时候常常依赖的是情节，但王蒙是直接的，以议论的语调进入小说，这种写法依赖的是绝对理性的思索。当然，绝对理性的运用与小说的混沌感和模糊性，也就是文学的复杂性，在内在精神追求上是相悖的，这可以说是王蒙的优势，也使他的小说能够在现实主义文学写作中，提供一种自我解构的方式。当然这也会引起一些人的质疑：小说写的如论文、如哲学，是不是宣布了小说的死亡？

## 三、狂欢如电：自由高蹈的宇宙流

"宇宙流"是一个围棋战略，由日本棋手武宫正树创立，后来被认为是划时代的围棋思想。在宇宙流出现之前，围棋选手遵循"金角银边草肚皮"的戒律，重视实利，忌讳在高位落子，亦即以第三线为主的布局方式，以求在边上取得地盘，因为在高位行棋被视为效率不高，容易落空。重视边角行棋的围棋战略，有点像文学中的写实作品，每一个字都有确切的含义，不模棱两可。武宫正树"宇宙流"有点像意识流的写法，他重视外势甚于实利、重视第四线胜于第三线，主张棋子要向中央而不是边上作发展，在他多数持黑子的棋局中，大多数都是以占四线运用外势的三连星布局为主，而其他棋局也多重视布在第四线，由于这种棋的下法不重视地面上（边上），而是在整个中央天空的作战，因此被称作宇宙流。由于他在 20 世纪七八十年代日本棋界的活跃，武宫坚持称宇宙流是"自然流"，它是按照棋（文）的自然流向来行棋（行文），并不拘泥于常规和俗法，"行于所当行，常止于不可不止。"他的这种下法影响到整个围棋界，改变了围棋的思维。

王蒙的小说语言在我看来也是一种"宇宙流"，他善于把语言的"共时"与"历时"有机地整合起来。索绪尔的"共时"和"历时"这两个术语，分别说明两种不同的语言研究方向。他特别强调共时研究，因为语言单位的价值取决于它所在系统中的地位而不是它的历史。语言学家必须排除历史，才能把语言的系统描写清楚。小说家王蒙不是语言学家，但他打通了"历时"和"共时"的界限，在语言"高位"进行叙述，从而语言的简单状物、写人、叙述的历时状态转化到语言共时多项能指功能，就像武宫正树的行棋虽在高位，"实地"不是很明确，但随着棋局的进展，空间越来越大，拥有语言宇宙的广阔空间，从而实现了语言的能指的共时狂欢。

狂欢化诗学是巴赫金从陀思妥耶夫斯基长篇小说中研究出来的一种叙事美学。20 世纪初开始，巴赫金就一直着手构建一种基于长篇小说话语修辞之上的叙事诗学，即狂欢化诗学。在巴赫金看来："狂欢式转为文学的语言，这就是我们所谓的狂欢化。"[19] 巴赫金通过对文学作品内容文本的研究，分析出其背后所蕴藏的狂欢精神。这种通过语言表达出来的狂欢感受，被称为狂欢化文学。在语言风格方面，巴赫金提出一个概念叫作广场语言，它包括夸张、反讽、插科打诨、双关语等，与官方语言的规范、严肃、单一的特点相对。在人物形象方面，容易被正统文学忽视的小丑、傻瓜、骗子等人物形象被关注到。这些人物以狂欢的眼光观察世界，在非理性视野的观照下，以非同寻常的视角审视生活与人生，形成了独特的视角。

王蒙虽然没有直接接触到巴赫金的狂欢理论，但他非常喜欢陀思妥耶夫斯基的作品，"我感觉他就是兴之所至，我真服他这一点，他可以一连多少页连段也不分，真是像发了大水一样，写他的情感、感想。而且，他随时将报纸上看到的故事以及新闻就像写杂文一样塞进去了，一泻千里。"[20] 这就让他第一手地感受到陀思妥耶夫斯基小说的精髓，并运用到小说创作之中。有研究者指出，"王蒙是一个在语言上具有特殊敏感和语言经验极其丰富的作家，在他著名的文体革新和政治性小说中，他不仅随着时代的脉搏充分运用讽刺语言针砭时弊，揭示各种喜剧性社会现象，而且在深入的文化反思中运用多种话语类型解构权威话语和政治社会化时代的种种文化痼疾，使他的小说语言在共时性的杂语狂欢中呈现出建国以来各历史时期语言衍变的地质层，而语言形态的深处，则是特定时期人们组织思想与经验的特殊方式和基本原则。"[21] 王蒙语言狂欢的特性不只是修辞意义上，而是通过感觉的转化、声音的放大、语词的变奏和人称的混合等非修辞手段来实现。

（一）声音的狂欢。王蒙对声音的敏感超乎常人，他在小说中多次写到声音对他的诱惑影响，在《春之声》这篇作为东方意识流的开篇之作中，就是对声音的敏感，从而感受一个新时代的到来，而在《女神》中就是陈布文的一个电话，让"我"着迷、迷恋以至于爱恋，而在《笑的风》中主人公傅大成也是被深夜一串银铃般笑声吸引，乃至终生被困扰。在那篇著名的"无厘头"小说《来劲》中，王蒙更是对人物的名字进行某种游戏性的建构和解构：

> 您可以将我们的小说主人公叫做向明，或者项铭、响鸣、香茗、乡名、湘冥，祥命或者向明向铭向鸣向茗向名向冥向命……[22]

汉语多音字的特点在王蒙的笔下呈现出来的狂欢状态，叠加、反复获得了回旋的效果，实现了语言的密度、强度和浓度的聚合，让传统的修辞学没有立足之地。因为在传统修辞学看来，这些声音的游戏不免重复和累赘，但这些声音背后的语义构成的意义的狂欢和消解正是王蒙的宇宙流语言学。

（二）语词的狂欢。王蒙小说的语词极为丰富，有文言文词汇，有外语词汇，有方言词汇，还有网络词汇，还有他的同龄人不知所云的时尚词汇，当然还有一般文学家认为不能"入诗"的政治词汇，这些形色不一的词汇在王蒙的笔下都化作生动的音符，谱写出一个又一个快乐的乐章。在中国曲艺里面，相声是具有语言狂欢性质的，它常常通过一个词的包袱抖出来，带出另一个词的意义，王蒙曾遗憾没有机会拜侯宝林为师学习相声，但并不影响他对相声语言艺术的借鉴。

"当然是'后门'来的。你猜我弄着什么了?"李志豪笑嘻嘻地问。

"'恒大'?"

"不——是。"李志豪拉长了"不"字,表露着得意之情。

"'前门'?"

"不……是。"李志豪的"不"字,不但拉长声,而且拐着弯儿。[23]

这是王蒙小说《友人和烟》当中的一段,标准相声的包袱用法。王蒙自己也说过,他的小说"对侯宝林和马季的相声有所借鉴"[24],因而他的小说的词汇有时像相声"报菜名"的贯口一样,滚滚而来:

重要的是瞬间拉起了队伍,他他她她,龙龙蛇蛇,男男女女,虫虫狗狗,胸胸腰腰,臀臀脚脚,上半身下半体,各人都自带颜料,自带色彩,自带线条,自带结构,自带形体,自带官能,自带旋律,自带五线谱蝌蚪,刹那间染花、染活、染闹、染飞了浩海大洋,红杏出墙春意闹,主席入海花样雄,乘风破浪。多彩变成了多声部,嗷嗷嗷,委老七、季老六、王老五,上下四方、动物植物、男男女女、你你我我,热烈拥抱,高调吟诗,再一回首,天空海洋,远山群相,近处折腾,远处火并,好一幅过去梦也没有梦过的元宇宙巨画![25]

这是《季老六之梦》中的一段，是王蒙发表在《人民文学》2023 年 8 月号的作品，距他九十岁的生日只有不到一百天的时间，但王蒙犹如一个少年一般对语词充满了敏感和狂热的爱恋，通过语词密度的反复、强度的叠加、热度的回旋，达到了语词"爆炸"的效果。

（三）句子的狂欢。王蒙喜欢运用排比句，有人认为是一种新汉赋的尝试。中国古代文体中的赋讲究铺排、喜欢罗列，爱好重峦叠嶂之美，加之汉语文字自身固有的对称和对应特点，抑扬顿挫，声韵之美尽显。当然汉赋衰落的原因，在于无病呻吟，在于千篇一律。王蒙对汉赋的改造，是一种冲破，在于对语言最大潜能的发挥。《来劲》写于 20 世纪 80 年代中期，他对句子的扩展让人体会到一种语言窒息与狂欢并存的感觉：

> 三天以前，也就是五天以前一年以前两个月以后，他也就是她它得了颈椎病也就是脊椎病、龋齿病、拉痢疾、白癜风、乳腺癌也就是身体健康益寿延年什么病也没有。十一月四十二号也就是十四月十一、二号突发旋转性晕眩，然后照了片子做了 B 超脑电流图脑血流图确诊。然后挂不上号找不着熟人也就没看病也就不晕了也就打球了游泳了喝酒了做报告了看电视连续剧了也就根本没有什么颈椎病干脆说就是没有颈椎了。亲友们同事们对立面们都说都什么也没说你这么年轻你这么大岁数你这么结实你这么衰弱哪能会有哪能没有病呢！说得他她它哈哈大笑呜呜大哭哼哼嗯嗯默不作声。[26]

在新近创作的长篇小说《猴儿与少年》中，王蒙大量使用押韵文字，一些民间歌谣的语体句式达到叙述的狂欢效果。"劳动美，劳动逍遥，夏练三伏，冬练三九，却又行云流水，行于当行，止于可止。劳动累，拓荒黄牛，触处生媚。劳动壮，力拔山兮，高亢嘹亮。劳动乐，不食嗟来，温饱喁瑟！青春岂可不辛劳？汗下成珠娇且骄，七十二行皆不善，土中求食最英豪。"[27]这一段可称为"劳动之歌"，融进了民谣的通俗和赋体的高雅，文白相间相生，句子成分的分裂中达到和谐，和谐中又滋生出语言的刺角，属于典型的后现代的狂欢。

王蒙还通过对古典诗词整段或语句改写，生发出新的句子形态，达到另一种狂欢。这方面已经有学者进行了比较深入的研究，此处不再赘述。

（四）人称的狂欢。选择什么样的人称讲述故事是小说的叙述学研究的范畴，而在王蒙的小说中则体现为一种语言的游戏和狂欢，有研究者指出："传统的严格区分第一人称和第三人称的单调写法在王蒙的小说中已被第一人称与第三人称、叙述者与人物的混合、融合、渗透所取代，叙述话语本身也将更随意、更丰富。视点的转换不仅造成双声叙述话语，有时会造成'多音齐鸣'的现象"。[28]王蒙不仅将第一人称和第三人称的街垒打通，还成功地引进了第二人称，从而实现了"他""我""你"三种人称叙述的大团圆。笔者曾经将这三种人称分别称为"神叙述""人叙述""鬼叙述"。全知全能的第三人称叙述被称为上帝视角，自然是神叙述，而第一人称叙述往往来自人间烟火的切身体验，第二人称之所以称为"鬼叙述"，在于视角偏仄、角度刁钻，难度极大。法国新小说派代表人物之一的米歇尔·布托尔曾经在小说《变》中使用"你"展开叙述，受到了广泛的关注。

王蒙小说对第二人称采用的局部使用，没有像《变》那样一以贯之，原因在于王蒙喜欢叙述视角的不断变化，同时用一种召唤结构，通过与人物的对话获得与读者的对话。这种对话意识始终贯穿在王蒙的小说创作之中，从《青春万岁》就开始萌芽。使用率最高也最成功的则是《女神》，"你"出自颂体的形态，也出自作家与女主人公对话的情结。从未谋面的陈布文是王蒙的青春偶像，但没有在"线下"见过面，他与王蒙的交往始终在"线上"（电话、书信），这让王蒙产生了神秘感和向往感，第二人称是自然而然产生的，不是技术性的追求，是情感使然。在这篇淋漓尽致而又回肠荡气的抒情文里，没有比第二人称更好的选择了。《闷与狂》的第二人称使用属于语言的狂欢和情感的混沌，这里面你的情感、我的情感和他的情感出于一种共情的状态，单独具体的人称反而束缚了作家丰富庞杂的情绪，"你"的对话性让这部意象性小说增添了叙述语言的翅膀。

值得注意的是，王蒙近期的小说采用了多人称或泛人称的叙述，不仅人称反复变换，小说的人物是叙述者，也是故事的当事人，作家王蒙也常常加入到小说中和人物对话，作家王蒙自己也分裂成几个角色来叙事，这种人称的多头并进，不只是一个人称选择的问题，而是与狂欢的美学思想相一致，进入了小说的自由之境，无人之境。

## 四、结语：语言与文体

文学创作是语言的艺术，文学某种程度上是创作语言的艺术，处理好语言的固定性和变异性是一个文学大师的创造性才能。索绪尔在《普通语言学教程》中指出，语言符号有两个特性：①符号的任意性；②符号构成的线性序列，话只能一词一句地说，不能几句话同时说。同时，索绪尔又有两点补充：①语言始终是社会成员每人每时都在使用的系统，说话者只是现成地接受，因此具有很大的持续性。②语言符号所代表的事物和符号本身的形式，可以随时间的推移而有所改变，因此语言是不断变化和发展的。

毫无疑问，王蒙已经形成了自己的独特的语言艺术风格，被称为王蒙体或者王蒙流。我们很容易从修辞学的角度去看待王蒙小说语言的创新，但现在发现修辞学包含不了王蒙的艺术创造。王蒙打开了一个语言的"潘多拉魔盒"，这个魔盒最终甚至淹没了王蒙自己的语言世界，这是语言的反作用力。这个反作用力冲破了文体的藩篱，语言之流越过文体的堤坝，形成了新的语言湖泊和状态之流。早在1994年的时候，笔者曾经用"状态之流"来描述王蒙的语言特征[29]，时过30年，王蒙的状态之流依然如故，他冲破的不只是能指和所指的"牢笼"，而是文体的界限和隔离。

五四新文学以来形成的文体分类学，一般把文学分为两块，一块是创作，一块是评论，创作包含小说、散文、诗歌、戏剧四大版块，评论则独立成块。近百年的文学创作基本沿袭这样一个文体的格局，也各自出现了一些规范。比如小说一般忌讳议论，也忌讳散文的天马行空，更不大可能接纳诗歌的非逻辑性的语言形态。我们读一部作品的时候，一看语言的形态，大致就可以判断是什么体裁的作品。王蒙的语言革命和语言创新从《春之声》《海的梦》等开始，率先冲破了语言的牢笼，这个牢笼就是文体语言自身构筑的，而王蒙率先从文体的语言开始突破，让非小说的散文化的语言堂而皇之地步入到小说的殿堂，以至于有人觉得《春之声》《海的梦》不是小说，是散文，但王蒙坚定认为他写的是小说。

王蒙的这一实践一度被认为是东方"意识流"的使用，但王蒙自己否认意识流的影响，他认为是吸收了其他文体的结果。他说："小说首先是小说，但它也可以吸收包含诗、戏剧、散文、杂文、相声、政论的因素。"[30] 多种艺术种类的借鉴使用，让王蒙的小说呈现出明显的杂语性特征，各种类型的语言进入小说之中，导致各种价值观念互相冲击，但正是这种冲击，让本来相对立的事物得到了融合，比如高雅与粗俗、崇高与卑下、城市与乡村，各式各样的话语形式在一个文本空间里多元共存。这种多元性的直接影响使语言形成了对所谓唯一真理的冲击，庙堂的、江湖的语言在杂语中被打散然后重新融合，形成了另一种独具特色的表达语言。

语言是观念、语言是思维，语言的新意到达的地方，思维和观念会受到相应的影响，旧有观念就会产生动摇，原本的等级规定的语言界限被打破，文体的藩篱被逾越，杂语性使整个小说观念在一定程度上得到改变。因此王蒙的小说不是传统意义上的小说，是诗化的小说，是散文化的小说，是评论化的小说，是自我悖反的小说，是自我重建和自我解构的小说，这样的小说绝不依附于单纯的时间架构来组织文本，而是所有的情节、故事跟着王蒙的内在语言经验走。从这一层面来说，王蒙更像是一个巨大的语言处理机器，相声语言、讽刺语言、民间口语等等语言在这架机器中相遇，然后产生了神奇的化学反应，他把所有的语言都变成了自己的语言。在这样的情况下，他写的每一个文本都充当了他的语言塑形器，文体的定义无法框住这些文本，于是我们看到这种语言的"疯狂"带来的直接后果，是任何文体分类都不能将它封闭住，或者说王蒙的文体已经渗入或浸透于小说、诗歌、散文甚或是评论中，它已经在任何一种文体中显现。

语言决定文体，语言具有个性的作家，才会形成自己的文体。汪曾祺曾经说过"想打破小说、散文与诗歌的界限"[31]，王蒙则打破了文体的界限，语言的边际被延伸，混沌感即是个人的文学，在混沌感中，文体的边界同时被延伸。汪曾祺的小说漂浮在散文、笔记和诗歌之间，但汪曾祺的实践在文体内部进行，而王蒙则跳出文体之外，比如汪曾祺小说的叙述人一般是固定的，在一部小说中很少变动，而王蒙则不断变动小说人称，在一部小说里混合使用多种人称，不仅使用"你"第二人称这种被笔者称为鬼叙述的叙事人，还将一个人物的叙述者立体化，以至于造成小说的多人称和无人称，这就彻底打破了文体的旧式城堡，从而建立新的叙事大厦，这大厦就是新文体的诞生。

现在中国文学的文体学的确定显然受到国外的文体学的影

响，新中国成立后报告文学这一文体的出现，应该源自苏联。文体四分法不是中国文体本身的形态，中国古代文体韵文和散文的划分法还是就韵律来说的，现在的小说、散文、评论大多应该属于"散文"的范畴。而诗歌和戏曲则是"韵文"的范畴，流传已久的中国文人的"文章"传统在新文学运动中没有得到充分赓续，而一些有想法的作家像王蒙、汪曾祺、高晓声等则努力通过自身语言的优势，努力扩展小说文体的语言和内涵，超越语言修辞学的范畴，而进入到文体的探索建构之中。因而王蒙体的出现，实际上是文体意义上的创新和建构。

## 注 释：

[1] 张之沧主编：《马克思主义与当代西方社会思潮》，上海人民出版社 2003 年版，第 270 页。

[2] 索绪尔条目（叶蜚声撰写），《中国大百科全书·语言文字》，中国大百科全书出版社 2002 年版，第 378 页。

[3] [20] 王蒙、王干：《王蒙王干对话录》，《王蒙文集》第 31 卷，人民文学出版社 2020 年版，第 270 页、第 332 页。

[4] [7] [15] 王蒙：《闷与狂》，《王蒙文集》第 11 卷，人民文学出版社 2020 年版，第 11—12 页、第 1—2 页、第 19—20 页。

[5] [9] [美] 赫伯特·马尔库塞：《审美之维》，李小兵译，广西师范大学出版社 2001 年版，第 132、102、102 页。

[6] [法] 米兰·昆德拉：《小说的艺术》，尉迟秀译，上海译文出版社 2019 年版，第 20—21 页。

[8] 王蒙：《歌神》，《王蒙文集》第 16 卷，人民文学出版社 2020 年版，第 139 页。

[10]王蒙:《蝴蝶》,《王蒙文集》第13卷,人民文学出版社2020年版,第103页。

[11][12][14][18]王蒙:《霞满天》,《北京文学》2022年第9期。

[13]王蒙:《文学是不会消亡的》,《解放日报》2020年11月13日。

[16][17][27]王蒙:《猴儿与少年》,花城出版社2022年版,第63页、第38页、第66页。

[19][俄]巴赫金:《巴赫金全集》第5卷,白春仁、顾亚铃译,河北教育出版社1998年版,第161页。

[21]高选勤:《王蒙小说语言的讽刺艺术》,《江汉大学学报(人文科学版)》2003年第6期。

[22][26]王蒙:《来劲》,《王蒙文集》第17卷,人民文学出版社2020年版,第119、119页。

[23]王蒙:《友人和烟》,《王蒙文集》第17卷,人民文学出版社2020年版,第175页。

[24]王蒙:《王蒙小说报告文学选·自序》,北京出版社1981年版,第9页。

[25]王蒙:《季老六之梦》,《人民文学》2023年第8期。

[28]郭秋荣:《论王蒙新时期小说的杂语叙述》,福建师范大学2005年硕士学位论文。

[29]王干:《寓言之瓮与状态之流——王蒙近作走向谈片》,《文艺争鸣》1994年第2期。

[30]王蒙:《倾听着生活的声息》,《王蒙文集》第26卷,人民文学出版社2020年版,第45页。

[31]汪曾祺:《汪曾祺全集》第6卷,北京师范大学出版社1998年版,第173页。

# 第六章　蝶变：在转化中创新

## ——论王蒙小说的意象美学

## 一、意象源起

意象是中国美学的根基，也是中国诗歌美学的灵魂。最早把意与象合成一个词并构成美学概念的是刘勰，他在《文心雕龙·神思》中提出了"循声律而定墨"，"窥意象而运斤"。意象作为一种美学的思维方式，远在《文心雕龙》之前中国的先贤们就已经运用了。美学家朱志荣教授认为，"尚象"是中华美学的本体论。他认为，早在《易经》中，"象天法地"的"尚象"思维就成为中华美学现象本体论的肇始[1]。这也就是《周易·系辞下》所阐发的："仰则观象于天，俯则观法于地，观鸟兽之文与地之宜，近取诸身，远取诸物，于是始作八卦，以通神明之德，以类万物之情。"[2] 这种取象天地的现象本体论美学建构，注重物我关系的相互激发，"感者动也，应者报也，皆先者为感，后者为应"[3]，消解自我主体的执着，即孔子说的："子绝四：毋意，毋必，毋固，毋我"（《论语·子罕》）[4]；强调非实体性的虚静其心，即庄子说的"水静犹明，而况精神！圣人之心静乎！

天地之鉴也，万物之镜也"（《庄子·天道》）。[5]

意象是中国诗歌最深厚的美学传统，也是中国文学的灵魂所在。虽然在中国文论中出现"意象"一词比较迟，但中国古代文学一向推崇"意境"，讲究"象外之象""境外之境"，都是意象理论早期的雏形。意象作为一种美学概念并被放大成一种美学思想，源于19世纪的美国诗人埃兹拉·庞德，他创立的意象派是西方现代主义的最早流派之一。庞德自然了不起，但他坦言意象派诗歌是从中国的唐诗里面受到启发的，他的一些诗作甚至从中国古典诗词直接改写而来，他认为唐朝的李白、王维等人就是意象诗人。

庞德采用一边翻译一边创作的方式让《长干行》这样古典的诗歌有了现代气息，庞德让更多中国古典诗歌和美国读者见面，同时自己也因为对中国古典诗歌的深入了解而深受其影响。意象派的另一个大师艾略特是庞德的学生，他也受到了中国古典诗歌中意象的影响，他在自己的文论中提出用意象替代所要言说的事物，可以说在艾略特这里，意象写作已经常规化，甚至是技术化。后来的意象派还有很多著名的诗人，比如"垮掉的一代"的代表人物加里·斯奈德也对意象写作推崇备至，这些现代诗人纷纷发现了诗歌要言之有物，意象的运用非常重要。有趣的是，意象在世界范围内旅行一圈之后又回到中国，以意象派和象征主义的形式影响了一批现代文学史上的诗人，最早的戴望舒、艾青、李金发等就受到他们的影响。李金发等诗人开始有意识地进行意象诗歌创作，但我们读李金发的《弃妇》等诗歌时会发现作品本身较为生涩，似乎意象写作在李金发那里并没有融会贯通，在阅读上给读者造成了很大的障碍。

意象派和象征主义的区别是什么？1914 年意象派领袖庞德通过对"意象主义"和"象征主义"的比较，说出了意象的本质："象征主义者运用联想，即一种幻想，几近乎一种寓言。他们把象征贬低到一个词的地位，他们把象征搞成一种节拍器的形式，举例来说，用'十字架'来意味'苦难'诗人就能大体上算作象征了。象征主义者的象征有固定的价值，像算术中的数目，像 1，2 和 7。意象主义的意象有着可变的意义，像代数中的符号 a，b，x……著者必须用他的意象，因为他看到或感到它，而不是因为他认为他能用意象来支撑某种信条或伦理体系或经济。"[6] 如果把二者比作发射器的话，象征主义发射出来的是单弹头导弹，而意象主义发射出来的是多弹头导弹。

虽然意象美学对中国文学尤其诗歌影响深远，但中国古典小说似乎不太注意对这一美学精神的传承和使用，《三国演义》《水浒传》《西游记》《封神榜》《七侠五义》等名著无论是历史演义还是英雄传奇，都是重视讲述故事情节的硬性结构，忽视情绪、意象、内心这类精神性的软性结构，基本在讲故事的层面来塑造人物、表达思想。至于笔记小说，也是注重白描，刻画性格，对意象这样充盈在中国诗论的美学理想，似乎因韵文和散文的简单分类而被遗忘了，某种程度上中国的韵文美学和散文美学是处于一种断裂状态的。

直至《红楼梦》的出现，改变了这一状况。《红楼梦》率先将中国的韵文策略和散文策略进行了成功的嫁接，它在外在叙事形态上遵循的是话本小说的套路，但内核却是韵文美学理想的实践，这就是将中国诗歌的意象思维完美融合到小说中。《红楼梦》创造性地将中国文学的韵文美学和散文审美结合起来，从思维、结构到语言都呈现出意象美学的特征。《红楼梦》开篇就讲，故事发生在"大荒山无稽崖"之下，以意象开头，后文在讲述故事的过程中，虽然处处写到贾府的日常起居等，但读者看到的表面上都是实处，实则归根结底有"大荒山无稽崖"的起点，如此才会明白"假作真时真亦假"的虚妄。可以说《红楼梦》是中国最早的意象小说，也是世界最早的意象小说。

中国现代文学史上的一些作家也在不断探索小说意象化的实践。汪曾祺20世纪40年代的一些小说被唐湜认为不仅仅是意识流的尝试，也是对中国诗歌意象传统的融入。唐湜在论述汪曾祺的小说创作时，就提出了"意象流"的概念。他认为汪曾祺的小说不是西方意识流的翻版，而是融合东方意象美学的产物。在唐湜这里，"意象流"是思想流的载体，以意象的流动的方式呈现思想变动不居的存在形态，是一种具有微观诗学意义的范畴。"意象流"概念的创造，与唐湜受到意识流理论的影响进而注重人的意识的流动性有直接的关联性。在《论意象》一文中，唐湜指出："意象则是潜意识通往意识流的桥梁，潜意识的力量通过意象的媒介而奔涌前去，意识的理性的光也照耀了潜意识的深沉，给予它以解放的欢欣。"[7]唐湜指出了潜意识和意象之间的关系，潜意识和意象一样，都具有流动性，潜意识因为它深沉的内在性，或许被我们长期忽视，但是它存在于我们的身体之中。在写作中，意象是潜意识的载体之一，意象的变幻就是潜意识流动的具体体现，意象流是潜意识的表现形态，作为思想载体的意象流也就被归入诗学理论的范畴。作为一个学贯中外的学者性诗人，唐湜对意象流的最早论述是远见，也是卓见。

中华人民共和国成立后，意象化写作在当代小说创作中是一股涌动的暗流，孙犁、汪曾祺、茹志鹃等人的中短篇小说在当时的非诗化的文学环境里顽强体现着中国小说的诗学传统，具体表现为对意象写作的痴迷和执着。孙犁的《风云初记》、汪曾祺的《羊舍一夕》、茹志鹃的《百合花》等都有意象化写作的流韵，他们或以女性视角或以童年视角来营造小说的场景，和当时的小说拉开了距离。到了1978年以后，对意象大面积的运用，先是成为一些先锋作家的特殊手段，后来很快被更多的作家在创作中接纳，他们同时又借鉴西方的象征主义，形成了具有中国诗学特色的意象写作。张炜的《古船》《九月寓言》、铁凝的《玫瑰门》、张承志的《金牧场》、莫言的《红高粱》、孙甘露的《信使之函》《访问梦境》、苏童的《罂粟之家》《1934年的逃亡》《河岸》、格非的《青黄》等都大量使用意象化写作的手段，来丰富小说的内涵和层次。张炜的《古船》属于写实主义的小说，但整个叙事的过程中，始终洋溢着意象的激情，而《九月寓言》则是其意象小说的代表作，小说中历史和现实之间的联系、思想和情绪的载体，正是借助意象的方式搭建。另一位几乎全身心投入意象写作并初步建立自己意象王国的作家是苏童，他的长篇小说《河岸》以其充沛的意象语言勾勒出壮阔的小说语言洪流，成为第一部意象流的长篇小说。如果结合起来看，我们就会发现王蒙其实是用意象的蒙太奇方式来结构小说、组织语言的，与意识流有异曲同工之妙。

在当代作家中，王蒙小说创作的意象美学实践并没有引起研究者足够的注意，很多人往往把他的一些意象化的小说和西方意识流联系起来，而王蒙自己却坦言当时没有接触过伍尔夫、普鲁斯特这些意识流大师的作品，他自己酷爱并时时念叨喜欢的是《红楼梦》、李商隐诗歌等中国的古典文学作品。实践证明，王蒙通过对《红楼梦》、唐诗等具有中国特色意象美学的传承，形成了中国特色的小说美学——意象流。

## 二、草蛇灰线的意象结构

王蒙被称为新时期意识流写作第一人，他的《夜的眼》《春之声》《海的梦》《风筝飘带》等小说，打破了之前以故事情节结构小说的创作模式，转而以人物的感受来结构小说，在当时的文坛产生了巨大的波动，引发了中国文学"现代派"的大讨论。而王蒙自己并没有意识到写作这些小说将会引起整个文坛的小说革命，他当时觉得"故国八千里，风云三十年"的时空交集，信息交织和复杂情感用传统的小说方式难以表达，于是索性采用一种更加自由的方式表达出来，由此被称为意识流小说。而王蒙当时并没有接触过伍尔夫、普鲁斯特等意识流大师的作品，那么王蒙的意识流来自何处？王蒙的这些作品能算真正的意识流吗？

　　王蒙虽然没有直接接触到意识流的作品，但他酷爱李商隐的诗歌，写过好几篇关于李商隐的评论，他对李商隐的《无题·锦瑟》推崇至极。如果用现代诗歌意象学的观点来看，我们发现李商隐的《锦瑟》是非常规范的意象诗。事实上，美国意象派诗歌的鼻祖庞德正是通过对李白、王维等中国唐诗的改写和创造，才创立了对现代主义影响极大的意象派诗歌，庞德的意象派后来对意识流小说非理性的心理表现方式产生过直接的影响。也就是说，王蒙的所谓东方意识流的表现方式，实际和庞德等现代派同宗，师承的是一个祖宗——唐诗，唐诗体现出来的意象美学。王蒙对李商隐的欣赏和崇拜实际上是对其意象美学精神的赞叹，在他的小说创作中能够感受到"李商隐"化身为他笔下五彩缤纷的意象激流，冲破传统小说的藩篱，自由的逍遥游，王蒙小说的意识流其实是以中国诗歌意象美学转化出来的意象流。

　　这样看来，王蒙的意象流被误读为意识流也就正常了。发端于《夜的眼》《春之声》《风筝飘带》的"东方意识流"，其实源于王蒙对意象美学的钟情与喜爱，他的这些小说不是以情节或人物的命运来结构，而是通过将一个意象作为触发点来结构小说。《夜的眼》是陈杲对城市夜的眼奇妙联想，继而扩展为情绪的流动，人物的思绪和潜意识也浮出水面。而《春之声》则以施特劳斯的名曲来贯穿小说，通过声音的聆听和联想，发现生活的转机。而《风筝飘带》被人看作是象征小说，但象征物是什么，又众说纷纭，就像汪曾祺在致唐湜的信中所说，"随处是象征而没有一点'象征'的意味。"[8]《海的梦》也是如此，"海"象征什么？

也是很难具体落实的，却构成了小说的整体结构。《蝴蝶》当时被称为"反思小说"，王蒙确实在回叙历史、反刍人生，但张思远最后的蝴蝶之幻，又使小说超越了当时创作的流行套路，不仅是对历史的审思，更是对自我丧失的怀疑。《杂色》的出现，可以说是王蒙意象流美学的完美呈现。《杂色》虽然有意识流的形态，写曹千里和杂色马在草原上行走的思绪，但其意象的流动和自由组合，更具备李商隐式的美学特征。《闷与狂》的结构又超越了《杂色》的思维形态，后者还属于定点叙述的产物，曹千里和杂色马在草原上的时空是固定的，而《闷与狂》完全以一种中国画散点透视的方式来组合意象，又以意象来贯穿小说，穿越时空，链接未来，时空消失了，只是意象的汪洋。

在谈到《红楼梦》时，王蒙和张爱玲不约而同地说到它的一个特点，就是《红楼梦》可以从任何一回读起，甚至随手翻阅一页都可以津津有味地阅读下去，王蒙还说《红楼梦》有些章回"甚至可以当作精短的短篇小说来把玩欣赏"[9]。王蒙和张爱玲都不是学者出身的红学家，但对《红楼梦》的热爱都是"骨灰级"的，同时他们对《红楼梦》的理解自然也是从一个作家创作的切身感受出发，包含着自己的经验和心得，也道出了《红楼梦》有别于其他长篇小说的特异之处。当初笔者在阅读普鲁斯特的《追忆似水年华》时的感受，也是如此，那些优美的桥段，也像《红楼梦》一样不必按照顺序阅读下去。《追忆似水年华》是意识流的代表作，意识流也是重视瞬间美学的创作方法，同是"追忆"，二者异曲同工。

这是因为《红楼梦》和《追忆似水年华》都采用非线性化的结构方式，通过"横云断岭"、"伏脉千里"（脂砚斋评语）的意象化来结构小说。在某种意义上，《红楼梦》的结构可以说是反长篇小说的，至少是反话本小说结构的。虽然《红楼梦》在外在的结构形态上运用传统的章回体，每个回目字数也和传统章回小说的字数差不多少，而且在每一回的终端也照例加上"欲知后事如何，且听下回分解"这样说书人的套词，但缺少传统话本小说的悬念感，它在回与回之间，并不留多少"扣子"，很多回的结尾处，其实算不上悬念，只是一种自然的结束，或者只是下一回的开端。

王蒙对《红楼梦》的这种"横云断岭"意象化结构的传承并不是刻意为之，也许与他自身的艺术禀赋有关。王蒙不是一个特别善于讲故事和编排情节的作家，他更擅长在作品中表达情绪、渲染情感，他最早的长篇小说《青春万岁》就是一部故事性不强的作品，展现的是一种高昂、欢乐、进步的情绪，其后的作品《组织部来了个年轻人》也是重点表现情绪、表达感受。即使《这边风景》这样的鸿篇巨制，也没能讲述出多么离奇复杂的故事来，这说明王蒙内在的文学气质是诗性的，而非戏剧性的。

在王蒙早期的小说写作中，支撑起小说骨架的内核其实是情绪。通过情绪来支撑文本，这原来是诗歌的特权，但是王蒙创设性地将其运用到小说写作中来，这无疑削弱了小说的故事性，但与之相伴的却是在小说中诞生了诗性。所谓诗性，指的就是小说文本或者旁逸斜出的情节，或者无限向内挖掘的空间，也就是远离了原本小说情节的那些部分。诗性让小说的内部空间更加开阔和自由，同时也让小说的内涵更加丰饶，他称赞张承志的《绿夜》说：

> 没有开头，没有结尾，没有任何对于人物和事情的来龙去脉的交代，……不借助传统小说的那些久经考验、深入人心、约定俗成的办法：诸如性格的鲜明，情节的生动性、丰富性、戏剧性，结构的完整、悬念的造成……摆在你面前的，是真正的无始无终的思考与情绪的水流，抽刀也断不开的难分难解的水流。[10]

这里说的是张承志，但其实道出了王蒙自己向往的小说境界，这里的三个"没有"，其实就是"横云断岭"的结构方式，而不是传统小说的那种长卷的方式。也许为了避免有人误解他是小说"三无"（无人物、无冲突、无情节）的倡导者，他说："没有情节的小说，实际上是用一些小的情节来代替总的情节，绝对没有情节的小说是不可能的。"[11]

而且在这段话里，有一句值得注意："摆在你面前的，是真正的无始无终的思考与情绪的水流，抽刀也断不开的难分难解的水流。"王蒙用了两个"水流"，"无始无终""难分难解"的水流，其实与意识流有某种曲径通幽的暗合，因为意识流这一概念最早是由威廉·詹姆斯提出来的。詹姆斯认为，人类的思维并不是由分离的、孤立的部分组成，而是一股斩不断的"流"，思维本身是连续不断的。因此准确地说起来，意识的活动就是一种"思想流""意识流"或"主观生活流"。王蒙当时没有接触西方意识流理论和作家的作品，能够和西方意识流"相遇"，在于他运用的正是中国的意象美学，而西方现代主义思想的滥觞恰恰起源于庞德创建的意象派诗歌。可以说，王蒙和西方的意识流在同一个"源"上起步。

小说《生死恋》讲述的是主人公二宝和两位女性立红和月儿之间的爱情故事，王蒙通过小说要探索的是人性之复杂幽深。《生死恋》的情节也不如普通小说一样拥有完全线性的时间结构，而是靠一种类似暗涌的情绪推着情节走，有时候读者会发现，没有任何铺垫，情绪化的文字中突然就跳出来一段左右情节走向的内容，但这并不损害小说的完整性，反而让王蒙的小说有了独特性，比如写二宝决定离婚：

> 天啊，坏了，好个老实到了窝囊程度的苏尔葆，他敢情是陷入感情的迷狂乱阵泥淖，他面临的是没顶的危险，他找不到自己的存在了。开茅完全傻了眼。他自言自语，他说：不，我不信，你与立红青梅竹马，两小无猜，不，不可能……[12]

这一段的描写非常新奇，除了此前写到主人公二宝崭新的外貌和颠倒的袜子之外，全文是开茅的心理活动，开茅自语式的意识流动把小说的情绪氛围渲染到了极致，读者仿佛跟着开茅走出很远才忽然想到二宝这么做的原因，于是小说在情节上才让开茅开口，说出二宝的所作所为并且得到二宝的印证，因此整个小说才能继续下去。除了这一情节，小说中类似的情节处理方法还有很多，包括二宝离婚后得知月儿已经结婚，以及后来二宝的自杀等情节都是相同的处理方式。由此，我们可以把《生死恋》的文本分出两条线索，第一条是人物漫长的心理活动线，这是王蒙式的意识流，这条线索是静水之下深沉的暗涌，是推动小说情节发展的动因，对于情节来说它是隐性的；第二条线索是小说中正常的情节发展，《生死恋》中的情节像是河水偶然撞击出的水花，水花是意象凝聚出的最终果实，是显性的。一隐一显两条线索构成了《生死恋》这个充斥着美与绝望的小说，也深化了王蒙式的小说意象美学。

小说《生死恋》在情节构成上除了隐和显两条线之外，还运用了第三条与故事情节无关的线索：

原型可能提供了很多，也可能只是提供了一点表皮表象表层，一点点痕迹。称小说中的人物原型如何如何，这本身就活活坑死人。原型也可能是午夜晴空一颗星对你的眨眼，是游轮甲板上与她偶遇时给你的微笑。你必须回应以眼光与微笑。而你痴迷于文学，你的回应成为小说、诗、戏剧，你进入文学的虚构世界却纠缠于世俗关系难以自拔。[13]

关于小说原型的讨论，无论是文论还是作家自述中都非常多，但是《生死恋》中这段讨论其实和情节发展毫无关系。那么，这样的插入是否有损小说的完整性呢？王蒙对取材和原型的理解完全用意象来支撑，称原型可能是"一颗星对你的眨眼"，是"与她偶遇时给你的微笑"，这样的表述是典型的诗歌的、意象的表达，作为一种情绪，甚至一种经验的表达让人耳目一新，这正是意象化的作用。但是却在故事情节发展的过程中插入一个名为"文之原罪"的章节来议论文学的原罪，这个旁逸斜出的部分是典型的意识流，他从小说是什么议论到了曹雪芹是否对得起家族，这其中敏锐地涉及了写作伦理问题。在对小说情节的编排过程中，作者实际上行使的是上帝的权利，这种"上帝的权利"是否对笔下的人物，或者从现实取材的人物原型造成伤害，这是王蒙在"文之原罪"中探索的问题。王蒙一边在"写"小说、在虚构，一边在自证这种虚构的合理性，这不仅仅是用思辨一词来概括这么简单。王蒙的这种写法实际上也为读者解决了文本的道德问题，即曹雪芹在揭家族之短的过程中究竟得了什么好处？答案也由王蒙亲自给出来，他说，"天的感动，令你欲仙欲死"[14]。欲仙欲死的当然就是文学之美，而曹雪芹真正的贡献则是"如果有林黛玉、贾宝玉、贾府诸君而没有曹雪芹，你们早已经灰飞烟灭……是曹雪芹延长了你们的生命，扩大了你们的灵光。"[15]我们没有必要把这样的议论文字看成是王蒙为自己的"上帝的权利"进行开脱，相反，这种以大量意象支撑起的论述恰是作家王蒙良好自省能力的表现，作家对文学的定位有着清晰的认识。《生死恋》由三条线索并行的意象结构来叙事，这在小说文体中很少见，有点像《红楼梦》里几条线索交织在一起，宝黛的爱情故事，贾府的家族兴衰，太虚幻境的人间折射，大荒山的传奇，草蛇灰线，虚实相映。

## 三、"横云断岭"的意象人物

小说创作的一大功能就是塑造人物，而作家塑造出来的这些人物，是否成活，也就是能不能被读者接受，能不能在文学史的人物画廊里有一席之位，则是考量一部小说的关键指标。《红楼梦》描写的人物很多，有名有姓的据考就有 470 多人，但是数量不足以说明问题，关键是《红楼梦》人物的成活率太高了，而且和其他小说不相重复。《三国演义》《水浒传》里也塑造了很多成功的人物，但他们之间的"互文性"太强，张飞与李逵，孔明与吴用，都是相似的人物形象。《西游记》里除了孙悟空、猪八戒、唐僧给人留下深刻印象外，其他的形象往往流于肤浅。《红楼梦》的人物不同于演义和英雄传奇，但在日常生活的描述中将人物塑造得如此生动实在难得，不用说贾宝玉、林黛玉、薛宝钗、王熙凤这样的一线人物特别成功，就连刘姥姥、薛蟠、秦钟这些二线的次要人物也非常生动，甚至着笔很少的属于三线人物的焦大、门子、兴儿也让人难忘。

《红楼梦》写人物的方式有两种类型，一种是非常写实主义的完整版，人物的出身、家世、性格、命运交代得非常清楚，可以说毫发毕现，哪怕是一些小人物，像秦钟、贾瑞、夏金桂都不留疑点。晴雯就属于这种类型，她的来龙去脉一清二楚，连手上的长指甲有几寸长也不含糊。还有一种就是意象型的，人物身世、命运云遮雾罩，但性格鲜明，令人难忘，比如妙玉，来去无迹可寻，比如秦可卿，留下大片空白。即使看上去很明白的史湘云也有诸多交代不清的地方。这种意象化的人物不注重人物的全貌，而是将人物的命运和性格通过特定的意象化来展示，所谓"草蛇灰线"，就是暗藏其中，风云见龙腾，波涛显鱼跃。这些人物并没有因为神龙见首不见尾的"横云断岭"式的写意笔法而淡化其形象的魅力，反而增添了迷人的色彩，比如秦可卿、妙玉、史湘云等人物的留白和"删去"，给读者留下了更大的想象空间，当代作家刘心武甚至要建立"秦学"，来研究秦可卿身上的种种谜团。

王蒙深得《红楼梦》写人的三昧，他的小说既有非常写实的人物，像《活动变人形》中的倪吾诚、静珍、静宜，像《青狐》中的青狐，"季节"系列里的钱文，完全是写实的工笔细描，毫发毕现。但也有意象化的人物，《布礼》当中，主人公与"灰影子"的对话，曾经引起人们的争论，认为怎么可以跟一个虚拟的人物进行对话？其实这就是一种意象化的手段。在小说《布礼》中，灰影子一共出现了三次，作为意象化的角色，灰影子的第一次出现是这样的：

> 灰影子穿着特利灵短袖衬衫、快巴的确良（一种流行的化纤混纺面料）喇叭裤，头发留得很长，斜叼着过滤嘴香烟，怀抱着夏威夷电吉他。……磁带上录制了许多"珍贵"的香港歌曲。不，他不年轻了，快50岁了……或者，她只

是一个早衰的女性，过早地白了头发……或者，他又是另一副样子……[16]

灰影子没有具体的性别，他一会儿是青年，一会儿并不年轻了，这是一个面目模糊的形象，是不确定的意象性的人物。没有人知道他具体是谁，没有人知道他从哪里来，但是常常光临"我们"的房舍。这个意象式的人物到底是谁？有研究者指出《布礼》中的灰影子可以是任何一个人，但是我们反过来看，进入到文本中，一个人面对自己承受的不公待遇不可能完全没有怨恨，那么这个灰影子是任何人的同时，也是钟亦成内心动摇过的那部分，钟亦成和灰影子的对话实际是经受过一系列人生挫折之后，仍然纯真的那个自我和有怨念的部分自我之间的对话，是挣破历史的牢笼之后睁开眼睛看见的现实。当钟亦成询问他靠什么活下去，他说"爱情，青春，自由，除了属于我自己的，我什么都不相信"[17]。灰影子是理想也是现实，理想与现实交织也是钟亦成经历了迫害之后内心仍然保有的对信仰的纯洁与虔诚。从这段对话来看，灰影子代表的似乎是几十年以来钟亦成内心的赤诚状态。但灰影子的形象不止于此，钟亦成继续询问，灰影子的回答转守为攻，指责钟亦成是"自己束缚着自己"，"难道你的不幸就不能使你清醒一点点？"[18]

接下来钟亦成的回答表面上是对灰影子说的，实际上是对自己说的，他表达了自己的忠诚，也检讨了忠诚中的盲目，他用自己的忠诚、信念和爱戴等击碎了灰影子所说的自由。这是钟亦成自己和自己的对话，也是王蒙的现实心灵在小说中的投射，这段话是钟亦成说给灰影子的，很大程度也是王蒙在"文革"结束后的内心自白。灰影子和钟亦成的对话还出现了第二次，这一次灰影子说："你真可怜！……看穿一点吧，什么也不要信……"[19]钟亦成的回答则是让人深思的，如果说上一次二者的对话还停留在具体的历史事件中，这一次的对话则远远地超越了生活，超越了历史，超越了苦难。钟亦成说："你只不过是在生活的岸边逡巡罢了，你下过水吗？你到生活的激流中游过泳、经历过浮沉吗？"[20]这是对灰影子的鄙视，传达的是一种走入现实的人生观和价值观。第三次与灰影子对话是因为钟亦成为了救火而把自己陷入另一场怀疑中，灰影子对钟亦成说活该，而钟亦成并没有为自己的选择后悔，因为他无法任凭工人、农民、村庄、财产被火灾毁灭，他宁愿再次被误解也要走入具体的生活，去做具体的事情，尽己所能减少财产的损失。

灰影子的三次出现，与钟亦成的三次对话各有侧重，二者探索的问题归根结底是人生价值的问题，从现实到虚妄，从抽象到具体，抽象的内心对话与挣扎都通过意象表达，这是《布礼》的核心所在。灰影子是典型的意象人物，这一人物让小说变得神秘，也很好地展现了主人公的虔诚。

在王蒙的小说里，经常出现一些形象模糊的人物，比如《春之声》里的岳之峰，《夜的眼》里的陈杲，他们不像传统小说里的人物那样棱角分明、毫发毕现，拥有完整的历史档案，他们反而像印象派画家笔下的人物，情绪化，变形化。《春之声》里的岳之峰只是一个返乡乘客，他是"闷罐子车"上一个场景的见证者，一场对话的参与者，至于这个场景要指向什么样的隐喻，这个人物的出现是为了表达什么，似乎全不在岳之峰的考虑内容当中。这种单纯地呈现式的表达有一种"原诗"的味道，小说的主人公在呈现式的写作中也成了隐喻的一部分。《夜的眼》里的陈杲与岳之峰有相似的作用，不同的是《夜的眼》更多了几分讽刺，陈杲的形象是局促的和不安的，因此陈杲是更"形象"的，多了几分时代赋予的具体性。

小说《杂色》讲述的故事非常简单，一个名叫曹千里的统计员骑着马去夏季的牧场统计点什么。而结构也平淡无奇，曹千里从京津地区自愿到新疆工作，"如果把小说拆开来看，作者所写的就是主人公曹千里、灰杂色老马以及与这七个场景的关系"，童庆炳还指出，"《杂色》首先是隐喻艺术的佳构"[21]，隐喻实际是通过意象来完成。小说中的曹千里，是一个意象化的人物，他和杂色老马在草原上的行走就是一幅意象图，而不是一般写实小说里对人物的详细刻画和人物行动的具体描写；《杂色》中的老马也是一个意象化的形象，它和曹千里相对应，构成了复调的形象整体。注意，这里的形象不仅是人物，还有动物。小说中有一段写到曹千里醉后和马对话，马居然会说话了，这很魔幻，不仅马会说话，鹰也会说话，风也会说话，流水也会说话：

"让我跑一次吧！"马忽然说话了。"让我跑一次吧！"它又说，清清楚楚，声泪俱下。"我只需要一次，一次机会，让我拿出最大的力量跑一次吧！"

"让它跑！让它跑！"风说。

"我在飞，我在飞！"鹰说着，展开了自己黑褐色的翅膀。

"它能，它能……"流水诉说，好像在求情。

"让他跑！让她跑！让他飞！让她飞！让它跑！让它飞！"春雷一样的呼啸震动着山谷。[22]

人与马，还有风、鹰、流水都有了人的属性，会说话，有了自己的思想；反过来说，这里是人与马、马与自然的高度同构，作者赋予了自然意象生命，用通感的手法让曹千里和马以及其他事物能够交流，这表面的"有趣"实则透露出一个信息：曹千里这个外来人对于这里的生活是全身心投入的，也就是前文所说的"自愿"。他对于骑行在原野上并没有城市生活带来的骄矜，而是在困境中找到一个自处的位置。小说不仅仅有这些会说话的意象，还有更多没有说话的意象，比如河水、黑狗、白狗，甚至突然出现的蛇等，都是典型的小说意象。童庆炳曾指出曹千里遇到的天气，诸如一会儿风和日丽，一会儿狂风暴雨有可能指现实问题——"反右""文革""草地的气候变化转移为对历史的某一阶段的暗示"[23]，这种看法结合具体的历史背景来看似乎有一定的合理之处，但是我们结合上面所讲的《布礼》中的灰影子来看，就会发现王蒙会去反思历史和信仰等问题，但并不局限于某一个具体的历史背景，他的信仰是实在的，是具体的，不是虚妄的。

如果非要给《杂色》中的现实场景，诸如天气等的变化找到对应的隐喻之物，笔者认为王蒙指的是人在广阔的人生之路上遇到的各式各样的障碍与险途，而绝不是指具体的历史事件对历史和政治的影射，他展示的是"另一种的人生，那种对苦难的态度，对恶的态度，对纯粹与永恒的态度"[24]。《杂色》是一篇出色的意象小说。

区别于普通小说形象的实指性，王蒙小说中的意象很多是"虚"的，与《杂色》中的老马这一意象类似，王蒙小说里经常出现动物作为意象，如《蝴蝶》里的蝴蝶，《蜘蛛》里的蜘蛛，《闷与狂》里的猫，《猴儿与少年》里的猴子等，这些动物已经脱离了现实意义的物性，往往是人物形象的化身或象征。《杂色》中的老马是虚的，它会说话，是主人公曹千里的同构；《蝴蝶》中的蝴蝶用的是庄周梦蝶的典故，小说主人公张思远对人生产生深刻怀疑的时候脑海中就会出现蝴蝶，经历过挚爱离开自己、从书记的位置被拉下来以及被自己亲生儿子批斗，然后又莫名其妙地被"平反"等一系列人生大起大落的事情之后，张思远想到了蝴蝶，在人生的极度荒唐感面前，他不知道自己是蝴蝶还是老张，而他要面对现实处境的时候又坚信自己是被遗弃的、孤独的蝴蝶，蝴蝶是张思远自我的外化和形象化，隐喻的是自我在现实中位置的缺失，也就是生活的荒诞感。与《杂色》中的老马相比，蝴蝶的意象试图解决的是眼前的困境，杂色老马是人生路上的同行者，蝴蝶是人生起落之时心灵中最后的一丝自我救赎的力量，是山穷水尽处，也是柳暗花明时。

意象化的人物不注重人物的全貌，而是将人物的命运和性格通过特定的意象化来展示，形象的意象化在王蒙的小说写作中扮演着重要的角色，它们不一定是小说中的主要形象，但是在主人公的心理发生巨大变化时，却是伴随在主人公身边的重要角色，这些角色大多是主人公内心的外化，这种外化的意象让小说离开了实指而进入虚境，使得小说极具审美性空间。

## 四、"如雨天花"的感官意象

王蒙在谈到《闷与狂》的创作时，认为这是一部自己的"感官回忆录"，用他的话解释就是"用一种反小说的方法来写——因为小说最重要的因素是人物、故事、环境，有时候再加上时间、地点——我偏偏不这样写，但是我把内心里最深处的那些东西，就是把这种情感、记忆、印象、感受的反应堆点燃了，点燃了以后发生了一种狂烈的撞击"[25]，这种撞击，形成了语言的天女散花的自由书写的姿态。戚蓼生在为《红楼梦》作的序言中这样评价："如捉水月，只挹清辉；如雨天花，但闻香气，庶得此书弦外音乎！"[26]戚蓼生对《红楼梦》的评价用来形容王蒙小说的语言也恰如其分，尤其那些主观色彩特别强烈的小说，王蒙语言的意象确实如雨天花，潇潇洒洒，飘忽如梦。

王蒙小说充满了对各种感觉的描写，使得味觉、听觉、触觉、视觉、嗅觉等诸多感觉融合，成为小说的感觉流。修辞的概念似乎不足以来形容他对语言的追求，他把"受想行识"和"色"

这些《心经》里的五蕴高度融合，融为一体。受想行识，用大师的话来说，"受如浮泡，想如野马，行如芭蕉，识为幻法。"（《增一阿含经》二十七曰）都是难以具象描述的东西，眼、耳、鼻、舌、身和色、声、香、味、触，还有苦、乐、舍、忧、触包含在五蕴之中。《闷与狂》中的这段文字可谓五感交合、五情叠加、五彩纷呈：

> 它们此生第一次照亮了我的意识，渐渐地走入到一个孩子的灵魂。不知道是黑猫在捕我的灵魂还是我的灵魂要俘获两只黑猫。我悻然欢呼：我，是我啊，我已经被黑亮照耀，我已经感觉到了猫、猫皮、猫眼、猫耳、客厅，巨大的房屋与充实着房屋的猫仔，而且在那一刹那我自信我已经比那两只猫更巨大也更有意义了。我在乎的是我被猫眼注视，不是在乎那两只猫。[27]

在"我"与两只猫的注视中，"我"的意识得到照亮或者重生，致使"我"更加巨大，也更加有意义，这是一种完全面对自我的对话，在这种对话中，时间消失，空间中只剩下"我"与猫的注视，在注视中，"我"的感觉得到无限的延伸，语言也开始在感觉之上生长，形成独具王蒙特色的感觉叙事。

这种语言的意象化首先表现在小说的题目选用上。一般来说，小说的题目是小说的文眼，也往往是一个作家一部作品灵感的源头，也是旨意的结穴地。如果检索一下王蒙的小说，会发现大多题目都带有意象美学的"构图法"，当年被称为"集束手榴弹"的六篇小说，《夜的眼》《春之声》《海的梦》《风筝飘带》《布礼》《蝴蝶》，除了《布礼》作为意象有些牵强外，其余五篇小说题目都是画面感很强的具象。后来写的小说《蜘蛛》《夏之波》《笑的风》《青狐》《活动变人形》《春堤六桥》《葡萄的精灵》《霞满天》《女神》等都是用意象来作为题目。王蒙曾经说过《活动变人形》的题目，原来叫《报应》，最终定稿是《活动变人形》，以意象命名取代理念和概念来命名，后来又准备用《空屋》，最终还是确定《活动变人形》。《空屋》是象征，《活动变人形》是意象。这说明王蒙在结构小说时，不是先有一个故事，或者先有一个人物，再构思小说，而是先从一段情绪、一个意象来寻找小说的灵感。

王蒙还喜欢化用诗词的意象来表达小说的情绪氛围。小说《相见时难》的题目直接化用李商隐《无题》的诗句。叶嘉莹在论述李商隐诗歌的时候，曾指出李商隐诗歌"跟别的诗人比较起来，他用的象喻手法最多，也最好"。这里所讲的象喻其实就是意象的用法。同时叶嘉莹还指出李商隐"在使用象喻的手法时，喜欢用怅惘的、迷离的、幽微杳渺的意象，总之不是很确实的东西，它们的意义是很难明确地解说的"[28]。叶嘉莹指出李商隐的诗歌为意象美学是有道理的，因此"相见时难"一句的借用正好与李商隐诗中不确定的、怅惘的、迷离的部分传达出相同的内涵。小说《相见时难》讲述的恰是主人公蓝佩玉离开祖国三十多年之后因父亲去世而重返祖国的场景，一去三十年，她的归来带来了很复杂的情感体验，中西方生活方式的差异，幼年同伴之间既熟悉又陌生的情感体验，短暂的，身边人的崇洋媚外的心理，这一切使得蓝佩玉面临着一个全新而又熟悉的中国。那种复杂的暧昧的情感恰好与"相见时难"的主题相契合，诗句的化用不仅仅概括了蓝佩玉与发小之间的相见之难，更是囊括了主人公对国家的复杂情感。蓝佩玉深知国家曾经历过的灾难，也知道历史的不公，但她无力追问故国，她心中仍然深爱这个国家，但是她却在另外一个国家生活，这种情感的复杂性要远远超过面对具体的个人时的伤春悲秋的情感，这种情感只有"相见时难"能够概括。而且这句诗还有后半句，即"别亦难"，对蓝佩玉来说，再次别离祖国其实是必然的，所以，"别亦难"或许是不存在的。"相见时难"是一种怅惘的情绪，与小说的情节比起来是软性的结构，是意象化的表达。

王蒙喜欢庄子，受庄周化蝶的启发，直接以《蝴蝶》命名中篇小说，语言上的气势磅礴和汪洋恣肆也与庄子的文风极为相似。他成功地对古典赋体进行化用，形成了新的语言意象。汉赋的特点是辞藻优美而意象丰繁，语言以排山倒海之势形成了意象流。王蒙的小说语言是充分开放、极具包容的，他对语言的灵活使用甚至让郜元宝称其为"语言的暴君"，这位"语言的暴君"尤其在晚近时期的写作中呈现出语言的狂欢化特质，表现之一是文本中喜欢运用大量的排比句，并且王蒙的排比与其他人的排比不太一样的地方是他"不讲逻辑"，这里仍然以小说《霞满天》为例：

以蔡老师的身材、风度、举止、穿着和笑容，更不用说她的知识学问经历名气，来到霞满天长者之家，可说是春雷滚滚，春风飒飒，春雨潇潇，春花灿灿，一举激活了高端昂贵、似嫌过于文静的疗养院，引起了"霞满天"的浪漫曲高调交响。[29]

这一段排比非常的"王蒙"。一般的作家在写作中会刻意避免重复，比如这段中"春"的重复，使用不同的对于"春"的表达似乎是比较好的选择，但王蒙是反其道而行之，不仅连用四个"春"，且"春"后面所连接的事物也不一样，春雷、春风、春雨、春花全是春天的意象，这几个意象在中国传统的语境中几乎都是让人感觉到美好。有人认为这是一种新汉赋的尝试，中国古代文体中的赋体讲究铺排、喜欢罗列，爱好重峦叠嶂之美，加之汉语文字自身固有的对称和对应特点，抑扬顿挫，声韵之美尽显，这是赋体自身的优势所在。但我们可以再次进行类比，这里选择一首耳熟能详的苏轼的《前赤壁赋》中的一段：

客有吹洞箫者，倚歌而和之。其声呜呜然，如怨如慕，如泣如诉；余音袅袅，不绝如缕，舞幽壑之潜蛟，泣孤舟之嫠妇。[30]

选择苏轼的《前赤壁赋》没有把王蒙与苏轼进行比较的意思，而是单纯就赋体本身存在的写作风格进行对比。这一段中苏轼写洞箫的声音，排比中同时用了"怨""慕""泣""诉"四种形态形容箫声，而这四种形态是同级的，"怨"和"慕"都是人的情感中不同的两面，"泣"和"诉"也是人所拥有的两种不同的状态。而上述例子中王蒙对于女神形象的形容用的是"春"，春本身可以做形容词，如果用苏轼《前赤壁赋》中的写法来形容王蒙笔下的女神，则与"春"同级别的形容词或许是"夏""秋""冬"，但王蒙没用同级别的形容词，他将形容词细化之后用名词性的具体意象来传达形容词的功能，春雷、春风、春雨、春花都是"春"的事物，语言的具象化也是后现代表达之一种。

## 五、"空谷传声"的意象折叠

王蒙曾在《闷与狂》中谈道："青春和耄耋本来并不是一个风马牛不相及的东西。青春太多了，压缩成了耄耋。耄耋切成薄片，又回复了青春。"[31] 在这里他用了一个"压缩"来表达他的感受，压缩其实在王蒙小说里被转化为一种折叠。王蒙在运用意象美学时有一个重要的创举，就是他通过折叠的方式将意象进行多重的组合和拼贴，不是在一个层面的平面地展现，而是跨时空、跨人称、跨修辞的混沌处理，从而达到了一种空谷传声的效果。

（一）时空的折叠。王蒙早期的小说基本是一个稳定的时空，比如《青春万岁》和《组织部来了个年轻人》的时间基本是物理时间的自然流动，空间也是稳定的物理空间，人物活动的环境可触摸、可描绘。从《夜的眼》《春之声》《海的梦》开始，王蒙小说的时空不再是物理的时空，而是转向了心理性的时空。这就是他把时间和空间进行复合和变形。首先在时间上，他把过去、现在和未来的界限打破，在多重时间中展开叙述。在《蝴蝶》《春之声》等早期意象流的小说里，只是历史和现实的交织，张思远、陈杲、岳之峰等人物的思维还在过去时和现在时之间流动，到了晚年的《闷与狂》《猴儿与少年》等小说里，王蒙已经开始未来时叙述，"明年我将衰老"是一种宣言，也是跨越时间之限制，进入到一种时间的零度开始叙述。这种时间意象的折叠，又与空间的意象折叠复合到一起，形成了新的意象结晶体。他的小说里空间跨度巨大，几乎很少有单一空间的叙事结构，从北京大杂院到新疆的伊犁山河，从西班牙到河北南皮的空屋，从国际游轮到乡村田野，构成了光怪陆离的魔方式的元宇宙空间。折叠的时间与折叠的空间再进行折叠，就形成了不同于意识流的单一的时空复合体，比如《墙上的斑点》还是时空记忆交错的产物，而王蒙在《闷与狂》中的折叠已经彻底消解时空的结构形式和结构价值。

（二）象征的崩塌。象征的手段犹如作家用文字建造出来的文字之塔，故事是基石，主题是塔尖。也就是庞德说的，"象征主义者运用联想，即一种幻想，几近乎一种寓言。他们把象征贬低到一个词的地位"，一般的意象小说往往通过一组意象的搭建来形成某种象征体系，比如茹志鹃的《百合花》通过百合花的意象来象征新兵与新媳妇之间的纯洁之情，虽然有点暧昧，但整体的情感指向还是清晰的。而王蒙的意象流则不仅通过一两个意象来象征具体的"一个词",比如《春之声》就不是简单的一对一的意象,在《春之声》里施特劳斯的《春之声》只是一个旋律,其他的声音构成了一个意象群,意象的指向则是多向性的,是时代的"转机",也是人物内心的驿动,还是世界的众声喧哗。"春"的意象和"声"的意象的叠加,成为意象的象征。

(三)关键词的意象书写。关键词是论文写作的主要元素,但在文学创作中使用时则要越隐蔽越好,它类似象征的那个塔尖,是谜底,不能一下就揭穿。王蒙在《闷与狂》中大胆地引入了"关键词"的写作,但他把它充分地意象化,并通过意象的折叠回旋,形成了新的语言组织。比如,童年在以往作家的笔下,往往是一支蒲公英或者纸鸢,但在王蒙的笔下简直是,"你被打扮为天使,你被打扮成鲜花,你被放飞到天上云间,你的粉嫩的脸蛋被所有爱怜","你像跳跃的小鸟,你像浮游的鱼儿,你像飞奔的马驹,你像一朵飘飞着的蒲公英,你像你喜欢我也喜欢唱的那首儿歌,响铃,风车,纸鸢,拜月的银狐狸,恭恭敬敬,虔心虔诚,在偏僻的山林里修炼成了无瑕的少女,在水银般的月光下,你行着礼。"[32] 童年作为小说的关键词,被作家衍生出许多的意象,而这些意象之间相互重叠、相互交叉,有自然的物象,也有精神的物象,头绪繁多,指向不一,感受到是作家的意识流动,这流动是通过意象的更迭、转换和衍生来完成的。

(四)人称的折叠与消解。在现实主义的时空里,人称是清晰的，人称贯穿整个小说的架构和路径，人称的遮蔽与开放往往是作家有意的选择，一篇小说选择之后往往要遵循到底，比如第一人称是有限的视角，之后就不能用第三人称来叙述。而到了现代主义小说里，叙述人称开始转换，不再遵循单一的人称视角。但是，这些人称往往是具体的人称，或者是不同人物的视角，或者是作家的视角，有相对清晰的逻辑指向。即使那些模糊的含混的非理性内容也是在一个人物的视角中出现。然而，王蒙不仅将第一人称和第三人称的壁垒打通，还成功地引入了第二人称，从而实现了"他""我""你"三种人称叙述的大团圆。王蒙近期的小说采用了多人称或泛人称的叙述，不仅人称反复变换，小说的人物是叙述者，也是故事的当事人，作家王蒙也常常加入到小说中和人物对话，把自己分裂成几个角色来叙事，这种人称的折叠形成了独特的意象语词，原来是叙述产生意象，现在人称自身也产生意象，交叉的重叠的混沌的人称也为意象流动加速、赋能。

（五）词的无限折叠。王蒙喜欢连续地用一组词的排比来形容一个动作或者一种心理，峰峦交叠，层层相加，这种反语法的写作容易被人认为重复或者啰嗦，但如果用意象的审美去阅读，就会发现这种有意为之的"啰嗦"其实意在寻求一种折叠的张力。

> 然后是一片落英，是落花如雪，是石榴如火而后槿点染
> 夏秋两季。春深渐远，是无常，是无定法，是无量无差无等
> 无虑无在无知无觉无语。是渐渐皱起了眉，是了无痕迹，是

　　枝繁叶茂，是疲劳的夏天，是无花的庄重高雅枯燥，是或有
的追溯，到哪里去了呢？[33]

　　这里无常、无定法、无量、无差、无等、无虑、无在、无
知、无觉、无语的叠加，是词与词的对话，是词与词的碰撞，也
是词与词的拥抱，当然也是词与词的毁灭。语词消解之后留下的
痕迹，就是意象的诞生。

　　《来劲》则对声音的意象进行罗列折叠，形成了语词的意象
群。由于汉语表音带来的同音现象，滋生出很多的语言歧义，而
歧义本身的汉字所构成的语义、语象、语林又复合成语言的意象
洪流，真是"如雨天花"，茫茫不知所云。《来劲》的开头写道：

　　您可以将我们的小说的主人公叫做向明，或者项铭、响
鸣、香茗、乡名、湘冥、祥命或者向明向铭向鸣向茗向名向
冥向命……以此类推。[34]

　　这里的 Xiang Ming 不再是具体的名字，而是一个靠声音来
分辨的人物，这里名称的模糊与上述形容词的具象化呈现相反的
倾向，但是名词，尤其是用来指人名的名词和形容词的功效是完
全不一样的，人名的"去具体化"并不影响名称本身的指代，让
人想起莎士比亚那句经典的名言，"玫瑰不叫玫瑰，依然芳香如
故"，Xiang Ming 无论是写成向明或者项铭依然不会影响这个人
物的意象化的存在。这种折叠不仅造成了语词视觉上的冲击，同

时也是听觉的冲击和爆炸。

《闷与狂》是 2014 年出版的长篇小说，其时王蒙已年过八旬。中国古人有"衰年变法"一说，是说艺术家到了晚年的时候不满意之前的"画风"，创新、突破，营造新的艺术风格。《闷与狂》该是王蒙小说创作的变法之作，这部小说堪称中国意象流的代表作，也是一部可以与《追忆似水年华》相媲美的巨著。它是一部无结构的小说，也是一部意象化结构的小说。《闷与狂》没有一个贯穿始终的故事情节框架，全是个人情绪和意象的流动与跳跃，作为一部长篇小说，它没有去具体塑造性格鲜明的人物形象，小说里甚至连具体人物的名字都没有几个，都是"你""我"人称的指涉。这一类型的写作王蒙在 20 世纪 80 年代曾经有所尝试，《铃的闪》和《来劲》属于此类，但即便《杂色》这样被视为晦涩难懂的作品，王蒙的叙述还是有所依凭，他的画面感来自于曹千里、杂色老马和草原这三个元素。《闷与狂》缺少固定的场景，场景是不断移动的记忆画面和回忆瞬间，穿行在其间的是语言洪流和意象瀑布。它折叠了王蒙的历史与记忆，也折叠了王蒙的叙述与想象，还穿越了王蒙的创作史和心灵史，成为流动不息的语言汪洋。

## 六、结语：中国叙事的意象流

自五四新文学运动以来，中国作家对讲好中国故事、创造中国叙事的模式进行了旷日持久的努力，做了各种有益的尝试。在尝试意识流小说的中国意象化方面，汪曾祺、废名等人做过积极的探索，惜乎废名过早停止写作，而汪曾祺的意象化实践虽然没有放弃，气势和布局却不够宏大，他自己也认为是"七绝"的状态。

王蒙的意象美学则一方面受到五四新文学的影响，同时又建立起与中国古代诗歌的意象美学的链接，特别弘扬了《红楼梦》创建的小说意象精神。而且在具体意象美学的运用方面，又不拘于《红楼梦》静态的意象美学的风格，同时肯定动态的、流动的、发散的、无序的意象流动；在呈现意识流的思维特征时，又焕发出汉语无时态、多时态、共时态的中国特色，化蛹为蝶，创立了特色鲜明的"中国意象流"文体。他和同代人共同创造的意象流的中国叙事风，将成为文学史上的一座丰碑。

## 注 释：

[1] 朱志荣：《论中华美学的尚象精神》，《文学评论》2016 年第 3 期。

[2] 周振甫：《周易译注》，中华书局 2013 年版，第 272 页。

[3] [唐] 孔颖达：《周易正义》，余培德点校，九州出版社 2004 年版，第 53 页。

[4] [宋] 朱熹：《四书章句集注》，中华书局 1983 年版，第 110 页。

[5] [清] 郭庆藩：《庄子集释》第 2 册，王孝鱼点校，中华书局 2007 年版，第 457 页。

[6] [英] 彼得·琼斯编：《意象派诗选·原编者导论》，裘小龙译，漓江出版社 1986 年版，第 15—16 页。

[7] 唐湜：《论意象》，《新意度集》，生活·读书·新知三联书店

1990 年版，第 12 页。

[8] 汪曾祺：《汪曾祺致唐湜的信》，唐湜：《虔诚的纳藐思——谈汪曾祺的小说》，《新意度集》，生活·读书·新知三联书店 1990 年版，第127—128 页。

[9] 王蒙：《红楼启示录》，《王蒙文集》第 32 卷，人民文学出版社2020 年版，第 60 页。

[10] 王蒙：《读〈绿夜〉》，《漫话小说创作》，上海文艺出版社 1983年版，第 198 页。

[11] 王蒙：《漫谈短篇小说的创作——给少数民族作者的讲话》，《漫话小说创作》，上海文艺出版社 1983 年版，第 101—102 页。

[12][13][14][15] 王蒙：《生死恋》，广西师范大学出版社 2019 年版，第 92 页、第 53 页、第 56 页、第 58—59 页。

[16][17][18][19][20] 王蒙：《布礼》，《王蒙文集》第 13 卷，人民文学出版社 2020 年版，第 62—63 页、第 63 页、第 64 页、第 83 页、第 83 页。

[21][23] 童庆炳：《隐喻与王蒙的〈杂色〉》，《文学自由谈》1997年第 5 期。

[22] 王蒙：《杂色》，《王蒙文集》第 13 卷，人民文学出版社 2020 年版，第 185 页。

[24] 孙郁：《王蒙：从纯粹到杂色》，《当代作家评论》1997 年第 6 期。

[25] 王蒙、刘震云等：《对话〈闷与狂〉》，严家炎、温奉桥主编：《王蒙研究》第 1 辑，中国海洋大学出版社 2014 年版，第 225 页。

[26] 戚蓼生：《石头记序》，黄霖编：《中国历代小说批评史料汇编校释》，百花洲文艺出版社 2009 年版，第 545 页。

[27][31][32][33] 王蒙：《闷与狂》，《王蒙文集》第 11 卷，人民文学出版社 2020 年版，第 1—2 页、第 265 页、第 26 页、第 62 页。

[28] 叶嘉莹:《略谈李义山的诗》,《美玉生烟:叶嘉莹细讲李商隐》,北京大学出版社 2018 年版,第 191 页。

[29] 王蒙:《霞满天》,《北京文学》2022 年第 9 期。

[30] [宋] 苏轼:《前赤壁赋》,[清] 吴楚材、吴调侯编选:《古文观止》,岳麓书社 2021 年版,第 597 页。

[34] 王蒙:《来劲》,《王蒙文集》第 17 卷,人民文学出版社 2020 年版,第 119 页。

# 第七章 "在场"与"祛魅"

## ——论王蒙的新小说观

　　一个作家的文字往往由创作和言论两部分构成，有的作家的创作成就高于言论，而有的作家则没有什么言论，或者言论的成就与创作无法媲美。一个优秀作家的言论和创作有时候是两座山峰对峙的感觉，比如鲁迅，他的言论支撑了他文学的半边天空，如果没有那些犀利、辛辣、深刻的言论，鲁迅的光辉不会如此耀眼。王蒙也是如此，你站在此山去看王蒙的创作，发现王蒙的文字入情入世，入心入肺；站在彼山上读王蒙的言论，会觉得脚踏大地、直插云霄。王蒙的言论很多是关于文学创作本身的，尤其是对小说的看法，形成了具有王蒙特色的小说理论。

　　历经70年的文学创作，王蒙已经写作数百部长、中、短篇小说，他在各种领域、各种题材和各个年龄段的写作，呈现了风格多样、色彩斑斓的文学风貌。从20世纪80年代当代小说急剧变化的那段时间开始，王蒙不仅以创作实绩助推了当时整个小说界观念的变化，还通过他的一系列论述，鲜明地阐释了自己的小说创作观念，形成自己独特的新小说观。

## 一、"即时"：革命与"日子"的双重书写

王蒙步入晚年之后，说他一生做了两件事，一是革命，二是文学。在 20 世纪 50 年代，他将革命和文学合体，《青春万岁》是写革命的文学，也是写青春的文学，当然，那个时候的生活也就是革命。王蒙写作的"初心"一直影响他一辈子的创作，《青春万岁》是即时性的写作，是对革命的热爱转化为对生活的热爱，也是对文学的热爱。在《青春万岁》的序诗里，他写道：

所有的日子都来吧！[1]

这是对青春的呼唤，是对革命的呼唤，也是对时间的呼唤，但值得注意的是，王蒙选择"日子"这个词，不像胡风当年在新中国成立的时候，说"时间开始了"[2]，王蒙没有呼唤"所有的时间都来吧"，也没有呼唤"所有的生活都来吧"，而是用了一个口语化的词："日子"。日子既包含时间的内容，也包含生活的内容。日子成为王蒙的文学穴位，也成为王蒙的能源库，王蒙 70 年的写作，就是一部日子的书写史，如涌泉之穴，滔滔不绝。

文学创作源于对生活的书写，小说创作更是对生活的反映和摹写，当然在小说和生活的关系上，不同的作家有不同的看法，也有不同的小说观，比如有些作家就主张小说与生活保持适当的距离，像汪曾祺就认为，小说就是回忆[3]。而有些作家主张小说就是生活的迅即反映和呈现，作家应该与时代保持同步的

姿态。

王蒙属于后者,他的写作带有极强的即时性,他属于在场性的作家。他很多作品的题材、内容几乎与他的生活同步进行。《青春万岁》在中华人民共和国成立初期动笔,写的正是他在这个时期的生活经历,之后的《组织部来了个年轻人》也是与他的生活状态同步,而《这边风景》更是记录了他当时在新疆生活的所见所闻。1978 年重新复出之后的写作,由于积累的情感和生活极为丰富,他写作了不少像《蝴蝶》《杂色》《布礼》这样反思性质的小说,是对历史和过往生活的检视、回叙和自我拷问,但叙述的时态基本都是"现在"。即使处于那样一个反思历史、追述往昔的文学潮流中,王蒙还是用即时性的叙述回答生活的询问,保持"在场"的姿态。《夜的眼》《春之声》是即时性写作的典型作品,陈杲和岳之峰都是现在时的生活,两篇小说在写作上有着非常相近的构思方式,且都是短篇的形式,呈现的是一种"瞬间性"的生活片段。《夜的眼》描写主人公陈杲在大城市参会的过程中帮领导办一件事情,小说注重心理描写,几乎是详细地描写了陈杲在其过程中的内心感受,这似乎很符合刚从新疆回到北京的王蒙某一瞬间的心理,这种感受被他写得如此鲜活,尤其是陈杲几处用家乡的羊腿来对应城市的生活,在不同的生活方式中显出一种稚拙的、朴素的对城市的偏见与厌恶;《春之声》则写主人公岳之峰回家探亲途中,挤在闷罐子火车厢里的种种见闻、感受以及由此引发的各种联想。两篇小说均是写拨乱反正之后的社会生活,《夜的眼》是兴奋而有些迷茫,而《春之声》字里行间洋溢着一种令人振奋的情绪。之后，他一直敏感而迅捷地记录了当下生活给予他的感受、感触和联想，不肯放过生活的点滴感受。《尴尬风流》最能说明他这种即时性写作，这个系列小说以笔记体的短小精悍实录了王蒙自己的生活小故事、小感受、小荒诞，如果将其视作日记体的小说也未尝不可。

新时期复出之后，王蒙"少共"情结让他念念不忘他的革命情怀和革命的日子，在这些作品中他的身份是干部或以知识分子形象出现的人物，也是摆脱不了干部的姿态和思维特征。"季节"系列长篇小说是自传体的回顾，对个人生活的回叙和反思最终还是落实到"革命"的主题上，正如沈杏培所说："如果从人物谱系的角度看，王蒙在 20 世纪 50 年代至新世纪之间的小说创作中塑造了包括郑波、林震、张思远、钟亦成、钱文等在内的若干'政治人'形象，这些形象未尝不是王蒙个体生活史和心灵史的分身。"[4] 以《尴尬风流》作为一个转折点，他开始写纯粹的"日子"小说了，王蒙小说中的主人公"老王"已经不再是老干部老王了，渐渐剥离了干部叙事的特征，回到正常的普通人的生活状态。王蒙近期的小说彻底架空了意识形态的叙述模式，在书写纯粹的自由人的精神生活，虽然还时不时会回叙到往昔的革命生涯，但只是"惦记"一下而已，内心已经放下了。他大写晚年生活，这在当代文学创作中也是一道不多见的风景，代表性的文本有《奇葩奇葩处处哀》《霞满天》等，这些写作一方面与作家的生活息息相关，另一方面已经有非常明显的"自由人"意识，从取材于革命到取材于生活，王蒙的写作一直与时俱进，尊重自我的生活状态。王蒙认为："形象大于思想，生活之树常绿，而文学是用形象反映生活的，作品的思想意义的完成，从理论上说，应该是没有止境的……"[5]

70年来，王蒙从有意识地书写革命的文学到书写日子的文学，到今天天马行空的自由书写，他对小说的多元化认识并没有停止，因而始终保持着对生活热情书写的能力，拥抱着生活，也拥抱着时代。

## 二、"祛魅"：纪实与虚构的互文

一般说来，小说是虚构的艺术。小说的艺术魅力在于营造一个新的现实，这个现实是有别于现实的另一种生活。虚构作为小说的特点是区别于纪实文学、报告文学和散文的一个重要元素。因为虚构的特性，给了作家想象的巨大空间，也给小说带来无穷的魅力。

王蒙的小说从生活实际出发，又充满了虚构和想象。《青春万岁》的写作，就是一个充满了虚构的艺术创作，一个明显的标志，就是"我"的不在场。由于"我"不在场，小说的人物和场景是用第三人称的全知全能的视角叙述，《青春万岁》的情节的虚拟和想象的色彩很明显，小说是在叙述人的讲述中展开的。之后的《冬雨》等小说也是按照小说虚构的逻辑进行创作的，此时王蒙的小说观念属于传统的现实主义的范畴。

王蒙是一个自我意识和在场意识强烈的作家，《青春万岁》

之后的创作慢慢地呈现出"我"在场的参与和见证意识。《组织部来了个年轻人》中的林震虽然不是王蒙自身的再现,但林震的视角其实带有更多第一人称叙述的色彩,如果把林震的叙述换成"我"的口吻,小说大致也能够成立。尽管《组织部来了个年轻人》有着王蒙诸多的经历性的元素和感受,但小说的指向还是虚构,尽力在回避个人和事件的具体的指向,小说设了很多障眼法来掩饰"我"的存在。

新时期复出之后,王蒙小说的自我意识得到充分的解放,在小说形态上,他大胆撑破原有小说的框架,让小说的触角四处伸展。在具体的叙事逻辑上常常破格,破小说虚构之格,融进纪实和非虚构的文字。《夜的眼》里的陈杲,《春之声》里的岳之峰,已经带着王蒙自身的生活影像,你会感到是"我"在叙述。王蒙自己也承认这些小说的内容很多是来自他的经验和感受。《蝴蝶》和《布礼》虽然在结构超时空的叙述,但人物和情节的纪实性越来越像王蒙自传性的叙述。

这一时期的小说创作,王蒙的"我"越来越往小说的中心靠近,他对虚构故事、虚构情节的"小说家言"越来越不在乎。到了写《活动变人形》的时候,王蒙小说的非虚构的纪实性毫无顾忌地呈现出来。《活动变人形》是一部关于家族记忆的小说,是童年的记忆和追溯,我们后来读到的王蒙三部回忆录里,能看出小说的很多情节和人物都是来自王蒙的父母和家庭的故事,情节的虚构和安排已经让位于生活本身的还原。

小说是虚构的艺术,虚构为小说增添了一层魅影,也让小说充满了诱惑力。王蒙小说中常常虚构一个人物来替代自己的叙述，20世纪90年代王蒙创作"季节"系列长篇小说，王蒙化身为"钱文"这个艺术形象，在钱文身上能够看到王蒙自己生活成长的轨迹，而之后的《青狐》更是直接取材于20世纪80年代文坛的人物和故事，虽然用了贾雨村言，但还是难以将真事隐去。在《青狐》里纪实与虚构错综复杂地交织在一起，很多人物是虚构的，是移花接木的，但很多的事件却是有真实的背景和史实的影子。

《尴尬风流》的写作，让王蒙的小说创作彻底到达纪实和非虚构的反小说的境界，《尴尬风流》还直接以"老王"的书名出版过一次。这是一部类似笔记体的小说，真实记载了王蒙的日常生活和感受。那个老王不再遮遮掩掩化身为钱文之类的替身，老王的本尊直接登场，老王的故事就是作者的故事，小说中的老王和写作的老王是可以互文的。《女神》的故事猛一看，就像报告文学和回忆性散文一样，人物陈布文是非虚构的，"我"作为王蒙的存在也是非虚构的，人物的命运也是非虚构的，很多能直接从人物传记中找到原型，《女神》的纪实性超过很多以"非虚构"命名的作品，因为一些以"非虚构"名目出现的作品，充满了虚构。

《尴尬风流》的出现，意味着王蒙的小说观念里对虚构的彻底解构，"老王"的日常生活记录下来就成了小说，虚构的神秘外衣也就此被剥落。在之后的小说里，像《猴儿与少年》里，王蒙直接登场，直接与小说人物的对话，连"老王"这个代称也懒得使用了，直接让王蒙的"肉身"行走在小说中，以至于让人产生一种"元宇宙"的叙述幻觉。

这并不意味着王蒙虚构能力的减弱，或者是小说才华的衰退，而是进入更加自由的叙述状态。在《女神》《霞满天》《闷与狂》《猴儿与少年》等小说中，王蒙虚构的才华更加出色，在《霞满天》中，他男扮女装，化身为女科学家，而《猴儿与少年》中，他一方面化身为施炳炎，同时又让王蒙频频与施炳炎对话交流，作者、叙事人、人物以及那个无处不在的"王蒙"，形成独特的四重奏。这是纪实的，又是虚构的。打通了纪实与虚构的边界，打破了小说虚构的神话。

对于这种小说边界无限延伸带来的真实性问题，王蒙早就思考过，"文学的真实性的问题，归根结底是一个艺术说服力的问题"[6]，它包含有现实的世界和主观的世界两个方面，"真诚的东西就是真实的"[7]。小说艺术或者说文学艺术的真实和历史的真实不一样，艺术真实是用真实的生活感受力呈现一个个具体的、有效的叙事形式，以此来呈现出反讽或者夸张，甚至是对现实的模拟，总之，艺术所呈现出的真实对现实生活具有巨大的参照价值，而这种艺术的真实不仅要求作家有较高的生活感受力，还要求作家忠诚于自己所面对的生活，因此，真诚与真实在现实主义文学面前无法分家。唯其真诚，才有说服力；唯其有说服力，才有真实性。因此，王蒙提出文学（小说创作）对心灵发生作用，实际上就是通过对人物内心世界、精神领域的挖掘、展示，与读者产生共鸣，产生某种对理想生活的通悟，进而追求、创造理想的世界。王蒙说，作品不可能与生活一样，读者从作品里看到的是一个重新创造的世界，而读者是从这个世界里认识生活、获得艺术享受，受到熏陶。

从 1953 年到 2023 年的 70 年间，王蒙对小说的探索一直没有停步，也对应了王蒙不断在人生之路和文学之路上探索的心理历程。从《组织部来了个年轻人》与《青春万岁》的革命之声到近年来《女神》与《霞满天》中对生命本身的关注，王蒙一次次地完成了写作与生命的高度融合。

## 三、"突破"：从创新到跨界

王蒙推崇文学的创新，尤其在小说创作方面，他身体力行，一直在拓展着小说的疆域。随着社会的发展人们社会审美心理素质的变化，审美鉴赏能力的提高，要求小说艺术不断提高和发展，才能满足这种需要。而文学艺术的发展本身也来自作家个体内部的召唤，文学创造的是一种未知的艺术，只有那些对未知充满好奇的人才能感受到这种召唤力，进而被这种内召力所驱动，不断去探索，去突破固有的艺术形式。早在 20 世纪 80 年代，王蒙就希望小说创新，"有一些传统的文学观念，需要探讨，需要允许突破，否则，就会形成艺术上的条条框框，艺术上的禁区。"[8]

由于历史的原因，文学一度在"框框"里面、"禁区"中间讨生活，鲜活的文学艺术创造力被"削足"塞进文学教科书的僵化条文里，严重地窒息了文学艺术的发展。人物、情节、环境固然是小说不可缺少的要素，但也不是绝对不能妄动的戒律。比如情节，有人把它分为开端、发展、高潮、结局几个部分。对于这种戏剧化了的观点，王蒙问："这在美学上、在艺术形式上到底提供了些什么新鲜东西呢？"[9]

王蒙当然知道情节是从话本小说到章回体小说以来就十分看重的东西，也不是不知道传统的情节观点对于我们民族的审美口味、习惯和文学风格有着怎样的作用。但是，他并没有由此而局限自己的眼界。他竭力鼓吹更新，鼓吹突破，探索新的表现手法。他的小说观念中有不少这方面的意见，总结起来就是：情节淡化、趋于情绪化、散文化、舒展自如，呈现出一种开放状态。他认为："《夜的眼》最大的一个突破、一个变化，就是摆脱了戏剧性的小说的写法。"[10] 由己及人，他称赞张承志的《绿夜》："没有开头，没有结尾，没有任何对于人物和事情的来龙去脉的交代，……不借助传统小说的那些久经考验、深入人心、约定俗成的办法：诸如性格的鲜明，情节的生动性、丰富性、戏剧性，结构的完整、悬念的造成……摆在你面前的，是真正的无始无终的思考与情绪的水流，抽刀也断不开的难分难解的水流。"[11]

但王蒙远不是所谓的"三无小说"（无人物、无冲突、无情节）论者，只是他认为情节和人物的外延要扩展，比如情节，他认为："没有情节的小说，实际上是用一些小的情节来代替总的情节，绝对没有情节的小说是不可能的。"[12] 这段话拓宽了情节这一概念的内涵和外延，阐明了小说情节的艺术内核。王蒙把情节分为"小的情节"和"总的情节",是很有意义的。他所指的"小的情节",是生活情节;而"总的情节"则是戏剧情节。生活中没有那么多波澜曲折的戏剧情节,生活更多是流水一般的平淡无奇的小情节。王蒙旨在提倡小说的生活化,反对戏剧化,决不是要取消情节。应该说这是一种忠于生活、忠于艺术的表现。

对于人物的塑造,王蒙非常重视。但王蒙认为小说中的人物不一定就是那种仅有外部动作的人物,不一定就是一尊质感明显的塑像。王蒙始终强调人物形象是主客观的统一,强调写人物的精神世界,强调赋予人物身上的"自我"意识,"作者在不同程度上把自己的一部分思想感情和愿望给了这个人物。哪怕是反面人物。反面人物就反着给,把憎恨、讽刺、挖苦给他"[13]。因此,他笔下的人物不仅是纯客观的存在,往往还包含了作家自己的一部分灵魂。这样的人物往往更多地体现着一种情绪、一种感受,也许不那么容易用一个概念加上几个修饰语就能概括他,但这些都是毛茸茸的生活和赤裸裸的人心。

关于"环境",王蒙继续发挥着他始终如一的小说艺术观:小说可以写"一种意境,一种场景,一种氛围"。也就是纯粹的冷静的客观环境描写是可以改变的,也一定要改变的,而代之以人物或作者主观化了的环境,比如像《海的梦》那样情景交融的描写。王蒙对小说艺术内涵开放性的认识,在完成了对情节、人物、环境传统理论的补充和修正以后,已经自成体系。

在这样的小说理论指引下,王蒙认为小说的艺术表现手法要打破边界,兼容并蓄,扩大表现方法和技巧。借鉴和吸收外来文学艺术的表现手法，融进我们民族性的小说艺术之中，可以说是五四以后就开始提倡的。王蒙说："从某种意义上来说，我国的现代小说和新诗，都是大大地借鉴了外国文学的艺术成果的。"[14] 借鉴的目的是为了有助于创新，外来的东西有用的要拿过来，根植于我们中国的土壤中，就会产生新的有生命力的品种；即使是"腐朽"的，王蒙也觉得是可以通过我们的手而"化腐朽为神奇"[15]，因而他颇为自信地认为，西方的直觉主义艺术、现代派、象征主义、"黑色幽默"等等，其艺术表现手法都可以对我们有所启迪。世界文学艺术的互相交流、互相影响，无疑会促进各民族文学的进步和发展。

王蒙还提倡文学艺术内部的相通，"扩大组成小说的要素"[16]，以丰富小说艺术。从语言艺术的角度上，王蒙不赞成构成和形成一篇小说的成分和样式是单一的，而是小说的创作"可以包含诗、戏剧、散文、杂文、相声、政论的因素"。他很欣赏小说"像散文"、"像诗"的评价[17]，认为那是一种褒奖，会更加让人鼓舞。同时，他自己的小说也积极地遵守着这样的写作理念，如 2014 年横空出世的长篇小说《闷与狂》，打破了小说的固有边界，文体形态像散文，也像诗，像回忆录，甚至像评论。正是这些"像"，让他的文本从过去的"自由"走向未来的"自由"，这也是王蒙小说的真正生命力所在。

王蒙希望小说创作能够"跨界"，跨出文学的边界，融合其他的艺术形态，让小说显示出绘画、音乐、舞蹈等的特质。他说："小说还有一个重要的因素，这就是小说的色彩和情调。每一篇小说也像一首歌,像一幅画一样,是有它的色彩、情调的。"[18] 小说应该有节奏,"如果在节奏上有一些变化,就有可能给人一种美感,从而增加小说的吸引力"[19]。小说《生死恋》就践行了这一观念,《生死恋》讲述了一个凄美的人生悲剧,小说的写法非常独特,几乎每一个具体的情节都是一系列心理活动的高潮,也就是说小说中有大量的心理活动,我们可以把这种心理活动称为意识流,但是西方的意识流常伴随着无序性,而《生死恋》中的心理活动流却是小说的必要情节,如果没有这种心理推动,小说的情节就无法进行。同时,这种由心理活动来推动的故事情节有着和音乐一样起伏的动感和韵律,也就是这样的动感和韵律让整个小说具有了诗的韵味。

## 四、"杂色":风格的局限与扩展

风格是一个美丽的花环,对一个小说家来说至关重要,戴上了这样的花环,类似被加冕。长期以来,"风格"这个关键词是小说创作和小说评论的一道"考核"标准,"有风格"常常是对一个成熟作家较高的评价,但王蒙对风格的意义和价值有自己的理解,通过自己的创作实践和理论探索,对"风格"的光环祛魅。王蒙说:"没有比过早地判定一个青年作家的风格更有害的了……他在作品中开始表现了自己的一些特色……在这种情况下,过分好心的读者和批评家便开始判定这位作家的风格了,就呼吁他要'保持自己的风格','坚定地走自己的路'了。这样,往往使一个青年作家以为自己的路子已经成功了，'定'下来了，不要轻易改变了。"[20]

风格是作家一定的世界观和艺术观加工之后的现实生活，它包括"被主体对象化了的客观生活和主体渗透于客观生活之中的主观评价、思想情感和生活理想这样两个方面"[21]。以此来说，创作风格多元化的观点被一再忽视的原因，是作家们已经止步于固定的创作观，从而导致作家的内部思想不再是流动的"活水"，而早早地成为了混沌的"死水"，作家的创作缺少艺术上开拓探求的客观条件和主观愿望。如果我们敢于正视一些问题，比如为什么所谓"山药蛋派"、"荷花淀派"没有汇成大潮，没有传承发展，属于它的作家的艺术道路越走越逼仄？其中主客观的因素都足以使我们得出上面的结论。现在，王蒙把这个看似简单的问题昭示出来了，不能不承认有其探索的价值。

王蒙关于风格统一与追求关系的论述，也富有启迪意义。他认为，风格多元化的追求，离不开作家自己的个性限制，这就是同一性，也就是统一性。尽管作家在他的作品中表现的风格不尽相同，"但它都是作家全部个性、全部风格的各个有机部分"[22]，风格的统一是自然而然形成的，但又与作家不懈的艺术实践、强化修养、冶炼情操等分不开。王蒙认为"固定风格便是风格的停滞乃至死亡"[23]。这样鞭辟入里的声音，迄今依然弥足珍贵。他也强调风格对于创作和对于作家的美学意义，王蒙对于风格内涵的感悟也充斥着作家本人的个性化思考。王蒙认为风格需要在写作中不断发展和探求，同时作家的风格应该是多样化的，有追求的作家不应该停下追求的脚步。

作家的艺术个性是综合了十分丰富复杂的主、客观内容的创造性思维的总和。作家受制于他的艺术个性，在具体的作品中，总要表现出艺术个性的某些方面，这就是作品风格。作家在他的所有作品中风格越是多样，越是能说明他的艺术个性的丰富，也越是能说明作家艺术个性的不断发展。如果他的创作总是固定于一种风格色调，那么只能说明他的艺术个性的单薄；风格长期不变，则艺术个性就会走向干瘪、枯竭，创作也就会停滞和死亡。由此可见，风格的发展和变化对作家艺术生命有多么大的作用。同时，也更好解释，风格多元化与统一性的关系。多元化的风格最终将高度凝结为鲜明、突出的十分成熟的艺术个性。

王蒙也用自己的创作圆满解释了多元化艺术风格对一个作家可持续发展的重要性。50年代的王蒙是热忱的，满怀热情，文学作品中出现的人物是共和国成长的见证者，他们跟随共和国的成长而成长，这时候的风格清新而明朗。80年代以后，《蝴蝶》《杂色》带来了人生的惶惑感，主人公仍然是有信念的，但不再单纯而执着，小说的风格趋于"杂色"。之后王蒙小说的风格像万花筒一样多变，《活动变人形》的沉重，《女神》的热烈，季节系列的庞杂，《青狐》的冷峻，《尴尬风流》的内敛，《闷与狂》的狂放，都是出自王蒙之手，呈现出多彩斑斓的艺术奇观。

"杂语"的形成不是一朝一夕的事情。80年代之前，年轻的写作者王蒙是中规中矩的，《组织部来了个年轻人》有完整的故事情节，完全具备小说的基本要素，与后来的写作相比，这一时期的作品，包括《青春万岁》这样的小说，王蒙都写得非常"规矩"，于是如何突破自己便成了新时期的王蒙所要探索的重要问题，也就是新的风格如何形成。80年代是王蒙创作的井喷期，长时间被压抑的才华只有通过意识流表达，完整的故事情节和框架承载不了长期压抑的表达，大量的心理描写、感官描写填充着作为小说的文本，于是出现了杂语的现象。《相见时难》带着强烈的反思意识进入文学史的视野，《相见时难》的主人公"蓝佩玉"这一角色从该小说诞生至今，或许也是难以超越的"旁观者"角色，它的出现让我们看到鲁迅批判的"国民性"在当代文学中的延续，同时，翁式含又浓缩了王蒙笔下的知识分子形象的一些特点。

近年来王蒙更是在写作上不断探索，不仅有《活动变人形》中回到"过去"的对传统与现代的反思，《笑的风》更是试图用文本回答五四时期"娜拉走后怎样"的问题探索。知识分子的现代爱情模式，从鲁迅的《伤逝》开始，现代作家们就没有放弃探索。《伤逝》的结局是悲剧，启蒙的不彻底性从隐性的制度层面带走了子君，这是鲁迅对现代爱情的悲观答案。相似的爱情模式又出现在了茅盾的笔下，小说《创造》继续探索启蒙对爱情和婚姻的影响，主人公君实妄想"创造"出一个妻子，以自己的思想为思想、以自己的意志为意志，最后却发现妻子娴娴的自我意识觉醒了，于是小说留下了一个意味深长的结局，娴娴开门而去。茅盾的《创造》说不上是具体的悲剧或者喜剧，他给人物安排了一个更为多元的生命轨迹，一个生命的确会因另一个生命的影响而被"打开",但被打开之后这个人还会不会忍受之前的生活,这是现代爱情需要面临的问题。王蒙让爱情生长在了更加丰富也更加自由的80年代,《笑的风》在《伤逝》和《创造》的基础上,将生活落到了实处,婚姻是白甜美一手搭建起来的柴米油盐,但是当人的物质条件逐渐被满足,新的诱惑助长内心的欲望,人开始幻想一种新的生活,一种自己不曾拥有过的生活,于是傅大成要跟白甜美离婚,要去寻找与自己有共同文学爱好的杜小鹃结婚,故事的结局是悲伤的,傅大成并没有得到想象中的快乐,两人最终也以离婚结尾。《笑的风》在思想基础上虽然与《伤逝》和《创造》有异,但它们探讨的都是婚姻如何面对现实,是广义的社会现实,也是具体柴米油盐的现实,虽然写作的时间相差近百年,但是王蒙没有放弃对这一文学主题的探索,这是王蒙式的坚持与开拓,它组成了王蒙文学风格的重要部分——对传统的延续,传统的题材如何在新的时代焕发活力,这大概也是王蒙所要面对的文学探索。

三十多年前,王蒙提出对风格多元化的建设,至今仍在探索和实践。是同样的王蒙,也是不一样的王蒙,相同的是年轻时就奠定的理想主义和激情,不同的是表达的方式和风格的变异。《霞满天》中的王蒙,那里面有了对女性真诚的欣赏和赞美,也有文本内外两个"王蒙"的跨文本交流,那是小说吗?是或者不是,都是王蒙对旧有的自己的突破。时至今日,我们还是很难用一个词或者一句话来概括王蒙的创作风格,根本原因就是王蒙实践着自己所主张的多种风格的创作理念,这是多样的王蒙,是杂语的王蒙，是理论与实践并行的王蒙。

## 五、结语

王蒙自 1953 年开始创作《青春万岁》至今，已经笔耕不辍 70 年。他写作的两千余万字的小说，是共和国的史诗，也是他个人的生命史诗。他对小说艺术和小说观念的探索，不仅成就了他自己的文学创作，对当代文学的影响也极其深远。尤其在 80 年代他倡导的新小说观，撬动了沉闷已久的文学观念，推动了中国当代文学思潮的发展，对年轻一代的先锋文学写作起了奠基石的作用。以他特定的身份和创作成就来引领小说新潮流，发展新小说理念，流风所及，几代受益。

最令人感动的是，王蒙对小说的探索一直没有停止，最近，年近九旬的他又撰文提出："写短篇，是作者以机敏与灵感构写小说；写中篇，是作者与小说的柔道对击；写长篇时，作品的构建熬制引领了作者的生活与喜怒哀乐。长篇写作还是调动、挖掘、考验甚至压榨你的生活资源、阅历、知识、文学功底与智力贮备的大动作。"[24] 这种对文学的执着，对小说的钟情和热爱，可谓生命不息，探索不止。

## 注 释：

[1] 王蒙：《青春万岁》序诗，人民文学出版社 1979 年版，第 1 页。

[2] 胡风：《欢乐颂》，《胡风全集》第 1 卷，湖北人民出版社 1999

年版，第 101 页。

[3] 汪曾祺：《桥边小说三篇·后记》，《收获》1986 年第 2 期。

[4] 沈杏培：《从"政治人"到"自由人"：王蒙小说中"人"的变迁及其危机》，《文艺理论研究》2022 年第 1 期。

[5][8][14] 王蒙：《漫话小说创作》，上海文艺出版社 1983 年版，第 53 页、第 51 页、第 54 页。

[6][7] 王蒙：《漫话小说创作》，上海文艺出版社 1983 年版，第 140—141 页、第 143 页。

[9][10] 王蒙：《漫话小说创作》，上海文艺出版社 1983 年版，第 45 页、第 44 页。

[11] 王蒙：《漫话小说创作》，上海文艺出版社 1983 年版，第 198 页。

[12][13][19] 王蒙：《漫话小说创作》，上海文艺出版社 1983 年版，第 101—102 页、第 100—101 页、第 107 页。

[15] 王蒙：《漫话小说创作》，上海文艺出版社 1983 年版，第 122 页。

[16][18] 王蒙：《漫话小说创作》，上海文艺出版社 1983 年版，第 85 页、第 86 页。

[17] 王蒙：《漫话小说创作》，上海文艺出版社 1983 年版，第 15 页。

[20][22][23] 王蒙：《漫话小说创作》，上海文艺出版社 1983 年版，第 133 页、第 135 页、第 132 页。

[21] 王之望：《文学风格论》，四川文艺出版社 1986 年版，第 72 页。

[24] 王蒙：《今夜无虫入睡——读陈彦新作〈星空与半棵树〉》，《文汇报》2023 年 8 月 22 日。

# 第八章　魔术与悖反

## ——论王蒙 1988 年的小说文体实验

对中国当代文学来说，1988 年显然不是值得夸耀的年头，差不多所有的已经露过风头亮过身手的中青年小说作家呈现出疲态，都在低谷中回想火红的昨天和盼望明天的火红。这是正常的必然的，经过十个年头的喷涌和发射，经过多种观念的、技术的更新和蜕变，作家们也有理由进行休憩和调整，虽然这种停顿并不是作家自觉自愿的，但是无可非议的。

可非议的倒是 1988 年的小说家王蒙的表演，他居然还那么自信，还那么频频更换手中的武器，还那么"时髦"那么"来劲"，那么锐气十足那么青春勃发那么莫名其妙，简直不可思议！近十年的文学犹如高速旋转的龙卷云，不断旋出新的花样、新的潮流、新的人物，也不断旋掉各种人物、多种花样。"各领风骚"三五天者有之，三五月者有之，三五年者亦有之，但能在十年始终不被新潮卷掉，不被创新筛掉并始终处于浪尖上弄潮的，却只有王蒙。怪诞！怪异！荒唐！简直是"X 色幽默"！

我现在不可能也不准备去完整地描述、勾画、分析王蒙这十年乃至三十年的艺术"变形"过程。只想单就 1988 这个年份这个小说魔术家所耍的花招，作自以为是的揭穿，还其真实的面目。当然，这样"还原"只是一厢情愿的，并不期望作家和读者完全认同。为了行文的方便，不妨先将该年度王蒙的小说目录列下：

《十字架上》（发表时注明是短篇，但我是当中篇读的）载《钟山》第 3 期。《一嚏千娇》（中篇）载《收获》第 4 期。《组接》（短篇）载《北京文学》第 9 期。《夏之波》（短篇）载《文汇月刊》第 9 期。《球星奇遇记》（中篇）载《人民文学》第 10 期。

## 一、信息的集结与主题的消解

一如既往，王蒙在 1988 年的小说创作中继续保持他那股"乱劲儿"——信息的高容量浓缩与不规则的组合。从时间上看，他涉及正处于改革阵痛时期的今天，"七月八月，是改革月。松绑。承包。岗位责任制。分成。聘任与解聘。计件工资与分成工资。奖金。基分。第三次浪潮带给华夏的机会。电脑考勤。需要大胆试验。需要开拓型的人才。需要新的面貌、新的局面，需要向前迈一大步……"[1] 这是《夏之波》里的一段话。这样的句法方式和类似的语汇在他的这一年度的五个小说中比比皆是，确确实实折射出当代生活的许多"热点""热层""热面"，传递着正在流动的社会信息。但他的笔触也不时地指向昨天，"锣鼓声敲得喧天。火光照红了你的脸。你扭着秧歌，扭着人人都扭的秧歌。"[2] 这是新中国成立初的情景。"他先检讨自己太软弱，太温情，觉悟太低。他说，他对周围的某些人，某些事，某些言语，某些说法是早就有意见的，他早就嗅出了气味的不对头，依他的脾气，他不能和这些人和平相处。"[3] 这是"文化大革命"或类"文化大革命"时期才会有的言语。"文化大革命"的情景和语汇在王蒙近期小说反复出现，虽然他并没有写一篇完整的以"文化大革命"为背景的小说，但"文化大革命"作为一个时间意义的信息单位始终散布在小说的各个角落和层次。错综的时间态使得王蒙的小说甚至出现了"公元四八四八年才能造出的超前式电脑"[4]。应该说这些基本上是以一种纪实性的笔墨写来，有着充分的世俗性。

但王蒙显然不满足这些现实生活所给予的信息量，他要充分发挥他的想象力，他的小说常常出现超现实主义的情景。纪实与超实构成了王蒙小说的又一重悖反。《十字架上》在纪实与超实两种水火不相容的文学质之间巧妙开拓了一个中间区域，连接两种异质的桥梁是主人公"我"。"我"一会儿是新闻真实的"我"，一会儿又是幻象存在中的"我"，两个"我"交相出现，既互相隔离，又互相呼应，造成了一种既熟悉又陌生的阅读效果。"去年初冬，我到地处东北欧的一个友好国家访问"，"这一天，我在这个国家旅行，上午坐了很久的车，又参观了一些教堂和博物馆，而这些教堂和博物馆是没有取暖设备的"。[5] 这完全是一种纪实，在作者的生活实际中完全可以找到佐证。"我就是耶稣"[6]，"当钉子钉入我的手掌，一阵锐利的痛楚使我大叫，我的手掌在撕裂，我的全身心在撕裂。叫声还没有冲出喉咙就被我压了下去！我已经浑身冷汗，两眼发黑，却深知这不是叫苦的时候，我没有叫苦的权利！我不是想感动众人吗？不是要为众人牺牲吗？不是要看到和解与仁慈的光辉照遍寰宇吗？我怎能像俗人一样地哭喊呼叫呢？就在这一瞬，我听到铁钉劈钻骨骼与脆骨的碎裂声，我昏过去了。"[7]这里的"我"显然是一种超现实的形象，是作家心灵中的幻象，是梦中的"我"，是作家那个外在的客观的"真我"的延续和发展，或者说是"真我"的内在灵魂。这样既真实而又荒诞的复合的"我"，既观照出生活中的种种乖谬现象，又自然地坦露出自我心灵的真声。在上述行文中，我之所以不厌其烦地引述王蒙小说中的一些文字，目的在于强化说明他小说中那种高浓度多层面的信息量，这些信息量既有外宇宙的、客观的，也有内宇宙的、情感的、心灵的，像刚才所说的超现实便是一种情感的信息波。这些信息之间往往并没有依据某种特定的思想输送带进行排列组合，它们相互对立、相互矛盾、相互抵消，实在形成不了什么样的意义结构。因而，在王蒙1988年的小说中已经找到一个完整的主题构架，信息大量膨胀的结果反而使意义丧失了。这是一个令人啼笑皆非而饶有趣味的悖反。

小说层面上浮现着大量的信息，而隐藏在小说深层的却是对意义的反动。不过，我倒以为这种主题的消解与丧失是小说的一个进步。因为长期以来，即使是新时期文学中那些激动的奠基之作，比如《班主任》《人到中年》以及王蒙复出初始的《最宝贵的》《悠悠寸草心》，也都是按照这样一种逻辑程序来结构作品的：

主题思想决定人物性格

人物性格决定故事情节

它的理论根据则是这样：

故事情节是人物性格发展的历史

人物性格体现深刻博大的思想

（可与"典型环境中的典型人物"置换）。

这正是我国文学几十年来所奉行的"现实主义"原则。无可非议，秉承这样理性的观念的小说作法与文学思想也不妨会写出一些震撼人心的小说，但如果把它奉为"经典""神圣"就会窒息文学的丰富多彩的生命现象。因为这一以主题思想为最高原则和尺度的创作方式，往往会为了思想的新鲜和深刻而不惜去歪曲生活的面貌。更何况生活本身就没有一种本质存在，生活的多面性决定了生活本质的多种可能性，所以这个时候对意义怀疑一下，以反意义的方式来组合小说还原生活，倒比那种主题鲜明的小说更具真实性。王蒙这种消解主题的方式实际表明他对生活有自己的哲学见解和人生态度。

这种对意义的否定，实际是一种消解主义的哲学，取消世界上事物的确定性的永恒不变的意义，它的一个重要特征，就在于不再那么上穷碧落下至黄泉地去寻找终极真理，而是坦然地面对真实的世界、客观的生活、复杂的人生，从它们之间的关系去把握它们理解它们。总的说来，在文学里面，作家不可能找出纯粹的善和恶，也不大可能找出纯粹的美和丑，这些带有美学伦理的概念失去了它以往的效用。因为作家再也不提供什么样的判断给予读者，而在于将现象本身（那些人们不愿提及的或故意掩饰的现象包括其中）和盘托出，不作黑白分明的划分与判定。善者身上的善有时会成为恶者身上的恶，恶也会成为一种美，被同情的也许会被另一类人所厌恶，被批判的有时也值得同情。这样一种取消确定性意义的消解，是王蒙小说的整体观照方式。比如《一嚏千娇》里的"老喷"，其外在特征以及生存结构，与当年的刘世吾基本相近，但《一嚏千娇》里显然已经没有了《组织部来了个年轻人》的批判锋芒，反而对"老喷"有了一丝的同情乃至容忍，而对"老坎"这样一个经受生活蹂躏的知识分子，作家在投注了真诚的同情的同时也投注了真诚的嘲讽，小说结尾的"一菜勺"事件，是王蒙很残忍的一笔，这一笔虽然淡淡带过，但使得小说意义的确定性丧失了。

王蒙在那些眼花缭乱的信息爆炸的热浪中依然保持他清醒的哲学态度，只是这种消解来得太冷酷又太温情。他也许太爱生活，也许太想离开生活。但消解有时是一种智慧，有时也会是一种逃避，甚至是一种冷漠。

## 二、故事的间离与结构的丧失

福斯特认为故事是小说的"最高要素"和"基本面"，这是很有见地的。可以说，没有故事就没有小说。只是过去我们狭隘地把故事仅仅理解为表现主题的情节，与中国传统那种"教诲的寓言"和"纪实的历史"（闻一多语）话本等同起来。其实，在今天的文学里，用苏珊·朗格的话说："反映、描写、珠玉般的诗句甚至人物都是故事"[8]。也就是说，情节固然属于故事的范畴，但人物的情感、心理和动作都应是一种故事。现代小说的"非故事化"实际是故事的完整化、立体化。现代小说的多种多样的叙述技术、结构技术表面上看来是在处处排挤故事、拒斥故事，实际上仍是在寻求新的故事方式，使故事讲述得更圆满、更充分、更真实（当然这必须建立在他们各自的哲学和美学的基础上）。因此，现代小说作家对故事的消解实际是故事的一种新生。问题就在于他们各自把故事放在怎样的结构中来进行消解，来显示故事的意义。故事可以说是永恒的，这种永恒不单在于人类生活中每时每刻都在发生新的故事，而且在于人们对过去的故事总会读出新的意味新的内涵新的情绪乃至新的结构来。当然，这种"故事"必然是经典，文学家的任务也许正是要提供这样可供人们多种读解的经典故事的框架。

王蒙曾经因被误戴上"鼓吹三无（无主题、无人物、无情节）小说"的桂冠而受到种种指责和种种褒赞。应该说，王蒙并不反对故事情节在小说中的运用，他发表在《文艺报》上的《故事的价值》一文便表明他的这一态度。事实上谁也不可能在小说中真正取消故事性的因素和情节性的因素，只是把它们进行淡化或转化而已。王蒙所不满的是这样一种传统小说（这里的传统可远指到唐宋传奇）的故事模式，就是先有一个规定的说教内容（政治的、道德的、伦理的），然后编造一个故事来图解这种观念性的主题。在这样的小说里，故事只是一具了无生气的僵硬的躯壳，没有丝毫的生命气息，不能传达出言外之意，象外之象。故事只是用来证明作家观念的一堆硬巴巴的材料和数据而已。

王蒙在 1988 年对故事表示出兴趣，他的《球星奇遇记》甚至直接借鉴了故事性见长的通俗小说的写法，叙述了一个被误作"球星"而又终于成为"球星"最后又去制造"球星"发现"球星"的恩特的故事，整个小说充满了精彩的足球比赛场景和跌宕起伏的情节悬念，悬念中套着悬念，埋伏中又藏着埋伏，可谓扣人心弦。这样富于情节性戏剧化的小说在以往的王蒙创作中是极为少见的，但王蒙显然并不是满足于故事的曲折多变，富有传奇色彩，他是利用这样传奇式的故事来提供一种人生经验的框架。因而王蒙是把故事作为一种抽象的形式来看待。这在《球星奇遇记》人物的描写上也能体现出来。无论是阴差阳错当上球星的恩特，还是他的夫人、歌星蜜斯酒糖蜜以及市长勃尔德，性格都基本呈现出稳定的一元态，缺少刘再复先生所竭力张扬的"二重组合"，像一个在故事中滚动的符号，具有高度的抽象性。可见王蒙的本意不在故事的完美与精致，也甚至不在人物性格的典型性与丰富性上，他的宗旨在于超越故事本体之外所呈现出的那样一种言外之意，象外之象。

但王蒙似乎更擅长于把故事进行一种隔离化处理，通过一种复调结构来创造审美阅读的陌生化效果。他的长篇小说《活动变人形》就努力用作者的自述来消解对故事的叙述，他那些情文并茂的议论文字不仅调节了整个小说的叙述节奏和阅读结构，而且对小说的事实造成了一种隔离效应。1988 年的创作表明，王蒙已经熟练掌握了这种隔离的方式，并开始创造出新的隔离方式，使之更加陌生化、复调化。令人诧异的是王蒙几乎每篇小说的隔离方式都不重复，都能自成一格。《十字架上》是用现在的客观的真实的"我"的活动和情绪来隔离那个被钉上十字架的抽象的精神的受苦受难的"我"，既造成一种陌生化，又有一种真切感。《夏之波》是用故事隔离故事，这个短篇里糅和了两个故事。一个是"爱情的故事"，一个是"改革的故事"；一个是精神的冲突，一个是现实的矛盾；一个发生在国外，一个发生在国内；一个充满了青春诗意苦恼和忧郁，一个则渗透了世俗的喧嚣与嘈杂。王蒙把发生在两个不同空间情绪的事实交替排现在同一互相充实又互相包含，滋生出许许多多富有个性的小说框架中，既互相隔离又互相补充，既情趣也富有深意的阅读空间。当然《夏之波》的隔离只是两个故事的平行发展，故事与故事之间并没有发生直接的联系与交叉，各自的逻辑顺序和发展过程还是比较清楚的。《组接》则彻底抹掉了故事内部与外部的必然性，它把五个人生故事同时泼洒在同一空间中，只是各自的片段按照时间的流程分为"头部""腰部""足部"，每部里分写五个人生片段，各个片段与片段组合便可以构成无数人生图景。可用图表示：

A（头部）$A_1$　$A_2$　$A_3$　$A_4$　$A_5$

B（腰部）$B_1$　$B_2$　$B_3$　$B_4$　$B_5$

C（足部）$C_1$　$C_2$　$C_3$　$C_4$　$C_5$

D（尾声）

我们可以排列组合成无数的人生命运程序。比如常序也就是自然顺序可排成：

人生 $_1$=A$_1$+B$_1$+C$_1$+D

人生 $_2$=A$_2$+B$_2$+C$_2$+D

人生 $_3$=A$_3$+B$_3$+C$_3$+D

人生 $_4$=A$_4$+B$_4$+C$_4$+D

人生 $_5$=A$_5$+B$_5$+C$_5$+D

如果再进行各种不规则的"组接"的话，就可以产生无数的R（人生）。是一种真正的"活动变人形"。这种"扑克牌小说"是受到法国新"新小说派"的启发。这种故事的无限可组合性取消了小说的结构，以往被人们所惨淡经营的结构在王蒙小说里粉碎了，结构被隔离消解了，结构的实现必须存在于读者的阅读过程中。

如果说《组接》尚是一种不自觉地对结构实行消解的话，那么中篇小说《一嚏千娇》则是有意为之。小说以"老喷"和"老坎"的种种情感纠葛作为故事的框架，在小说的中间却穿插了一大堆评论文字对这种故事性进行消解。比如第八节在叙述"老坎"冀望找"老喷"谈一谈但因"老喷"的回避而不能实现后，第九节作者则这样写道："按照加工后的构思，这个'老坎'不应该是游离于主题之外的召之即来的人。小说写作过程中随随便便地上人、随随便便地改换与确立他们的称谓，这实在是一种'花式子'"[9]。再如第十九节写"老喷"在"文化大革命"一次催人泪下、让人心凉的检讨之后，在第二十节开头则公然宣称自己的小说作法："本篇小说作者本来是努力于制造间离效果的。笔者无意集中写几个活生生的人物。宁可去写一些群体的片段，搞一些拼贴，连缀一些鳞鳞爪爪，唤起内心的自由驰骋。笔者试验的是伞式结构性现实主义。写着写着，起码两个人物和他们的思想感情直至政治的瓜葛特别是他们各自的性格似乎正依照自己的不以作者意志为转移的规律而形成起来"[10]。这样的一种隔离手段显然与上述的隔离有了一种质的区别，上述诸种隔离基本上仍是叙述隔离叙述，故事隔离故事，隔离结构与被隔离结构并没有某种直接的联系。而在《一嚏千娇》里，隔离的内容与被隔离的内容直接发生了联系，作家新作的种种议论和说明，正是对"老喷"、"老坎"、老田的故事产生发展的阐释和假想，是对小说叙述过程的一种呈现，它无疑彻底揭开了故事的虚构的本性，又把作家的此时的心理活动和想法完整地端了出来。这种既充当讲述人又充当评论家的富有解构色彩的小说作法，使小说丧失了那种圆满的、精美的、严谨的故事结构。结构已不再成为人们阅读小说最可靠的扶梯，人们必须在阅读过程中产生结构来组合故事。

## 三、语言的扩张与叙述的死亡

王蒙对语言天生有一种敏感，他喜欢把语言捏在手里任意搓磨，然后抛出去组合成一幅幅耀眼的七彩缤纷的语言图景。在这样一种搓磨与组合的过程中，他的幽默、他的潇洒、他的兴奋、他的苦恼、他的沉思、他的悲哀便随之流出。这样一种语言多向度的浓缩的强信息量的轰炸，到了1988年似乎已经到了极致。

他那一连串成熟的语言果实暗示宣布了一场语言革命。

如果从语言文体变换的角度来概括这十年来小说艺术形式上发展的话，那小说语言从描写走向叙述则是一个重要的特征。由于以前人们对现实主义理解的偏狭与歪曲，把恩格斯的"倾向应当从场面和情节中自然而然地流露出来"[11]的这句话既奉作经典，又机械地规定了小说的具体方式——描写更进一步的便是"白描"。且不论作家的倾向是不是一定要在作品中流露出来，也不论作家的主观色彩是不是就一定不能直接表现，姑且承认它的前提，也不能简单地把描写作为创作小说的唯一的表述方式。自然，描写无疑是小说创作也是文学创作不可缺少的手段，但显然不是唯一的手段。尤其是对现代小说，描写已渐渐让位于叙述。可以这样说，描写尤其白描是中国古典小说艺术的灵魂和精华。在《世说新语》《三国演义》《金瓶梅》《红楼梦》里，人们确实可以品味到这种"白描"的精妙与隽永，特别是《红楼梦》出现以后，"白描"简直到了登峰造极不可逾越的地步。事实上，就像今日画坛的一些国画名手始终未能有人超越古人设立的屏障一样，《红楼梦》之后的小说家们的"白描"技术始终不逮曹雪芹，这是一个很严峻的事实。有人在谈论鲁迅小说艺术时曾把"白描"当作其特征，这显然是一种偏颇之见。鲁迅运用"白描"固然精湛，但只是偶尔为之，那种带着浓郁的主观色彩的心理描写和场景描写远远超过"白描"的笔墨。再者，鲁迅在小说叙述上所展开的艺术层面比"白描"要更有价值，《阿Q正传》以一种独特的幽默语体风格宣告了新的小说叙述语言的诞生，而《伤逝》则把描写彻底改变为一种内心独白——纯粹的抒情。鲁迅其实是描写与反描写的综合体。真正依照"白描"从事小说写作的作家并不少见，一些模仿赵树理小说的作家都体现出鲜明的"白描"特点，但恕笔者不太恭敬和武断，他们的成就实在有限，艺术上苍白到很少有情致与审美趣味。

尽管"白描"只是一个语言形式的问题，但语言形式从来就是人们精神观念、文化思维的投影。这些年来人们崇拜"白描"实是表现这样的思维惯性：单一化、固定化、封闭化。因为"白描"要求作家筛去"一切可有可无的词"，而选择最精炼最准确最能把握事物特征的词，这表明作家必须依照一种绝对的真理、一种固定的逻辑、一种简单的思维来面对丰富多样有着多种可能性的生活。这样，作家主体发挥的可能性便扼制到最小最小的限度，事物也丧失了世界原有的丰富性和可能性。而这一切，正是那个时代文化的根本也是最基本的特质。

谈了一通与王蒙小说似无关系的话之后，笔者便可以在这样的背景下考察王蒙小说语言的策略与意义了。和其他作家一样，王蒙也经历过由描写而叙述的过程，他复出之后的《最宝贵的》《表姐》《悠悠寸草心》等基本是依照描写的原则来建造小说的框架，《春之声》等小说的变奏主要是对小说原有语言规范的变奏，在《夜的眼》《春之声》这些小说中，王蒙以一种反描写反客观的方式来追求那种放射型的阅读效果，冲决了那种单一的逻辑的语义描写的网络，而融进了更多属于作家主体性范畴的语言句型，这时期的小说呈现为内省性的叙述状。到《风息浪止》《六月的话题》《名医梁有志传奇》，王蒙已经熟练地掌握了这一小说文体，并兑进许多五颜六色的颜料，使之成为一种难以言状的"杂色"。

在当代作家中，王蒙的叙述语言绝对是独一无二、不可再得的。1988 年的小说充分暴露了他的"肆无忌惮"的语言扩张欲，他恨不能在一句话中将事物的所有可能性和所有不可能性全部都穷尽，这便构成了他叙述语言的非语法、非逻辑、非修辞乃至反语法、反逻辑、反修辞的特征。矛盾性的毫无节制的修饰使他的定语状语变得像旋转的魔方一样呈现出多种情调、多种结构和多种色彩。略略一看，这样矛盾的类型到处可见。

惶惶然。人们在争辩小张上任究竟会是祸还是福、现在是站在"反张"还是站在"拥张"的立场上更正确而且更加有把握。×××与 ××× 是否明反暗拥或者明拥暗反或者又拥又反，简直说在这样的事情与一切事情上搞八面玲珑脚踏两只船留一条退路究竟是明智还是缺乏人格。[12]

——《夏之波》

愤慨是理所当然的。但如果在从书页跳入现实的同时也能跳出把催眠当作一种伎俩、一种手段的贬义的框框，即不要习惯地将催眠与真诚、与热情、与对生活的最美好的感觉和最美好的追求截然对立起来，而只是客观地把催眠当作某种精神现象的代表符号，那么，会不会得到一点什么新的启

发呢？会不会获得某种哪怕是极片面极有限却又是极深刻极
清醒的穿透性眼光呢？[13]

——《一嚏千娇》

"惶惶然"这一节其实是一句特别冗长的单句。如果按照我
们通行的语言句式即规范的语体文，该这样说：人们惶惶然地在
争辩，宾语以比较简洁的词组出现。但王蒙却不在乎这种逻辑脉
络清楚的语言程式，他来了一个颠覆：一、将"惶惶然"提前为
一个独词句，以强化人们那种惶惑不安的感觉；二、"争辩"这
一谓语后面拖着一个极其复杂极其琐碎极其冗长的宾语，但这个
特长的宾语又被切为三个句子；三、第三个宾语（即"×××"
一句）显然是一个病句，在"简直说"之后遗漏了"不清"二字，
应该为"简直说不清……究竟是明智还是缺乏人格"。这样一种
对宾语的多层次多角度多色彩的修饰，其意图在渲染人们争辩的
气氛和人们复杂的难以言清的而不是简单明了的心态，在语法上
的违背常规和矛盾性却增加了事物的可能性与丰富性。《一嚏千
娇》所引的这一节不是叙述性文字，而是议论性的文字，虽然比
"惶惶然"的文字来得更长，但仍然只是一句，一个复句。它同
样充满某种对语法和修辞的蔑视，最明显的是把"极片面极有限
却又是极深刻极清醒"这样矛盾且水火不容的对立词性并列在一
起，违反了逻辑上的同一律原则。这样的句式在王蒙的小说中随
手可拾，这样多线头的辐射性的扇状的语言结构实际是对机械理
性逻辑的一种嘲讽，也是对世界多种可能性的一种宽容和寻求。

语言作为一种载体总是以表述者的哲学思想形态作为背景的，王蒙体的小说语言自然也是王蒙式哲学的表现。只是探讨王蒙的哲学态度与人生观念不是本文的宗旨，这是另外一篇文章的题目。

还是回到语言文体叙述学的角度来观察王蒙这样一种膨胀的变异的小说语言方式。西方现代批评家瑞恰慈曾提出过"伪陈述"的概念，认为小说话语区别于科学和日常指定性语言，是一种"伪陈述"。瑞恰慈的这种提法遭到了很多人的反对，因为他截然割断文学语言和现实语言的联系。不过瑞恰慈的提法倒不妨移用到对王蒙小说的分析上（注意：下面所用的概念已非瑞恰慈的原初意义）。如果我们把近十年来或可追溯到"五四"以来已经形成的小说叙述当作一种正宗的"陈述"的话，那么王蒙的语言操作则是一种"伪陈述"。这种"伪陈述"的特点不在于陈述了什么，而在于它什么也没有陈述，它只是提供一种世界事物和人物心理发生的可能性。从这种意义上，王蒙近期小说所体现出的便是一种反叙述倾向，就是通过多种的修饰、连缀、并列、扩展来消解语言的叙述，只是提供一种世界事物和人物心理发生的可能性。从这种意义上，王蒙近期小说所体现出的便是一种反叙述倾向，就是通过多种的修饰、连缀、并列、扩展来消解语言的叙述性质，以一种解构的方式来面对世界、面对人生。

王蒙的这一系列语言实验，将新时期以来的从描写到叙述的小说文体发展过程又推向前一步，这便是反叙述小说的出现。这在西方也许算不上新鲜，但在中国，宣布叙述死亡之后，要求小说家的将是更高的智慧、更深的经验和体验以及更为超拔出众的语言能力。

## 注 释：

[1]［12］王蒙：《夏之波》，《王蒙文集》第 17 卷，人民文学出版社 2020 年版，第 232 页、第 236 页。

[2]王蒙：《组接》，《王蒙文集》第 17 卷，人民文学出版社 2020 年版，第 232 页。

[3]［9］［10］［13］王蒙：《一嚏千娇》，《王蒙文集》第 14 卷，人民文学出版社 2020 年版，第 242 页、第 230 页、第 244 页、第 241 页。

[4]［5］［6］［7］王蒙：《十字架上》，《王蒙文集》第 14 卷，人民文学出版社 2020 年版，第 220 页、第 203—204 页、第 200 页、第 212 页。

[8]［美］苏珊·朗格：《情感与形式》，刘大基、傅志强、周发祥译，中国社会科学出版社 1986 年版，第 307 页。

[11]恩格斯：《恩格斯致敏·考茨基》，中共中央马克思恩格斯列宁斯大林著作编译局编：《马克思恩格斯选集》第 4 卷，人民出版社 1972 年版，第 454 页。

# 第九章　高山与流水的潜对话

## ——论王蒙与汪曾祺艺术个性之异同

　　王蒙和汪曾祺是当代文学两座形态不一、海拔相似的高峰。他们各自的文学形态已经引起了学术界和文化界的关注，每年关于这两位作家的研究都会有新的论文出现。王蒙先生至今仍保持着旺盛的创作态势，不时有长篇巨著问世，评论界对王蒙保持着持续的热情。汪曾祺虽然离世，但近十余年来的"汪曾祺热"却悄然兴起，他的作品重印率之高在当代作家中令人不可思议，而每年关于汪曾祺的研究论文也在不断增加，构成独特的"汪曾祺现象"。

　　两位先生都是现象级的作家，而他们对我个人也都有过深刻的影响。我曾经说过，汪曾祺给了我文学基因，我人生第一次听到最有影响力的讲座，是汪曾祺先生 1981 年 10 月在高邮百花剧场的讲座，我自己形容那样一次讲座是"文学启蒙"[1]，而王蒙则是我的人生导师和精神偶像，我与王蒙先生的交往是从 1988 年两人的文学对话开始的 [2]，之后我们不断地联系和沟通，直到现在还保持着密切的交往。我时常将两位先生暗暗比较，渐渐发现，在他们看上去迥然不同的文学世界和人生世界里居然有那样多的交叉和重合，这让我很欣喜，我想通过对他们的比较研究，来看待一百年来中国作家的心路历程和思想轨迹。

## 一、庙堂之高与江湖之远

王蒙和汪曾祺是两个迥然不同的世界，王蒙作为共和国文学的旗帜，随着共和国的成长一起成长，尤其是 1980 年以来，先后担任中共第十二届、十三届中央委员，文化部部长，第八、九、十届全国政协常委。多次获得茅盾文学奖等全国性文学大奖，曾获意大利蒙德罗文学奖、日本创价学会和平与文化奖等国际奖项，作品被翻译为二十多种语言在各国发行。2019 年 9 月 17 日，国家主席习近平签署主席令，授予王蒙"人民艺术家"国家荣誉称号。王蒙是浑身挂满了勋章的民族英雄和时代骄子，是共和国文学的代言人。

与王蒙的"高大上"相比，汪曾祺则是一个边缘化的"草根人物"，没有特别的政治荣誉和称呼。汪曾祺 1920 年出生于高邮，1939 年考入西南联大中国文学系，1940 年开始写小说，得到当时中文系教授沈从文的指导。1943 年毕业后在昆明、上海执教于中学，出版了小说集《邂逅集》。1948 年到北平，任职历史博物馆，不久参加中国人民解放军四野南下工作团，行至武汉被留下接管文教单位，1950 年调回北京，在文艺团体、文艺刊物工作。1956 年发表京剧剧本《范进中举》。1958 年被划成右派，下放张家口的农业研究所。1962 年调北京市京剧团任编剧。"文化大革命"中参与样板戏《沙家浜》的定稿，1979 年重返文坛，写出了《受戒》《大淖记事》等名著，1997 年 5 月去世。

和王蒙相比，汪曾祺的身份有点"寒碜"，他最高的职位就是做过《说说唱唱》的编辑部主任，还是一个业务岗位。作为民间文学协会下面的刊物，编辑部主任实在难以称得上是个官。汪曾祺一直以一介书生的面貌在文坛行走，和他家乡的散曲家王磐极为相似，始终一介布衣。中国历史上的文人大多有个一官半职，大到韩愈、王安石的丞相身份，小到陶渊明、郑板桥的县令，还有李白翰林供奉这样的虚职，连蒲松龄也有过幕僚的经历，王磐则从没有进过仕途，在中国文学史上极为罕见。汪曾祺或许秉承了乡贤王磐的精神，或许深受老师沈从文的影响，沈先生无论在"旧社会"还是"新社会"都没有"爵位"和官衔，汪曾祺在北京作协连个副主席的荣誉也没有得到。

有趣的是，王蒙和汪曾祺居然是同一年参加革命，都是1948 年，当然王蒙是积极主动的"少共"，汪曾祺多多少少有被裹挟的味道，且作为南下干部本来很风光又因曾经参加过三青团遣返回北京，继续从事文字工作。王蒙作为"少共"在新中国成立初期可谓顺风顺水，担任北京市西城区的团委书记，政治上可谓大红大紫，与汪曾祺的边缘人生形成了鲜明的对照。

王蒙与汪曾祺在政治身份上的反差，正应了范仲淹的那句"庙堂之高"和"江湖之远"，但汪曾祺平民生涯中也有高光的瞬间，因为参与《沙家浜》等样板戏的创作活动，他的艺术水准受到了上峰的赏识，被邀请参加了国家级的盛会，登上了天安门城楼，成为他政治上的巅峰瞬间。1970 年 5 月 20 日，国家在天安门广场举行盛大的集会，毛泽东主席发表了著名的"520"声明，汪曾祺应邀登上了天安门城楼，那待遇虽然不像王蒙的"人民艺术家"的勋章授予那般隆重，但其时能和汪曾祺登上天安门城楼的文艺家仅有浩然、浩亮等当时的大红人，与和王蒙同时获得"人民艺术家"殊荣的秦怡、郭兰英一般，都是凤毛麟角。当然汪曾祺有点流星爆亮的味道，因为之后他就沉入了茫茫的暗夜之中，"文化大革命"结束后，他为此要"说清楚"，写了长达十万字的检查。

汪曾祺短暂"走红"的时候，王蒙正处于"江湖之远"，他正在新疆伊犁的巴彦岱公社二大队劳动、生活，他应该看过《人民日报》的报道，不知道他有没有注意到汪曾祺这个作家，因为汪曾祺在之前和王蒙没有交集。时隔 49 年之后，王蒙作为"人民艺术家"登上天安门城楼的时候，汪曾祺已经作古 22 年，他是不能看到另一个作家的辉煌时刻了。

当然王蒙的政治生涯并不平坦，他 1957 年发表在《人民文学》上的《组织部来了个年轻人》招来文坛的无情批判，乃至惊动了毛泽东主席为他说话，但即使如此，王蒙的厄运还是避免不了，他还是被划为右派，从政治巅峰跌入低谷。尽管汪曾祺在第一批的反右斗争中侥幸"漏网"，但后来还是给"补"进去了。在这样一场政治风波中，个人的学养、品格、性格乃至情商都是难以与时代抗拒的，散淡如汪曾祺，机警如王蒙，落入同样的命运之圈，政治上少年布尔什维克的王蒙和政治上有点灰色的汪曾祺，被划进了同一个框中。王蒙被下放到京郊劳动改造，汪曾祺则去了张家口的农科所同样劳动改造。

同样在 1948 年参加革命，同样在 1957 年的政治风暴中落入社会的底层，说明那个时代知识分子的无力和无奈。其实从历史文化渊源看，汪曾祺和王蒙应该属于两代知识分子，汪曾祺属于老派的旧文人，属于要跟上时代步伐的人，而王蒙属于新出炉的新一代知识分子，属于时代的领头人，但命运如此相似，落伍和领先在一道看不见的红线面前都止步了，这有点像开车跑得快和开得慢的人，遇到一个红灯，他们回到同一起跑线。

王蒙、汪曾祺 1957 年以前履历对比

| | 王蒙 | 汪曾祺 |
|---|---|---|
| 出生 | 1934 年 10 月 | 1920 年 3 月 |
| 家庭 | 现代知识分子家庭 | 书香门第 |
| 小学 | 北师附小 | 高邮五小 |
| 初中 | 平民中学 | 高邮初中 |
| 高中 | 河北高中肄业 | 南菁中学肄业；淮安中学、江苏省立第二临时中学、私立扬州中学借读 |
| 大学 | 无 | 西南联大肄业 |
| 参加革命时间 | 1948 年 | 1948 年 |

## 二、"不怨恨"与"反伤痕写作"

王蒙和汪曾祺同时在那场政治风暴中落入社会底层，人生被按下了暂停键，他们历经了苦难、困惑甚至耻辱，所谓"国家不幸诗人幸"是说作家和诗人在苦难中得到了磨炼，文学因此而升华。但此话也不尽然，并不是所有作家面对困境都能够凤凰涅槃地革新自己，一些作家在 1978 年复出之后并没有光芒四射，只是在原有的道路上重复自己——从观念到技巧，而王蒙和汪曾祺在社会底层的历练，给他们的创作带来了改变、充实，丰富了他们的人生阅历和情感积累，他们的文学态度也随之发生了变化。如果我们纵观王蒙、汪曾祺那一代归来者的小说创作，就会发现这两个人在一些文学观念上居然达成了惊人的默契，我把之称为"不怨恨"的写作。

"不怨恨"的说法源自"怨恨理论"。怨恨理论源自奥地利的现象学大师马克斯·舍勒，他在论述现代性理论时，提出了怨恨理论，将现代性的阐释深入到心理学的层面。马克斯·舍勒的怨恨理论认为，现代社会的出现，主要是唤起人本主义对自然主义的反抗，个人主义对集体主义的反抗，世俗主义对神圣价值的反抗。怨恨理论作为现象学的延伸在于，发现现代性当中的"怨恨"情绪对人们精神生活和心理情绪的影响。而现代性的启蒙就是要发现哪里有不平等，然后告诉那里的人们你们是不平等的，你们要反抗。启蒙其实是揭开不平等的外衣，让遭受不平等待遇的人，发出平等的吁求以及为实现平等而展开行动。

虽然哲学家马克斯·舍勒的怨恨理论在中国没有如尼采、叔本华等人受到足够的重视，但中国作家的"怨恨"情绪始终存在。如果我们仔细考察整个现代文学尤其是现代小说，就会发现其中始终弥漫着一种怨恨情绪。鲁迅从《狂人日记》开始，就以一种怨恨的方式进行叙事，《狂人日记》里的"我"显然患有一种被迫害妄想症，所以他的叙述带着明显的怨恨。叶圣陶的《多收了三五斗》、茅盾的《春蚕》等小说都是带着强烈的怨恨情绪，发泄对旧社会的不满。这种怨恨一直延续到 21 世纪初的"底层文学"，这个命名本身就带有一种怨恨情绪：你们是上层，我们是底层。当然，命名者也是带有一种优越感的，其实比之二层楼，一层是底层，即使十七楼而比之十八楼，何尝又不是底层呢，这个有点像这些年流行的"鄙视链"。

新时期文学被人们称为"五四"以后的又一轮现代性思潮，是很有道理的，我们在那个时期的作品里读到了太多的抗争以及隐藏背后的"怨恨"。作为深受五四新文学熏陶的汪曾祺，对于现代性的追求也从来没有放弃过，但他没有用一种怨恨的方式表达出来，而是委婉地通过人物的命运来呈现。比如关于爱的问题、关于爱情的问题，在今天是不会作为一个问题进行讨论的，但在 20 世纪 70 年代末期还是个"问题"，刘心武率先用"主题先行"（刘心武语）写作《爱情的位置》，之后张洁又用女性的细腻而切入肌肤的感受写作了名为《爱，是不能忘记的》短篇小说，当时都获得了巨大的成功，在读者当中更是引发了洛阳纸贵的热度。这两篇小说无疑是启蒙的，又带有某种"怨恨"的情绪，"爱情的位置"的潜台词是以前爱情没有位置，"爱，是不能忘记的"，是爱已经被忘记了，所以刘心武和张洁才呼吁爱、呼吁爱情。

几乎同时期，汪曾祺写了《受戒》这篇出奇出格而又伟大不凡的小说，其实《受戒》说的也是"爱情的位置"，表达的也是"爱，是不能忘记的"主题，小和尚也是人，也有爱的权利。在小说的结尾，汪曾祺甚至用"43年前的一个梦"来表示刻骨铭心、难以忘怀的爱情。《受戒》的主题其实非常的"现代性"，六根清净是对和尚的戒律，但明海的爱情是那么的纯洁那么的动人，闪烁着人性的光芒，我们还有理由不去爱吗？有趣的是，今天我们再读《爱情的位置》和《爱，是不能忘记的》，不仅引不起一点激动，还会觉得有些"幼稚"和"矫情"，而再读汪曾祺的《受戒》，则依然会感受到穿越时空的爱情魅力，感受到爱永不消逝的能量。

汪曾祺的另一篇小说《寂寞和温暖》的创作过程，更能说明他与当时文学话语的距离感，这篇小说是在当时"伤痕文学""反思文学"最为热闹的时候写的，小说的内容也和当时的流行题材接近，都是被打成右派的作家的"受难史"，当时火爆的有从维熙的《大墙下的红玉兰》，之后有张贤亮的《绿化树》《男人的一半是女人》等名篇，都是通过"好人"受迫害的故事来写时代的创伤记忆，呼唤人性的复苏。但汪曾祺写得非但没有苦难深重的痛苦感，甚至还在标题上使用了"寂寞"和"温暖"这样的形容词，这在汪曾祺的小说创作中是非常少见的。汪曾祺的子女说起这篇小说的创作过程时写道："《寂寞和温暖》并不是爸爸主动要写的，而是家里人的提议。当时描写反右的事情的小说很多，像《牧马人》《天云山传奇》，影响都很大。妈妈对爸爸说：'你也当过右派，也应该把这段事情写写。'在家里，妈妈绝对是说一不二的一把手。爸爸想了想，于是便写起来。写成之后我们一看：怎么回事？和其他人写的右派的事都不太一样。没有大苦没有大悲，没有死去活来撕心裂肺的情节，让人一点也不感动。小说里沈沅当了右派，居然没受什么罪。虽然整她的人也有，关心她的好人更多。特别是新来的所长挺有人情味，又让她回乡探亲，又送她虎耳草观赏（这盆虎耳草显然是从爸爸老师沈从文先生的小说《边城》中搬过来的），还背诵《离骚》和龚自珍的诗勉励她。这样的领导，那个时代哪儿找去？纯粹是爸爸根据自己的理想标准生造出来的。不行，文章得改，向当时流行的右派题材小说看齐，苦一点，惨一点，要让人掉眼泪，号啕大哭更好。'老头儿'倒是没有公开反对，二话不说便重写起来。写完通不过，再重写一遍，一直写了六稿。最后一看，其实和第一稿没什么大区别，还是温情脉脉，平淡无奇。大家都很疲惫，不想再'审'了，只好由他去了。"[3]

应该说，《寂寞和温暖》属于创伤性的小说，里面的右派沈沅虽然是女性，但更多的成分是汪曾祺的夫子自道。沈沅的身份取自于他太太施松卿，是福建人，也是"海归"，华侨后代，沈沅的"硬件"好像与汪曾祺无关，但下放农科所的经历确是汪曾祺自身的经历。汪曾祺被打成右派以后，被下放到张家口一家农科所"改造"。和很多右派作家的命运一样，汪曾祺被打成右派以及改造的经历无疑也是充满苦难的，小说里沈沅遭受到不公平的待遇，被批判，被奚落，人格上受到的侮辱，应该是汪曾祺的亲身体验。如果按照当时的"画风"来写，作为女性的沈沅可能还会受到性方面的侵扰，但是在《寂寞和温暖》里面，汪曾祺只是写了寂寞，只是在寂寞的同时还有温暖，除了写一个不太靠谱的胡支书和王咋呼外，还写了人世间的"温暖"，底层出身看似粗野的车倌王栓，在她被打成右派之后给予了她继续生活下去的信心。新来的赵所长对沈沅的关心，则既是对知识分子的尊重，也是对人的尊重。如此，本该是充满"怨恨"的小说，却被汪曾祺写成了"温暖"。所以这篇小说改了好几次，他家里人也帮他出主意，说应该写点苦难，有点戏剧性，可汪曾祺改来改去，还是没有和当时的文学潮流接轨。《寂寞和温暖》在当时伤痕文学和反思文学的"怨恨"底色上，更多地写出了人与人之间相濡以沫的暖意，这与他"人间送小温"的文学思想显然不无关系。

汪曾祺曾自嘲自己的小说不能"上头条"，因为和当时的文学思潮不合拍了，因为这时文学的现代性是一种以"怨恨"为底色的拯救话语，我们看看后人为这些文学的命名，比如"伤痕文学""反思文学""改革文学"，都是针对现实或历史对人的伤害进行的"怨恨"式的书写。而汪曾祺的写作自觉远离这样的宏大命题，让人感受到的更多是寂寞中的温暖，这是发自内心的真诚的写作。这种"反伤痕写作"不是受命于谁，也不是汪曾祺"心有余悸"，而是他的文学观念使然。

与汪曾祺的反伤痕写作形成呼应的是，王蒙这一时期的小说创作并没有和主流的思潮完全同步，王蒙忽上忽下、波澜起伏的人生经历，让他有更多的理由去写出类似张贤亮、从维熙式的惨剧，但他没有去惨痛地展示自己的身心创伤，而是努力去弥合伤口，修复身体和心理上的疼痛。他的《最宝贵的》《悠悠寸草心》等小说，描写党群关系上的疏远，没有太多的愤怒和愤恨，受害者作为领导干部反而以一种愧疚者的心理来看待这些年的苦难历史，在这一段时间内，修复疏远已久的党群关系，修复个人与周围的关系，修复心灵与肉身的断裂，成为王蒙面对历史的选择。在《布礼》和《蝴蝶》两部中篇小说里，王蒙书写的是当时右派作家常写的个人的苦难遭遇。在被命运捉弄之后，钟亦成受尽磨难，还是忘不了"布尔什维克"的敬礼，而《蝴蝶》里的张思远则物我相忘，幻觉化蝶，完全没有外在的创伤，连心灵也转化为超越时空的状态。也许有人觉得这是一种逃离历史的自我麻醉，但如果我们联系王蒙的整个创作来看，就不会认为他是对现实的逃逸，而是王蒙的文学观让他选择了不怨恨的写作。

读一读王蒙同时期写的《论"费厄泼赖"应该实行》一文，就会发现王蒙"不怨恨"的理由。在这篇随笔性的文字中，王蒙对鲁迅的"痛打落水狗"理论提出了新的见解，王蒙认为这样的观点是一种反思，对流行的"伤痕文学"的反思。现在看来，他的这一观点具有某种超前意义，与后来邓小平的"不争论"理论一脉相承。他还在文中指出，由于"十年动乱"留下的历史创伤，"留下了许多人与人之间的宿怨、隔膜、怀疑、余毒以及余悸的今天，提倡'费厄泼赖'更是对症的良药。"[4] 王蒙这里说到的，不仅是文学的问题，而且牵涉整个国民心态的调整。

同样，并非20多年的右派生涯没有给王蒙留下乖戾和痛苦的记忆创伤，也不是王蒙好了伤疤忘了痛，而是底层的磨难经验让他重新思考个人的定位与历史和生活的关联。并不是王蒙没有挖掘、揭露伤疤的能力，也不是王蒙故意粉饰生活、粉饰人性，他只是不想以怨恨的方式来呈现往昔的记忆。王蒙对人性和生活的洞察的尖锐和冷静，在其后创作的《活动变人形》中有充分的表现，王蒙对父亲的精神疾患毫不留情，对母亲辈的精神恶习的描写也刀刀见血，但是在这样一部具有某种"吐槽"意味的小说中，王蒙依然是充满了"费厄泼赖"的精神，他写得很痛苦，写得很不粉饰，但在内心里还是充满了悲悯。

多年之后，王蒙写作了小说《笑的风》，这也是一部反伤痕写作的后爱情小说。《笑的风》里的傅大成对"现代性"的向往、追求，是通过对爱情的追求来表达的。傅大成感受过现代性的快乐和喜悦，但现代性追求带给傅大成的困惑和苦痛也同样煎熬着傅大成。现代性是相对于古代性（前现代）而言，或者说，它是农业文明之后的又一个文明形态，经历这种形态的转换产生心理眩晕是必然的。

傅大成和杜小鹃或许代表着的是某种现代性，而白甜美代表的则是某种乡土文明，穿行在现代文明和传统文明之间的傅大成在饱尝爱情的悲欢离合之后，选择和判断愈发彷徨。这就是傅大成老觉得普希金的诗歌《假如生活欺骗了你》非常吻合自己的心境的原因所在。傅大成的被欺骗感来自何处？这就是王蒙写出的"后伤痕文学"的悲剧性。

傅大成的内心是有伤痕的，情感是有伤痕的，他无疑是带着理想主义的目标去选择婚姻，但是父母包办的婚姻不是理想主义的，而是从实用出发，为傅大成娶了白甜美，所以理想主义的傅大成有挫败感，觉得生活"不真实"，觉得生活太庸俗，这就是现代性造成的焦虑。王蒙不仅写出了傅大成的没有自由恋爱的婚姻的挫败感，更重要的是写出了傅大成在按照自己的理想蓝图和杜小鹃结合之后，他反而滋生出另一种被欺骗的挫败感。他和杜小鹃在希腊结婚小岛上的对话，写出了追求的幻灭感。在希腊圣托里尼岛的小镇上，傅大成和杜小鹃关于自由、孤独、幸福的对话，其实是对现代性的一种追问："他们边讨论边叹息了很久，他们的共识是，人不可以活得过分幸福，过分幸福的人不可能成材，不可能有内涵，不可能坚毅与淳厚，不可能有生活与奋斗的意愿乐趣。他们还分析，绝对的自由的代价往往是绝对的孤独。"[5]

人生是如此的吊诡，爱是自由的还是孤独的？王蒙的发问是哲学层面上的诘问，汪曾祺的写作很多时候也被人称赞为"智慧"，他们的"不怨恨"其实在于对生活的深刻认识，不是简单的现代性观照，也不是用一种绝对的理想主义和绝对的真理去剖析生活的是非、黑白，将人简单地分为善恶、美丑，而是遵循生活的本真，在"去真理化"之后，还原生活现象本身，他们都知道，小说不是观念的传声筒。

## 三、意识流与意象流

王蒙和汪曾祺都在不同时期、不同程度上与"意识流"发生过联系。新时期以来，王蒙被称为意识流写作第一人，他的《夜的眼》《春之声》《海的梦》等小说，在当时的文坛上引起了巨大的波动，乃至于引发了中国文学"现代派"的大讨论。而王蒙自己并没有意识到，写作这些小说将会引起整个文坛的小说革命，他当时觉得的是从新疆"归来"之后的时空交集的信息交织和复杂情感，更适合采用一种更加自由的方式表达出来，打破故事性较强的线性的小说结构。王蒙自己当时并没有读过伍尔夫、普鲁斯特等人的意识流作品，但他有对音乐和中国古典诗词的浓厚兴趣，尤其对中国古典意象美学的热爱影响了他的写作，进而呈现出类似意识流的文体来。

对于这样的"巧合"，我在《瞬间或永恒——论王蒙小说的时间观》中说过，"王蒙所谓的意识流小说中其实使用的是音乐思维。音乐的思维方式是抽象而具体的，抽象在于它不用文字说话，在用音符叙事，具体在于每个音符又是具体可感的，每个音符有自己的音长、音高、音色。音乐是通过时间的流动来构成节奏、旋律和腔调，这时间它是物理性的，一首乐曲的长短是可以用时间来计算的，而音乐时间的心理性成分会比文学、雕塑、绘画大得多，文学的时间是阅读产生的，是通过视觉转化为想象，再转化为形象，雕塑和绘画的时间是凝固的，视觉和画面的复合形成意象美学。音乐的非视觉化让听者通过心理的想象来产生美的感受。音乐的叙述性实际是非物理性的，而是心理性，借助音符的流动和旋律的生成产生特殊的心理时间。"[6]

不论王蒙的意识流来自何处，他毕竟开创了中国新时期小说创作的意识流先河，而且，王蒙之后的小说创作确实有意识地探寻东方意识流的表现，像《铃的闪》《来劲》确实只是一股奇妙的语言流或意识流了，而力作《杂色》就是一部超级意识流的作品，说它"超级"，是小说不仅仅有意识流的表现方法，还有其他现代主义和后现代主义的表现手段。曹千里和杂色马在草原上的行走，带来的语言和意识的新变，也成为文坛的一道风景。到了晚年，王蒙又重燃《春之声》时期的热情，写作了一部堪称规范意识流的长篇小说《闷与狂》，在这部小说里王蒙将意识流叙述的多视点、无视点无限发挥，将意识流的潜意识、无意识自由书写，将意识流语言的"自动书写"、无标点叙述等反语言的功能巧妙整合，和中国古典意象美学成功嫁接，形成了独一无二的中国意识流或意象流的巨著，被称为中国版的《追忆似水年华》。

和王蒙的无师自通不一样，汪曾祺的意识流写作受过西方作家的影响，是有师承的。他明确表示，"我很年轻时是受过现代主义、意识流方法的影响的"[7]，在 20 世纪 40 年代小说创作的起步阶段，他就主动师承意识流大师伍尔夫，他的《小学校的钟声》就是对伍尔夫《墙上的斑点》的致敬之作。之后写作的《复仇》等小说受到了文学界的广泛好评，当时唐湜撰文称赞汪曾祺"通过纯粹中国的气派与风格来表现""现代主义的小说理想"[8]。后来北京大学的严家炎教授则认为，"到了汪曾祺手里，中国才真正有了成熟的意识流小说。"[9] 但汪曾祺并不认为自己是纯粹的意识流作家，他认为唐诗尤其绝句对他的影响非常重要，"我要形式，不是文字或故事的形式，是人生，人生本身的形式，或者说与人的心理恰巧相合的形式。（伍尔夫，詹姆士，远一点的如契诃夫，我相信他们努力的是这个。）也许我读了些中国诗，特别是唐诗，特别是绝句，不知觉中学了'得鱼忘筌，得义忘言'方法……司空表圣的'风色入牛羊'我颇喜欢，风色是最飘渺，然而其实是最具体实在的"[10]。早在 20 世纪 40 年代，汪曾祺就有意识地在意识流小说中灌注了中国诗歌意象美学的元素，产生了新的美学效应。

最近吴晓东教授撰文认为，汪曾祺的意识流或许称之为"意象流"更为合适，"意象流"的概念也是唐湜提出来的，他在谈论辛笛的诗歌时，认为"诗人没有非常虔心的诚挚与十分矫健的生命力来支持他的思想流，使全蜕化为意象流"。吴晓东认为，"唐湜推出的'意象流'范畴天然就具有某种创造性，堪称把西方现代主义的意识流诗学与本土意象性文论相结合的产物。可惜'意象流'的概念似乎并未流行开来，仅见有研究者从美学的角度进行阐发，也偶见于对中国古典诗歌的阐释"，而这个概念用在汪曾祺身上也极为合适。[11] 同样，"意象流"的重新激活使理解王蒙小说的意识流问题迎刃而解了，王蒙创造的"东方意识流"其实是一种意象流，是从中国古典诗词转化而来。只是汪曾祺是有意识地融合中西方的文学精华，而王蒙在不经意间也完成了意象流，殊途同归。下面看看王蒙和汪曾祺对颜色和声音的描绘，就可以领略到这种意象流的风采：

　　　　我看到是漆黑，我看到的是差不多什么都没有看到。区别在于也许有亮的黑和黑的黑，还有暗的黑，还有淡淡的黑。猫眼是亮的有点橙红的黑；猫头是黑得雄壮的黑；猫鼻子是漆黑的黑；猫皮毛是暗的黑；猫背是浓浓的黑，猫爪子是淡淡的黑。这就是造物主在冥冥中给我的最早的关于颜色的知觉与启示，与水墨画或有什么关系。[12]

———王蒙《闷与狂》

钟声是柔和的、悠远的。

"东——嗡……嗡……嗡……"

钟声的振幅是圆的。"东——嗡……嗡……嗡……"，一圈一圈地扩散开。就像投石于水，水的圆纹一圈一圈地扩散。

"东——嗡……嗡……嗡……"

钟声撞出一个圆环，一个淡金色的光圈。地狱里受难的女鬼看见光了。她们的脸上现出了欢喜。"嗡……嗡……嗡……"金色的光环暗了，暗了，暗了……又一声，"东——嗡……嗡……嗡……"又一个金色的光环。光环扩散着，一圈，又一圈……

夜半，子时，幽冥钟的钟声飞出承天寺。

"东——嗡……嗡……嗡……"

幽冥钟的钟声扩散到了千家万户。

正在酣睡的孩子醒来了，他听到了钟声。孩子向母亲的身边依偎得更紧了。

承天寺的钟，幽冥钟。

女性的钟，母亲的钟……[13]

——汪曾祺《桥边小说三篇·幽冥钟》

王蒙写黑色的意象，对黑色的感悟借着对猫的描写来展开，写出了黑的层次和质感，也写出了一个少年的孤独的奇妙感受；汪曾祺对钟声的描写则通过种种意象来捕捉声音的形态，比如圆环的形状和光圈的视觉转化，写出了玄妙无比的意象流。

## 四、都是文体革命家

王蒙和汪曾祺都具有非常强烈的文体意识，他们的文字辨识度极其强，光看文章不看署名就能读出他们各自的味道。

这显然与他们各自的文体意识密切相关。王蒙不赞成以单一的成分与样式去结构和形成一篇小说，他认为小说创作"可以吸收包含诗、戏剧、散文、杂文、相声、政论的因素"。他很欣赏小说"像散文""像诗"的评价，认为那是一种褒奖，会更加让人鼓舞[14]。而汪曾祺年轻时"曾想打破小说、散文和诗的界限"，他还说"我以为气氛即人物"[15]。

文体革命是新时期文学发展的一个重要标志，而王蒙和汪曾祺又都是文体革命的倡导者和前行者。王蒙的"杂色"理论就是让小说"包含诗、戏剧、散文、杂文、相声、政论的因素"，而汪曾祺"打破小说、散文和诗的界限"的实践，在新时期的写作中也得到了触发点而自由伸展。有意思的是，他们先后不约而同地将问题转向了"笔记"这一中国传统的文体。

王蒙和汪曾祺显然是两类不同的文体家，王蒙激情如火，汪曾祺平淡如水，王蒙的句子偏长句，而汪曾祺喜欢短句，他还经常通过句号把句子有意"切"短。王蒙的现代性倾向明显，汪曾祺则古典性浓烈。其实两位都是中外兼修、打通古今的作家。比如对于文体实验的兴趣，汪曾祺直接引入西方意识流，而王蒙则无师自通地接通了意识流，都显得非常的"洋气"。汪曾祺晚年更醉心于笔记体，作品越写越短，追求简洁质朴，情感内敛，文字近乎禅味，于枯干中见丰腴。

毫无疑问，王蒙是以修辞的繁茂、铺张、夸饰和狂欢著称，时有"黄河之水天上来，奔流到海不复回"的气势，但王蒙其实也是一个写笔记体的高手，也会"老僧坐定"，禅意盎然。在写作"季节"系列长篇和《青狐》之后，他的笔端转向了《尴尬风流》这种"无技巧"的笔记体小说的写作。所谓的"无技巧"，不是真的零技巧或者缺技巧，而是"绚烂至极归于平淡"，是将技巧隐藏起来，在不显山不露水的状态下，完成小说的意蕴。《尴尬风流》是王蒙写得最长的系列小说，也是王蒙有意识向中国传统笔记小说"看齐"的作品，他从"老王"的日常生活状态中发现了"尴尬"和"风流"的悖反，小说有极强的纪实和即时写作的性质，但作品使用了言简意赅的笔记和简约派的手法，又显得与人物和生活拉开了距离。

汪曾祺虽然最早是从伍尔夫等人的现代主义进入小说创作

的，但他在人们心目中确是一位具有中国气派和中国精神的作家，这源于他深厚的中国古典文学、中国传统文化的修养，所以他多次强调"回到民族传统"。王蒙年轻时和汪曾祺接受的教育不太一样，他是新学校培养出来的，但一直注意吸收老子、庄子、李商隐、苏东坡、曹雪芹等中国文学大师的精华，晚年之后又潜心研究诸子百家，且融于自己的创作当中，形成了独特的王蒙体。

两人也都注重从民间文化中吸收营养。汪曾祺在民间文学协会工作过，还编辑过《说说唱唱》的民间文学刊物，在作品中时常引用民歌，汲取了大量民间文学的养分。王蒙的小说里也经常出现民歌，在《活动变人形》中那首河北南皮的民歌因他的传播产生了很大的影响。王蒙在新疆生活期间，学会了维吾尔语，在描写新疆的小说中，大量维吾尔族的民俗、民谣、名词在小说中自由地使用，带来了奇特的边疆风情。而维吾尔语特定的思维方式对王蒙的小说语言文体也产生了巨大的影响，他的那些长句子和修饰繁复的排比，都不同程度地与维吾尔语的句法发生着奇妙的联系。

王蒙和汪曾祺还有一个共同的爱好，喜欢"文本再生"，一是对自己昔日的作品进行重写，二是对古典名著进行改写再生。汪曾祺的《异秉》40年代写过一次，到80年代又写过一次，而《职业》这篇很短的短篇小说，汪曾祺居然前前后后写过四次。他的《聊斋新义》是另一种文本再生，是对《聊斋》进行的现代性的处理，有点像现在刀郎的《山歌寥哉》。不知道汪曾祺地下有灵，听了刀郎的《山歌寥哉》会不会说：就是这个味儿！

晚年的王蒙也开始对自己的旧作进行改写，长篇小说《这边风景》就是他对 20 世纪 70 年代小说的二度创作，《从前的初恋》也是对自己早年日记的一次"文本"再生。王蒙还在小说的边上进行"脂砚斋"式的点评，用昔日当事人、今日评点者的身份对小说夹叙夹议，传承了中国小说评点的传统。

王蒙和汪曾祺还都是非常优秀的评论家，有着独特而超强的阐释能力，不论是阐释自己的小说还是评点他人的作品，都有非常丰富的含金量。王蒙借评点张承志的《绿夜》来阐释自己的小说主张，汪曾祺评点林斤澜的"矮凳桥"系列小说，也是借他人酒杯，浇自己块垒。汪曾祺对阿城《棋王》的评论，王蒙对余华《十八岁出门远行》的评论，都是一锤定音，至今还是难得的有见解且无可替代的知人论世之作。对新人新作的热情和赏识，两位"心有同焉"。


## 五、结语：葡萄的精灵

纵观两位作家的创作和人生经历，可以发现他们成功的共同点在于：

一、打通了文体之间的界面；

二、打通了中国当代文学与古典文学、古代文化的界面；

三、打通了中国文学与世界文学的界面；

四、打通了民间文学与文人文学、知识分子文学的界面；

五、打通了创作和评论的界面；

六、打通了故乡与他乡的界面。

王蒙和汪曾祺都有写葡萄的名作，一篇叫《葡萄的精灵》，一篇叫《葡萄月令》。汪曾祺的《葡萄月令》用中国古代月令的方式，按月写出了葡萄生长的形态，写出了劳动的美感和植物生长之美，里面对生活的热爱洋溢着满满的童心。《葡萄月令》来自汪曾祺在张家口农科所的真实经历和感受，他那时正以一个果农的身份伺候这些葡萄宝贝。王蒙的《葡萄的精灵》也是来自他新疆生活的积累，里面写到穆敏老爹如何酿造葡萄酒的故事，风趣而低沉，笑中带泪，酸中带甜。

两颗"葡萄"，晶莹透明，纯粹如玉，都是关于异乡的记忆，都有故乡般的亲切、温暖和滋润。高山乎？流水乎？

一代宗师，两座高峰。

## 注 释：

[1] 参见王干：《像汪曾祺那样生活》，《尘界与天界：汪曾祺十二讲》，江苏凤凰文艺出版社 2021 年版。

[2] 参见王蒙、王干：《王蒙王干对话录》，漓江出版社 1992 年版。

[3] 汪朗：《老头儿成了"下蛋鸡"》，汪朗、汪明、汪朝：《老头儿汪曾祺：我们眼中的父亲》，中国青年出版社 2012 年版，第 184—185 页。

[4] 王蒙：《论"费厄泼赖"应该实行》，《王蒙文集》第 19 卷，人民文学出版社 2020 年版，第 50 页。

[5] 王蒙：《笑的风》，作家出版社 2020 年版，第 179 页。

[6] 王干：《瞬间或永恒——论王蒙小说的时间观》，《当代作家评论》

2023 年第 6 期。

　　[7] 汪曾祺:《晚翠文谈新编》，生活·读书·新知三联书店 2002 年版，第 125 页。

　　[8] 唐湜:《虔诚的纳蕤思——谈汪曾祺的小说》，《新意度集》，生活·读书·新知三联书店 1990 年版，第 140 页。

　　[9] 严家炎:《京派小说与现代主义》，《新文学小讲》，北京出版社 2021 年版，第 209 页。

　　[10] 汪曾祺:《致唐湜》，《飞鸿传书寄真情》，译林出版社 2021 年版，第 17 页。

　　[11] 参见吴晓东:《汪曾祺与中国的本土现代主义》，《现代中文学刊》2023 年第 2 期。

　　[12] 王蒙:《闷与狂》，《王蒙文集》第 11 卷，人民文学出版社 2020 年版，第 2 页。

　　[13] 汪曾祺:《桥边小说三篇·幽冥钟》，《梦故乡》，江苏凤凰文艺出版社 2017 年版，第 313—314 页。

　　[14] 王蒙:《倾听着生活的声息》，《王蒙文集》第 26 卷，人民文学出版社 2020 年版，第 45 页。

　　[15] 汪曾祺:《〈汪曾祺短篇小说选〉自序》，《诗文臧否真性情》，译林出版社 2021 年版，第 46 页。

# 第十章　重写的可能与意义

## ——评《恋爱的季节》

### 一

一个人的一生不能重新开始，但一个人的人生经历、人生经验、人生岁月却有被重写乃至反复重写的可能。历史之所以不会消亡，就在于它被一代人又一代人反复地重写，它在永恒的人类书写中获得了永生。一个作家不管他描写古代的故事还是现代的故事，他实际都在书写自己的人生阅历和生存感慨，酒杯也许是他人的，块垒却必须是他自己心灵里吐泄出来的。一个作家的写作，本质上讲是在反复表现自己的人生过程和人生情怀。

像王蒙这样对自己的"作品"进行重写的作家并不多见。一般来说，一个作家对自己写出的作品有遗憾有评议有留恋是很正常的，但以巨大的篇幅来进行重写却是不可能的。这里所说的"重写"，不是一般意义上的修改，不是对原作的瑕斑进行擦洗或对原作的遗漏进行补充，而是对原有的生活经历展开新的观照、新的叙述。《恋爱的季节》作为多卷本长篇小说的一卷，它完全可以看作王蒙第一部长篇《青春万岁》在 20 世纪 90 年代的重写，时间都是 50 年代初期那个火红的年代，地点依然是那个区的共青团机关，只不过人物的名字由郑波、田林、杨蔷云、黄丽程、呼玛丽变成了赵林、洪嘉、周碧云、满莎、祝正鸿、李意、钱文、袁素华、萧连甲。这种时空的重复与人物的吻合，正是一种"重写"的前提，但这种"重复"与"吻合"是有意为之，作者要站在 90 年代这样一个时间坡度上去重新审阅一段美好的青春时光。

法国文学大师普鲁斯特的巨著《追忆似水年华》，直译应为"寻找失去的时间"，可谓在某种程度上道出了文学的真谛。寻找昨日失去的青春韶华，几乎是所有作家都必须触及的主题，而"青春"对王蒙来说则是一种永不会被解开的情结。1986 年，王蒙在一首题为《不老》的诗中写道：

> 三十岁的人觉得四十岁的人太老了
>
> 四十岁的人觉得五十岁的人很老呵
>
> 五十岁的人觉得六十岁的人在老着
>
> ……
>
> 谁又不能不老呢，
>
> 我的女儿明天过十七岁的生日
>
> 她说：我都老啦
>
> 已经失去了十六、十五、十四
>
> 留下了一串串跳皮筋、戴领巾的日子
>
> ……

《恋爱的季节》里，王蒙以钱文的口吻写道：

> 他知道他挽留不住时间，挽留不住鸟儿、花朵、树叶，挽留不住 1948、1949、1950、1951，挽留不住钱文的 16 岁、17 岁、18 岁、19 岁，如今他马上就要 20 岁了。

这两段文字前后相隔六年的时间，都是对衰老和青春的感慨。如果不是编辑做过"手脚"的话，我们发现出现在两段文字中的数字写作方式不太一致，一是汉字，一是阿拉伯数字，汉字在视觉上有一种从容不迫的自信，而 1948、1949、1950、1951 这一连串阿拉伯符号造成的匆匆而过的急促感更带有 50 年代的气息，王蒙对时间流逝的特殊敏感并不是远到边塞之后才产生的，而是一种天生的异常性情。他的处女作虽高呼"青春万岁"，但在欢乐的青春礼赞中亦流露着他对逝去时光的留恋与伤感。到后来的《布礼》《蝴蝶》《如歌的行板》《杂色》《惶惑》等都是对自己美好岁月百感交集式的寻找追忆，历史的命运与个人的际遇成为永远不可挽回的生命流程。苦苦寻找青春的价值与生命的意义，不仅仅是王蒙一人的创作倾向，也不单是 50 年代作家才拥有的文学情绪，在"知青族""寻根族"乃至后来的"新潮族"那里也不例外。余华的《十八岁出门远行》与王蒙的《组织部来了个年轻人》可谓"青春的惆怅与迷惘"这一乐章在 80 年代和 50 年代两种不同的版本而已。为什么有那么多的中国作家都会觉得自己的青春被耽误了或都对原有的价值产生怀疑呢？张辛欣有篇小说叫《我在哪儿错过了你》，可以说道出了新时期文学的一个重要母题：我在哪里失落了青春。迷惘与怀疑的情绪一度充盈在反思小说的人物身上，但怀疑历史就意味着否定了自我、否定了青春，而历史是可以否定的，青春则是无可否定的，因为青春总是美好的。因而出现了张承志《金牧场》这样的长篇，对青春的肯定和对世俗的否定。王蒙肯定的也是"青春的欢乐"，虽然在欢乐的背后包含着过多的幼稚、单纯、偏执和盲目，但这种欢乐是一种脱离了意识形态之后的青春情结，是人的自由舞蹈。人们总是习惯于把某种情感价值与某种意识形态价值联系在一起，当某种意识形态价值被否定时情感价值自然就失落于一地，其实这有点像把恋爱的价值与婚姻的价值等同起来一样，事实上如果一对夫妇在家庭里价值体系崩溃了，不意味着他们原先的恋爱也因此失去了光彩，而青春的美好与惆怅往往都不在于明确地定位于某个世俗价值支柱之上，它是抽象的，跨越时空限制的。可青春流逝的过程又是现实而具体的，在《恋爱的季节》里，内容便显得那样的庞杂。它是一部回忆录，但没有陈述任何"经验"或"教训"，它是美好的爱情组诗，但又不乏"黑色幽默"，它是一幅社会风情画，又处处充满了人生哲理。肯定／否定，抒情／调侃，叙述／议论，批判／宽容，揭露／掩饰，被一种当代文学前所未有的青春热情和历史苍凉搅拌在一起，令人感伤，令人振奋，令人捧腹，也让人怜悯，让人沉迷。这不仅是对"青春万岁"一次话语性的消解，也是作家欢乐而痛苦的精神涅槃。

## 二

"重写"的意义不在于站在今天的认识高度（这种认识高度
其实也是意识形态化的结果）对过去的生活重新判断一番，得出
了新结论，这种"重写"只是一种史的方式，严格意义上说是一
种思想史的方式，但文学尤其是一部长篇小说不能够仅仅停留在
思想史的层次，文学不一定要达到思想史的最高点，文学还应包
含比思想史更广阔更深厚的内容。对一个作家来说，"重写"除
了是对生活产生了新的意向之外，还包含着对自己艺术形态的某
种调整与变动，因此"重写"不像有些人所说的那么简单化，它
不必都是颠覆性的，在更多的时候，是作家对自己价值坐标和艺
术坐标一次有限的移动而已。

曾经有人批评王蒙的小说忽视甚至贬低对典型环境中典型人
物的塑造，王蒙自己也著文表述过他认为塑造典型环境中的典型
人物的方式是小说创作中的重要方式，但不是唯一的方式。这
是不是意味着王蒙缺乏这一现实主义小说的看家本领而言"葡萄
酸"呢？其实不然。事实上，王蒙虽然喜爱擅长《春之声》《杂
色》这种非典型化的现代小说方式，可他的典型化能力在当代作
家中也是超一流的。在他复出文坛的第一部长篇小说《活动变人
形》中，王蒙以一种举重若轻的姿态成功地塑造了倪吾诚这样
一个中西文化夹缝中尴尬困窘的知识分子形象，是新中国成立以来
文学人物画廊中极富深度和层次感的艺术典型之一。《活动变人
形》围绕倪吾诚这样一个"中心"来铺衍笔墨，时空跨越，场景

转换，人物冲突，叙述笔调都不偏离这样的"焦点"，虽然王蒙才情的自由流动几次要溢出倪吾诚这样一个预先设定的叙述圈，但又被一种潜在的力量暗暗地不由自主地收拢到倪吾诚的身边，他不忍心去瓦解自己惨淡营造的艺术世界。

可在《恋爱的季节》里，不再有这样一个逻辑中轴，作家从"中心"中抽出身来，以一种边缘状态进行故事的讲述和小说的操作。支撑一部长篇小说的结构支架，往往是辐射力充分凝聚力很强的一个中心人物、一个中心情节、一个中心思想，或者是某个历史事件及事件影响之下的人物行为与社会生态，至少也是一个家族的荣辱兴衰（这是近几年长篇小说颇为流行的一种结构方式），像《尤利西斯》《追忆似水年华》那样天马行空、不拘一格的巨著固然难以理出一个明确的中心逻辑程序来，可写实性的长篇是很忌讳这样做的。《恋爱的季节》基本上是一部写实性的长篇，如果要说有中心的话，可牵强地理解为"20 世纪 50 年代中国青年的恋爱观"这样浅泛的主题，但显然大悖了作者的意图、作品的内涵，它最多只能作为作家和读者进入小说时的一种契机而已。

《恋爱的季节》描写的不是一个家族的故事，而是一个机关、一个中国共产主义青年团区级机关里的恋爱故事。当代中国社会家族、宗族的力量在乡村里依然没有消失，而在城市里家族、宗族的力量则逐渐被机关、单位这种新社会联合体取代。赵林、周碧云、洪嘉、祝正鸿、李意、萧连甲、满莎、钱文、万德发这些"职业革命家"之间有一种新的"血缘"联系，这种"血缘"就

是对革命的无限向往与献身精神。在这样一个特殊的社会联合体
中，在一帮充满热情与向往的青年男女中发生恋爱的故事，是很
正常的。王蒙写的这些恋爱的故事涉及爱的多方面，爱情几乎与
所有社会存在都发生联系，产生冲突，《青春万岁》中爱的透明
与纯洁被回民饮食习惯的问题、朝三暮四的问题、宗教问题、战
斗英雄问题、出身问题、外貌美与心灵美问题等等，弄得面目全
非，而最终导致了原先这样的年轻的革命联合体的解散，小家
战胜大家，爱情的力量胜过"血缘"的力量。作家在热情肯定他
们爱的权利，"这是一个恋爱的季节，每个人都觉得幸福的花朵
已经在每个角落含苞待放，幸福的鸟儿已经栖息在每间房室的
窗口……"同时又冷冷地呈现爱情的世俗性、爱情的不神圣性甚
至爱情的随意性，这种悖反的思维便导致了中心的瓦解，一方面
是描写恋爱的故事，另一方面又是以反恋爱的思维进入小说的操
作。恋爱是必然而不可抗拒的，可恋爱又是"季节"的产物，时
代精神、社会风尚、民族文化又始终在支配甚至压迫着每个人择
偶的价值标准和审美观念，比如周碧云之恋便是世俗与理想冲突
的结果，她的第一个恋人舒亦冰身上残留着与 50 年代这样的革
命时代不相协调的气质与方式，可舒亦冰的方式又是纯粹的恋爱
式没有意识形态的色彩。而满莎全身的每一个毛孔都散发着 50
年代的革命气息，他与周碧云的恋爱完全是革命化、军事化的，
可视革命为生命的周碧云又会不由自主地回忆起那个文质彬彬的
白面书生舒亦冰来。洪嘉与战斗英雄之恋基本上是一种壮举，是
时代精神取代恋爱规则的结果。王蒙便是通过这样一连串的爱情

故事描写了洪嘉、萧连甲、钱文、周碧云、满莎、祝正鸿、李意、吕琳琳、万德发、闵秀梅这样性格各异、命运不同的人物，让他们各自处于自己故事的中心来构成多元的文学世界，虽然谁也不是中心人物，谁都处于一种边缘状态，可这些扁平型的人物的复合体便形成了圆型性格，而这种圆型性格恰恰具有了"典型"的意义。这种复合体"典型"的效应远远大于一般文学作品的个别人物的审美力量，他代表了"50年代"这样一个曾令人陶醉和念叨的时代，也代表了50年代对"50年代"的一种反思与重写。它的放射性功能将会在王蒙以后以"季节"为总题的多卷本长篇小说里体现得更加充分。

## 三

小说中我阅读兴趣最大的人物是钱文。不知为什么钱文老使我想起《活动变人形》中的倪藻——倪吾诚的儿子。《活动变人形》在某种意义上是一个审父的文本，作家所有的目光都是从倪藻的视野出发，作为一个隐形的叙述者倪藻又时常出现，倪藻的视角遮蔽作者的身影。而在《恋爱的季节》里钱文不像倪藻那样带有他审的色彩，也不能说是自审或自省，而是一种情感体验的倒流。

按照一般的小说叙述学理论，故事叙述者的选择是一个关键问题。如果读者接受的是作者对事件的看法，对事件描述就是来自小说人物行动以外的某个人。如果读者接受的是小说人物对同一事件的看法，对事件的描述就是来自小说中某一个人，这个人是行动中的一个角色，也可能是一个主要角色。钱文属于这样一个角色，他实际在小说中充当一个叙述人的角色，但他这个叙述人又时隐时现，这种"隐"是由于整个小说是以第三人称的方式出现，这种第三人称便有全知全觉全能的扫描穿透功能，钱文也只不过是全知全觉视野的一个活动目标而已。但我们很快又发现在《恋爱的季节》里第三人称并不称职，也不得体，他往往来自小说中某个人物的视角，因为作为全知全觉的视角往往包含作家现在时的一些价值判断和情感意味，是来自一种权威的"上帝"的姿势。可随着我们的阅读深入，我们发现《恋爱的季节》里的叙述光圈出自于那个最年轻的钱文，他是所有恋爱故事的目睹者，同时他又是唯一没有进入恋爱程序的人物。整个一部《恋爱的季节》与其说描写了20世纪50年代形形色色的恋爱状态，还不如说是一个情窦未开的青年如何走向恋爱认识恋爱的心理轨迹。

在《恋爱的季节》里有五章（第四、五、九、十三、二十章）的大部内容几乎是以钱文的内心独白的方式出现的，是一种拟第一人称的叙述方式。从钱文第一次出现在小说中（第四章"五月初的这个周末的夜晚，钱文体验了一次失眠的滋味"）开始，对钱文的笔墨则很少用一种再现性的方式，而是表现性的差不多是内心独白式，到这部小说的结尾，内心独白则成了一种直抒胸臆的诗情了："是的旋风，你好旋风。旋风正在把过往连根拔起。所有的过去将不再眷恋。所有的感想都可以不想。""当她成为旋风的时候，她感觉得到这旋风吗?"哦，不。让我再想一想吧。让我珍重这句话吧。让我吝惜一点，再吝惜一点吧。我已经糊涂了。"这样一种抒情的方式，作者把它赋予钱文，可以说是情有独钟。钱文简直就是倪吾诚的儿子，钱文的父亲与倪吾诚太相似了，虽然也到国外喝过两年洋墨水，但到底学过什么得过什么学位他老是"美术、美学、哲学"支吾不清，但老是牢骚满腹痛斥中国人的"劣根性"。可倪吾诚的后代又怎样呢，王蒙用钱文的笔记本上的诗概括了他们的命运:"我们没有童年。"

记得张承志在《北方的河》中曾愤怒于表弟"我们没有昨天"的宣告，那王蒙对钱文的"没有童年"则包含着某种酸痛:"我们没有童年，把童年的特权留给后人。我们没有天真，把天真的欢乐留给明天。我们没有蹦蹦跳跳的嬉戏呀! 孩子，你为什么这样严肃? 因为，我学会的人生第一课，便是向着黑暗做殊死的斗争!"这是"少共"钱文的特殊的感情体验，虽然充满了可爱的稚气，今日读来不免多了些许因时间流逝而造成的带辛辣的幽默味。钱文在整部小说中经常处于一个局外人的位置，旁观他周围发生一连串悲喜剧，但整个作品又是他初恋的心态图景，对吕琳琳那种单相思式少年对异性的微妙心理，一波一澜都写得那样张弛有度，而小说的结尾钱文与叶东菊的正式恋爱在敲响他个人情感的洪钟大吕时，却同时宣布"他们这个朝夕相聚、亲过手足的少男少女的集体，已经开始解体了"。《恋爱的季节》与其说是写十来对男女青年的结合，还不如说是一个青春性团体的解体，在这一"聚"一"散"一"兴"一"衰"间，留下了许多值得人玩味的内容。

钱文作为隐形的叙述者自由地活动在所有人物恋爱故事的每个缝隙，洞察着一切，也描述着一切，同时又议论着一切。但钱文又不是真正的叙述者，因为有些内容又远远大于他的视角，大于这位 19 岁青年的当时见识，有很多话语仿佛是来自几十年以后钱文的感受。比如我前面所述的第四章的开头，在"五月初的这个周末的夜晚，钱文体验了一次失眠的滋味"之后，紧接着的是，"而这样的年代，这样的年龄，失眠与其说是苦涩的，不如说是甜蜜的"，这样的感受显然是 19 岁的钱文当时所不能拥有的，而是一种事后追寻的情态，因而整个小说的叙述角色始终又是不完全的状态之中，作家给予钱文的有时是超负荷的，超过他这个人物所能拥有的表述力，而钱文对其他人物的叙述又是越俎代庖式，可等到钱文真正展开内心世界时，作家又往往以议论的方式分析的方式抒情的方式来代替他的意识流动，这样一种复杂的叙述套层结构是由小说中复杂的人物色彩决定的，也是由作家在忆述往事时复杂的情感决定的。钱文与叙述者吻合而分裂的关系加大了小说内在的张力，也造成了叙述话语式的种种不平衡、不和谐。这种反差与距离在小说的一开端就被作家定下了基调："1951 年 4 月中旬的一个周末夜晚，小雨飒飒，空气里流着诱人的潮气与土香。周碧云坐在自己的办公桌前，正在准备'五四'青年节纪念会上对新民主主义青年团团员们的讲话。"她的疤疤痕痕的桌面上放满了书，《中共中央关于建立新民主主义青年团的决议》《青年团的任务》《论共产主义教育》《联共（布）党史》

《整风文献》《社会发展史纲》《思想方法和工作方法》……她沉浸在'全面发展的人'这样一个命题里，喜悦振奋，心潮激荡。办公桌是靠窗户摆放的，夹着雨丝的风吹起了褪了色的不洁的窗帘，这窗帘十分容易让人联想起婴儿襁褓中使用的尿垫子。窗帘一次又一次飘动着，弄乱她的头发，弄痒她的脸庞。但是她沉浸在对于'全面发展的人'的想象里，全不顾及窗帘的拂拭与窗帘上的尘土微粒的呛人。"

在整个小说里这面"不洁的窗帘"以不同的方式不同物象时时飘拂在恋爱的季节里，成为一股极不和谐的旋律。早在《组织部来了个年轻人》里曾出现过这种有限的不和谐，当林震与赵慧文的情感朦胧而伤感时，他俩一出门，一个老头子推着车叫道"炸丸子开锅"，让他们一下感到世俗是如此实在而令人猝不及防。如果说这只是追求一种艺术上的反差效果，那么在《恋爱的季节》里就成为一种思维状态结构状态了。也正因为有了这种状态，重写的可能性、必要性才存在。

## 四

还有小说的注释。

很少有人注意到小说的注释，在当代小说特别是新时期文学小说里很少谈到注释，如果有注释十有八九也是关于方言俚语与普通话的转译。在小说作品中读到注释，多数是翻译作品，那是译者为了帮助对异域作家小说的理解而添加的。新时期小说里如果有什么要解释的内容，基本是在小说内进行的，事实上今天读者也很不情愿在小说里看到注释，小说又不是学术论文，要注释不是一种累赘吗？但《恋爱的季节》里却有六条注解，由于它是一个"重写性的文本"，这些注释本身就意味着也是重写的一部分。我不妨悉数抄下，或许这些毫不关联的事实片段在告诉读者什么。以下序码是笔者按出现的前后顺序编成，非原书所有。

①本书所提到的钱数，均为旧币，旧币每 10,000 元 = 新币 1 元。

②事实正是这样。山西洪洞县有一大槐树，大槐树也有关于一次逃荒的记载。

③出自普希金诗《致十二月党人》。

④拉伊克一案已于 1956 年平反。

⑤阔日杜布，苏联飞行员，二次世界大战中曾击落敌机 62 架。斯塔哈诺夫，苏联劳动模范，曾开展"斯塔哈诺夫运动"。古比雪夫，曾在此修建大水电站。

⑥维辛斯基，时任苏联外交部副部长、常驻联合国安理会代表。当时中国的报纸常常发表他的长篇讲话全文。

⑦王实味的问题已彻底平反。

⑧艾思奇，哲学家，著有《大众哲学》，曾很受欢迎。

⑨《绞索套着脖子时候的报告》为捷克作家伏契克的纪实作品，曾在我国拥有大量读者。

这些片段性的文字放到一起有点像美国小说家巴塞尔姆拼贴画风格的作品，这些有限的文字已经为读者勾勒了20世纪50年代的历史文化风貌，仿佛是当时意识形态的一种抽样检查。事实上作家在写上列注释时是无意识的，他主要是为了帮助90年代的青年人理解作品的一些名词继而理解小说的内涵，但这样注释让我们读到了作家真正的话语。在上述注释中，第一条是关于新旧货币的比值，这正预示着新、旧两个时代交替之际，旧币尚未被新的取代，而小说出现的那些天文数字要不加注释会让今天的读者目瞪口呆的，富有意味的是，今日的大款们动辄便以万元为单位，俨然旧币似的，让人恍若隔世。第三条、第八条、第九条基本上属于一种类型，普希金的《致十二月党人》、伏契克的《绞索套着脖子时候的报告》（现译名为《绞刑下的报告》）在60年代还拥有很多的读者，伏契克的文章仍被我国的中学教材选用，而艾思奇的《大众哲学》则似乎被人遗忘了。还有两条注释是关于平反的，不过，拉伊克已于1956年平反，而王实味的冤案在拉伊克平反之后三十多年才彻底昭雪。这种平反对小说中的人物命运起着啼笑皆非的黑色幽默效果，洪嘉的母亲苏红在那封致儿子无穷的信里是那般残酷、那般虔诚地相信自己是托派是罪人，这不仅严重损伤了母亲与儿子那种亲情，也让苏红那近乎变态的受虐心理暴露无遗。后来洪嘉在恋爱婚姻问题上一连串的反常行为正是苏红那种变态心理的另一种表现方式。很显然，苏红的入狱亦属冤案，倘若她活着，她的案子也会平反昭雪，可如果她再读读她的那封信，在感到荒唐可笑之余一定会毛骨悚然。阔日杜布、斯塔哈诺夫、古比雪夫这些都是一种符号而已，他们这些人不但被中国人遗忘了，在俄罗斯的土地上也早已烟云般消逝掉了。所以作者在注释时用了"曾"字，一个字囊括了多少历史风云、社会沧桑。

应该说《恋爱的季节》并不是一个纯粹客观写实的文本，这种回忆性的重写时时可以感受到作家的体温，作家也时不时站在钱文的角度或在钱文以外的角度甚至以上帝的口吻对人物的情感、遭际、命运作跨越时空（即非事件叙述规定时空）的议论，也就是说作家（至少叙述者）并非要保持1953年这样一种封闭性时空的"真实"，在人物的情感描写上他毫不犹豫地放到20世纪90年代这样时间域里来显示，"在此以后，在他年事渐长成为成年、中年并且一点一点步入老年之后，他也有梦，他或者也有不是很少的梦，但他再也记不住自己的梦了，他再也不沉浸在自己的梦了。他再也不怀念自己的梦了。他再也找不到那奇异美妙均匀地贴切与梦同在的感觉了。那感觉、那生命清醒的欢欣的自愉自察自顾，已经跟随年龄而去了。"这样的情感判断在小说里经常可以见到，但对人物言行的社会价值作家则始终置于20世纪50年代的封闭性的时域进行，从不肯跳到事后来进行判断评估，在人物从事那些有社会意义的行为时人物是属于自己，作家始终保持中立冷静的绝对的巴尔扎克式的现实主义叙述态度，涉及人物情感内容那些脱离具体社会性的青春性的举动，作家便毫不犹豫地介入其中，以一个当事人、长者和智者的多重身份进行评说，也许小说、文学的意义并不在于对人物社会行为判断的正确与否，而在于人物情感的超时空性和抽象性，但由于这是一次重写性的文本，作家已不是《青春万岁》时的小伙子，他又不可能无视 20 世纪 90 年代的"真实"，他只能用加注的形式来展现这种与昔日的价值判断诚然相反或相去甚远的"真实"。我不知道作家是否受到现象学哲学开山大师胡塞尔"加括号""终止判断"的启发，但这种套层性的结构是一次真正的"重写"，在小说的技法中这种"注释"无疑加大了小说的张力，它是突破小说之外的表现力。它是冷静的客观的，又是一种提醒，一种距离。

虽然如此，《恋爱的季节》还是摆脱不了 20 世纪 50 年代叙述者这样一个历史痕迹，作家在整体框架上的复调套层结构强化了"重写"的可能性与意义，显得疏旷畅达紧密有致，可进入人物的现实性社会性行为时，作家就会不厌其烦地陈述详尽，对"20 世纪 50 年代的细节"显出一种超常的熟悉以至于迷恋，也许作家是故意这么做的，在 20 世纪 50 年代恋爱成长的读者对此会倍感亲切。但对我这样 20 世纪 80 年代开始恋爱的阅读者而言，我能理解明白甚至能对其中的细节大有同感（历史常有惊人相似之处），我更喜欢的文字还是那些有钱文出现的章节，钱文的惆怅、忧伤、喜悦与苦恼，钱文散文诗式的感慨，钱文内心独白式的沉思。或许这是与年代无关的问题，而是我个人阅读的兴趣爱好所致。

不知道我到了王蒙这个年龄再读《恋爱的季节》会是怎样的感受，有一点是可以肯定的，我将会更珍惜这句话：我爱你。

# 第十一章　历史的碎片与状态之流

## ——评《失态的季节》

　　继《恋爱的季节》之后，王蒙在 1994 年又推出了他的长篇新作《失态的季节》。在 1994 年的"长篇热"中，《失态的季节》显然不是最显眼的一部，它在商业化包装氛围浓烈的文化书市中保持了几分沉静和雍容，趋赶时尚的书评家和消费性的读者极容易将它忽略过去。然而《失态的季节》的价值并不是在当下的文化结构中能够迅速凸现出来的，它对历史颓象的状态性呈现和对人的精神世界悲悯性的表现，虽然会被一个浮躁而喧闹的商业文化所淹没、遮蔽，但当我们以平静的心气和文学史的视野来重新审视它和《恋爱的季节》这样的"季节"系列长篇小说时，就会发现它对于整个当代文学的贡献。

## 一、历史寓象的颓败

　　或许对我们更年轻一点的读者来说，《失态的季节》该称为"历史小说"。因为在《恋爱的季节》和《失态的季节》里所出现的生活场景和人物面貌，对年轻读者而言是较为生疏的，尤其是对一个熟谙"四大天王"以及 MTV 的青年来说，就更为遥远，它有点像奥斯卡得奖影片《辛德勒的名单》那般悠远和古怪，是一种耐人寻味的历史寓象。事实上王蒙也是带着历史的"眼睛"来面对小说的，小说的开头便作为这部长篇的"钥匙"："据说曾经有过这样的'科学幻想'，当人们移动的速度超过了光速的时候，人们会走——不，冲到光线的前边，会追上已经散失过去了的光线，追上昨日的、月前的、年前的、往昔岁月的光，回首，看到往昔岁月的图景，如追上了时间，如回到了往昔的岁月；正如我们在地球上看到的星星，与我们距离几万光年，几十万光年，我们所能看到的是几万年或者更长更长久以前的它们发射的光，我们永远不可能感知它的现在，我们只能生活在它们的古老的过往的微光里。然而，同样栩栩如生，如光的今日，如亲切的遥远，如正在做着的闪耀的梦。而那个星球上如果有人，有人一类的灵性，有超灵敏的高倍望远镜，他们将在今夜看到几万年以前的我们的地球，我们的太阳系，我们的老祖先——类人猿还是原始人？而我们的快乐，我们的悲哀，我们在地球上的胡作非为，我们的罪恶和忏悔的泪水，也只有在许多许多万年以后，在除了极少数极少数考古学家再没有任何人关心我们知道我们乃至相信我们当真这样生活过激动过哭泣过的时候，才能被那个遥远的星球上的智能人所觉察……他们想帮助我们……他们已经无法帮助我们了。"紧接着这样的"时间距离说"之后，王蒙惊人地写道：

我们互为历史，互为博物馆的展览，互为寻找和追怀、欣赏和叹息的缘起。

我们互为长篇小说。

在这里我们看到"历史"不再是一元价值观念控制下的单向尺度，而是一种"互为"的结果。这种"互为"的意义在于放逐了"历史"这样的神话结构，而在不确定的状态之中才能呈现。这种双向同构的思维维度同样也导致了长篇小说这种亚神话的消解，"互为长篇小说"，这恐怕是所有对长篇小说定义中最新鲜、最大胆的一种判断，这与王蒙在 1988 年提出的"长篇小说非小说"的观点也是一种呼应。这种"历史互为"的方式在《失态的季节》主要表现为时间的对应——叙述者的现在时与事件的过去时的相互观照，在相互观照之中历史和人的状态被无遮无蔽地展现出来。

《恋爱的季节》里所反映的"历史"可以说是新时期文学曾反复出现的，这就是 1957 年那场"阶级斗争"前后右派们的生存际遇与心理状态。王蒙自己作为那场政治运动的受害者，在他以前的小说作品里从未完整出现过这段生活历史，往往是闪烁式的、片断式的、模糊的一两个场景，比如像《布礼》《蝴蝶》《相见时难》《春之声》那些被称为"东方意识流"的作品都有这段生活的背景，但它们是不完整的、非逻辑的、写意的。他的另一部中篇力作《杂色》展现作家心灵状态是极为饱满的，但曹千里这个人物生存的环境和时代却被淡化、抽象了。可以这么说，在以前的小说里，王蒙对"反右"这样的历史事件采取寓象化的处理方式，并未直接正面地去描述具体的过程和情状，它只是影响人物心理和行为的一个契机和动因。现在我们读到的《失态的季节》不仅在王蒙的小说里从未有过——它毫发毕现地细腻地不厌其烦地呈现了右派们的生存状态和心理状态，而且在整个当代文学的领域里也带有填补空白的性质。虽然王蒙的同辈人的作品比如《天云山传奇》《绿化树》《男人的一半是女人》《大墙下的红玉兰》《冬天里的春天》等都直接而正面地去描写过这一历史阶段的生活，有些作品甚至产生过巨大的影响，被视为"伤痕文学""反思文学"的代表作品，但这些作品基本上仍是一种历史寓言的模式。这种历史寓言，用美国当代文艺批评家和理论家杰姆逊的话说，"个人独特命运的故事总是第三世界公众文化与社会严峻形势的一个寓言"。在这些寓言化的故事里，人物往往被简单地分为善／恶、美／丑两极，往往都是善良者的悲剧、正义者的挽歌。在这些小说中，那些右派们虽不是高大完美的普罗米修斯，但总是作为邪恶力量的迫害对象存在的，是作为"大写的人"而不是猥琐的人存在的。这些"大写的人"虽然也有种种不检点和欠妥之处（比如张贤亮笔下的章永璘），但很快便被女性温善的怀抱融化而升华为一个通体光明的人。

　　可在《失态的季节》里，这些通体光明的人一个也不见了，贯串《恋爱的季节》《失态的季节》里的重要人物钱文也不再单纯和纯粹，他甚至也会身不由己、不由自主地去揭发年轻的儿童文学女作家廖琼琼，更不用说萧连甲、郑仿、费可犁、章婉婉、洪嘉、高来喜、杜冲这些"凡人"了，他们相互告密而又相互保护，他们为了生存不择手段，为了填饱肚皮又无视廉耻，他们能够看到人性的卑劣的一面但又不得不在改造中将这一面膨胀起来，并视作一种正常的状态。可王蒙对这些右派群体中的每一员都表现了极为宽容的悲悯和化愤怒为调侃的反讽，甚至对小说中那个品质恶劣、专事整人的曲风明，作家也没有把他简单处理为一个恶贯满盈的邪恶典型，而是写出了他人性卑劣与时代文化的联系，同时对曲风明生理上的致命缺陷还给予了同情。小说意味深长地写到曲风明最后也成为钱文和郑仿他们之中的一员，原先负责对钱文、郑仿这些右派进行改造的曲风明也进入了右派的行列（因反右办公室撤销，曲风明只好定性为右倾机会主义分子）。在这样荒唐的整人游戏中，整人者被人整，被整者亦整人，原先当代文学中关于反右斗争描写的二元对立的模式便显得有些戏剧化处理的人为痕迹了。长期以来被奉作历史寓象的神话结构在这些悲苦而卑劣的人物命运中轰然倒塌，在没有英雄的年代里，做一个人是何等的艰难，又要付出怎样的代价啊！

## 二、状态之流浮出地表

早在 20 世纪 80 年代中期，王蒙在一篇题为《创作是一种燃烧》（后收入人民文学出版社论文集《创作是一种燃烧》）的创作谈中谈到他创作有一个"毛病"，"至今也没有克服"。他说，"在我许多作品中的人物身上，正面人物身上有我的某种影子，反面人物身上也有我的某种情感的寄托，有时候它的语言大致上是这个人物的，但到某种环节我实在憋不住了，就把我的话塞到里面去了。我明明知道这不符合人物的职业、性格、心理，但非塞进去不可"。事过十年之后，王蒙所称的这种"毛病"非但没有克服，反而"发扬光大"形成了一种独特的叙事形态，我在其他文章中曾称之为"新状态"，在《失态的季节》里主要体现为叙述坐标的浮动。在《失态的季节》里，我们很难寻找到一个固定的叙事视点，叙述的视角不断变换、不断错位，既相互重叠又相互分裂，钱文的视角、郑仿的视角、叶东菊的视角、章婉婉的视角，甚至曲风明的视角都不同程度地以叙事的口径出现，它使得小说的价值定位处于悬浮状态，因为确定的叙事人往往意味着价值体系的存在，作者往往是通过对叙事人价值的认同或否定来表述自己的意思的。

"季节"系列小说并不存在这样一个价值认同或否定的可能，因为作家将叙述语言分裂到每一个人物身上，尽管这个人物在叙述时仍保留着作家的影子，但作为个人的视角便使得那些历史史实不再呈一元释放的状态，而呈现互文共生的状态。这种"众声喧哗"的叙述的放射性方式，无疑加大了小说结构的难度，可王蒙运用起来却举重若轻、游刃有余。在这部小说的最后一章，按照叙述的惯性理应由钱文来统帅全部，卒章显志，在《恋爱的季节》里，便是由钱文的大段大段的内心独白和抒情来结束全篇的，《失态的季节》也出现了大段钱文式的内心独白，"他虽然鲁钝俗鄙，经过这个月夜，他也不会是从前的他了啊！"可细细看看，这月夜下的独白者却是郑仿，这种互文性的置换打破了传统小说叙述的平面化单向度的格局，在一种混沌无序中流动着精神和心灵的状态。这种叙述视角转换的自在状态，表明作家写作时的内心自由和对历史把握的自信。

很明显，王蒙的《恋爱的季节》《失态的季节》是以编年史的方式写就的，他想以钱文的命运为中轴去辐射他那一代人的历史命运和心灵历程，这显然带有回忆录的色彩。可它更是作家的精神自传，作家对那一帮右派群体的描绘，更多地烙上了作家个人生活的印记，他不惮去揭自己心灵的伤疤，是自我审视的痛苦之作。在《活动变人形》中，王蒙以倪藻的身份对倪吾诚进行"审父"的尝试，他看到了中西文化的巨大的不可调解的裂痕和冲突，而在"季节"系列长篇里王蒙对倪藻、钱文这些同辈人进行冷酷而悲悯的审视，发现了历史与人性的巨大对立，发现了人性在不正常的情境下失态的可怕与可笑。在《失态的季节》里，王蒙对人的精神角落的勘探涉猎到他以往回避的一个领域，就是对人物的性生活、性心理、性行为的表现。"他们度过了结婚以来最为温柔缱绻的一夜。由于生疏，由于羞怯，由于对于肉体的亲近与燃烧的莫名其妙的罪恶感与恐惧感，也由于住在那可怕的大杂院里入夜以后他们的每一个动作和呼吸都似乎暴露在全院面前；他们每次只是偷偷地悄悄地静静地在一起那么一小会儿，昙花一现，电光石火，欲放还收，雨过地皮湿又干；然后静静地歇下大气也不敢出……有过还是没有过？曾经还是未尝曾经？是已经结束还是等待开始？他们不问，他们也无法回答。""而今天，今夜只属于他们"，"没有旁人。没有任务。没有请示汇报。没有组织。没有思想的分析。只有赤裸裸的本来的两个人。两个人交织在一起，成为真正的人了。"这种性与政治的对立在王蒙以往的小说中从未出现过，而对"真正的人"的解释在王蒙以往的文章中也是视之为浅薄的，可它毕竟出现在王蒙的笔下，虽然此话是出自钱文的内心感受，可毫无疑问钱文是作家的影子，对这"真正的人"的理解还要参照曲风明的形象，"曲风明对于这一切当然讳莫如深。只是在婚后，在一些流言悄悄地不胫而走以后，他的面孔变得更加严肃，他的脾气变得更加暴躁，他分析起问题来变得更加说一不二，势如破竹，他批评起一些人和事来变得更加铁面无情、凶悍凌厉。他的一个同事周自尊婉转地问他要不要找医生看一看，并且告诉他，他的二舅是一位擅长治疗那种男人的病的老中医；曲风明回头就走，就像没有听到周自尊的话一样。"联系上下文的语境，我们便发现"真正的人"的真正含义，曲风明显然不是一个"真正的人"，他的变态与整人与他生理上的缺陷似乎有某种潜在的联系。

小说还写到这"真正的人"的脆弱之处，反映政治与性不可逆转的压抑与隐喻，同样是钱文与叶东菊，在厄运降临之后，他们的夫妻生活也变得尴尬起来："他们似乎在犹犹豫豫。他们的亲热变得轻轻飘飘。他们的身体变得怔怔忡忡。他们双方终于都失去了主动、自信、热烈和渴望。但是他们必须开始。他们不能取消停止。明天就分手了，再分手就不会那么快团聚，今夜应该是珍贵的。'今宵离别后，何日君再来？'据说这是一首反动的歌。

没有轻松和调笑也就没有了开端的刺激。随后没有了过程没有了
幸福和快乐的陶醉没有了淋漓尽致的享受。他们甚至感觉不到结
束，结束了就像压根还没有开始。这是最最糟糕的，这事竟成了
走过场。"这与前面我们所引的那段美妙的文字形成了鲜明的反
差，"今夜"已不属于他们。可见巨大的政治阴影对人性的扼杀
可以细微到每一根神经、每一个毛孔，人的生命意识和生命存在
在历史的时光隧道中实在极易被忽略也极易被毁灭。这种描写是
对人物隐痛的一种触发，它伸入到人最脆弱最纤细的神经末梢。

为了将历史的碎片与人性的碎片复合于小说的整体，更充
分地展现状态之流，《失态的季节》在结构上还采用了"元小说"
方式。"元小说"有这样一些特征：叙述者超出小说叙事文本的
束缚，常常打断叙事结构的连续性，直接对叙述本身进行评论。
这就使叙事性话语和批评性话语交融在一起，从而在语言操作方
式和艺术形象的描写之间建立起一种有机的联系。由于作者在小
说中直接表达对文本的艺术思考和质疑，使小说获得了不断反思
自身并进行调整的机会，于是小说就产生了一种能动的"自我意
识"（参见江宁康等人的论文）。在具体的组织结构上，它是以一
种双线并列——作者和文本的对话方式写作的。在《失态的季节》
第五章有这样几节文字非常有趣，脱离整个小说的进程之外：

如今的长篇小说写作已经是多么古板可笑啊。

然而有的写作仍然是快乐的。

写什么呢？

　　钱文与叶东菊的结合，纯粹是小说的神来之笔，是意
外，是偶然，是陡发的奇想，是未解的缘分，是不知来自何
处的冥冥中的旨意。

　　这种自我揭示的虚构、自我戏拟的夹叙夹议的方式显然游离
在小说之外，但这些"画外音"在消解历史寓象的同时，也消解
了小说的本体，历史的碎片和小说的碎片形成的状态之流，撞击
着读者的阅读常规。这种"状态流"的写法，或许还可称为"王
蒙流"，因为早在从 20 世纪 80 年代初期的《夜的眼》到 80 年代
中期的《来劲》，王蒙都以这种碎片化的方式来组合小说，只不
过那时都是在短篇领域的尝试，而到了 90 年代中期，"王蒙流"
显得老到成熟，"状态"不再是带有实验和尝试的"技法练习"，
而是长篇的结构，甚至是长篇的思想。

# 第十二章　当技巧已成往事

## ——评《尴尬风流》

　　二十多年前，我对巴金老人那句"最高境界无技巧"的格言老是不能释怀，如果不是出自巴金老人这样德高望重言行真诚的长者之口，我会认为是一种矫情。后来读到汪曾祺说小说的结构是"随便"，也不能理解，再读到老先生在评林斤澜的小说时用了"刻意经营的随便"来形容文章的结构，心里才有些踏实。对我们这些在 20 世纪 80 年代文学新潮中长大的一辈来说，技巧往往看得很重，所谓"形式即内容"的宏论在我们的心中还是翻腾过不小的波澜的。在结构主义符号学的热潮中，技巧和形式是那么的具有魅力。

　　多年养成的阅读习惯，使我对文学作品的形式和技巧有一种本能的敏感。一部内容再优秀、思想再新颖的小说，如果在形式上没有积极的探索和创新的意识，读起来总感到有些缺憾。可最近读了王蒙发在《长篇小说选刊》上的《尴尬风流》之后，我忽然对巴金老人的"最高境界无技巧"有一种顿悟：当我们拼命追寻技巧时，我们并没有获取技巧，反而丧失了技巧，技巧不能产生境界，反之，文学的境到了，自然也就会产生超越技巧的形式。

　　王蒙作为新时期文学的领军人物，在文学形式上的探索不仅开风气之先，而且以要"穷其工"的姿态对现代派和后现代派进行了多方位的搜索，从《春之声》的"意识流"到《风筝飘带》的象征主义（我在电脑上打象征主义词组时出来的是修正主义，可见王蒙式的探索也带有修正主义的意味），到《一嚏千娇》式的解构手法，包括对通俗小说的戏仿，在"形式主义"的"泥淖"里勇往直前。或许是"绚烂之极，归于平淡"，在《尴尬风流》中，王蒙式的形式感、王蒙式的技巧被那个叫老王的人物自我消解了，王蒙式的华丽被那个简朴的寓言式的近乎短信的文体取代了，那个"大写"的滔滔不绝的王蒙被那个"小写"的甚至有些木讷的老王替换了。在《尴尬风流》中，我们看到这样几个特点：

　　一、自嘲多于批判。在王蒙以往的小说中，虽然不乏自嘲的成分，但他讽刺的锋芒面对的依然是社会和他人的不健康、不理想和不和谐之处，他虽然不是一个愤世嫉俗的诗人，但也时常展示或显露一下文人式的清醒和过来者的机警。在《尴尬风流》中，他描写的那个"老王"，很认真地开始反思自己，发现自己的人生处境竟然是那么的不尴不尬，以为自己很聪明，却不断做错事，想去"温习脉脉温情"，得到的却是"一场愤怒疯狂的大雨"，想换一个口彩好的电话号码，却惹来了一大堆麻烦，想去"购物"，却屡屡"购误"……生活中种种奇怪的有些背运的事都发生在这个老了的王姓男主人公身上，他不解，但又慢慢地化解，老了的男性的老王在自嘲中得到人生的很多启示："禅意实无意，尴尬即文章"。鲁迅先生说他在解剖别人的同时，常常严于解剖自己。王蒙这种带有自嘲式的书写，虽然算不上"严于解剖自己"，王蒙也不习惯解剖这类动骨动肉的医学名词，事实上，王蒙还是对自己的精神和心灵进行了按摩式的解剖。当然，文学是作家心灵的折射，也同时是虚构的产物，小说中的老王自然也不是生活中那个生龙活虎的王蒙。多此一句，免误解。

二、内容大于形式。《尴尬风流》虽然是被《长篇小说选刊》当作长篇小说选载的，但究其实来说，《尴尬风流》是不便当作长篇小说看的，它有人物，无命运；有细节，无情节；有篇数，无字数。整个小说可看作是一部系列小说，是老王这个人物在日常生活中碰到的种种尴尬的境遇的组合，单篇是可以自然成篇的，也曾被当作微型小说发表过。事实上，王蒙也没有把它当作长篇小说来创作，从写作的时间来看，前后跨度达七年之久，某种程度上它是王蒙生活片段的缀集。因此就小说的形式来说，可以说是非常单调甚至枯燥的，并不像王蒙以往的作品那么眩目花哨，但由于这些生活的感悟都是有感而发，并不是为了写作而去搜肠刮肚去提炼什么，生活的实感便使得《尴尬风流》不像流行的长篇小说那么灌水那么缺少干货。

三、境界高于智慧。王蒙是一个富有智慧的作家，也曾被戏称为"过于聪明的作家"。过于聪明有两种结果：一是小聪明，一是大智慧。王蒙好像不是这两类人，小聪明往往昙花一现，而大智慧者则不会轻易卷入文坛那么多是是非非的大大小小的值得不值得的论争中去，以致有时难以脱身。虽然王蒙已经很优秀了，用作家李锐先生的话说，我们觉得王蒙仍然是值得苛求的作家，我们希望王蒙的人生智慧不仅停留在社会实用的层面上，王蒙也有理由将自己的"过于聪明"升华为哲学的形而上的精神的界面。在《我的人生哲学》一书中，王蒙将他的人生智慧转化为社会生存之境，而在小说《尴尬风流》中，他有意识地放弃自己读解世间万物的智能之态，开始以一种混沌的宽容的境界来面世，哲学的意味浓起来，甚至有一些大智若愚的味道。这对王蒙来说并不是件特别兴奋的事，在《尴尬风流》中，我们能隐隐读到他不能尽兴的轻度压抑。他是一个喜欢尖锐思想的人，有时还不免犯一点尖刻的俗病，他有时宁可得罪朋友也要来显示他超人的智慧和幽默。但他明白，智慧的狂欢和语言的狂欢都不是文学的最高境界。

《尴尬风流》属于王蒙减肥式的自我健身，他对形式和技巧的简约化处理，打个不确切的比喻，就像吃腻山珍海味之后对农家菜和家常菜的回归，对那些文学技巧未入门或未成熟的人来说，还是不谈无技巧的问题为妥。技巧不是文学的全部，但文学不能忽视技巧的培训和操练的。即使在《尴尬风流》中，王蒙也没有放弃他对形式感的追求，那些漫不经心的片段，其实是非常酷似佛经故事的文体，那些尴尬的暧昧的感悟，也颇得偈语的神韵。

文学其实是没有最高境界的，人的最高境界，就是忘我。

# 第十三章　不老叙事人的青春逆袭

## ——评《闷与狂》

一直关注这个智者的言说、书写和行为，和他同时代的共和国的作家们在远去、老去、逝去，王蒙依然在言说，在行走，在书写，他仿佛用他自己旺盛的生命在印证他年轻时写作的一部小说的题目：青春万岁。

青春对这位老人来说自然不仅仅是生理意义上的，而是精神上的，写作上的。七旬之后，写作的欲望比之以前更为旺盛，而数量更是惊人，几乎是以前的总和。这是奇迹，当然，人们以为他离小说领域渐行渐远的时候，最多偶尔在中短篇小说亮亮身手，比如2012年发表在《中国作家》的《悬疑的荒芜》和《人民文学》上的《山中有历日》，依然那么矫健，依然那么敏锐而深刻。这还不是最奇葩的事情，最近当我读到王蒙的新长篇小说《闷与狂》时，还是有些意外和惊喜，八旬老人的新长篇，已是奇迹，因为很多老人的长篇是旧时代未完稿的整理和续编，而王蒙的这一部长篇是全新的创作，除了个别章节外，全是近年写就。更为奇迹的是，《闷与狂》的写法太年轻了，太青春了，像疯狂的文字精灵在舞蹈，像张旭的书法在咆哮。而对一个八十岁的高龄少年（铁凝语）来说，这时候的文字，往往言简意赅，往往微言大义，而王蒙，青春万岁的王蒙对岁月进行了逆袭，对自己的小说也进行了逆袭，他颠覆的不仅是时间的无情和年龄的冷酷，而是再次证明了李安的那句名言："这世界上唯一经得住岁月摧残的就是才华"。

读《闷与狂》的第一感觉，就是作家已处于一种追逐的状态，他在追逐历史，历史也在追逐他；他在追逐现实，现实也在追逐他。"我常常陷入一种胡思乱想或者准梦境：我跑得上气不接下气，追逐一个影子。两个影子拼命地追赶我。或者是他们锲而不舍地追逐我，以为我是阴影。"这两个影子一个是历史，一个是现实，历史是现实的影子，而影子又是昨天的现实。在《闷与狂》中，历史和现实纠结着，像两个影子，也像太极图里的两条鱼互相拥抱又互相离异，朝着同一个方向，又向着不同的方向。历史与现实的无穷纠结，在王蒙小说里尴尬而又潇洒地首尾交接，剪不断理还乱，王蒙曾经试图整理过这样的纠结，但发现旧的纠结尚未了结，新的纠结又源源不断地涌来，这源于王蒙自己没有停下自己的脚步，他在伴随着时代的前行而前行，而不是一般老人脱离时代隔岸观火般的旁观，但历史的记忆又时时把他拉回到曾经的岁月，比如，宠物的出现是当下生活富裕之后才会拥有的现象，而王蒙则联想到自己的苦难岁月的宠物，让人心酸，又让人叫绝，"我的宠物是贫穷，弥漫的、温柔的、切肤的与轻飘飘暖烘烘的贫穷。更正确地说，我从小就与贫穷互为宠爱。我的童年与贫穷心心相印。贫穷与童年的我同病相怜。爱就是被爱，宠就是被宠。我钟爱于贫穷的瘦弱。贫穷瘦弱怜惜于它培育出来的发育不良的、火焰燃烧的、心明如镜的我。"在谈到苦难的时候，王蒙又写道："唯一的苦就是无所苦。无所苦的生活没了份量，周身轻飘飘，脚底下发软，胳臂也变成了面条，大脑平滑失去了褶子。思考、期待、忘记与记忆都没有对象。无忧、无碍、无愿、无憾，如仙、如鬼、如魂、如灵，如水泡，如一股气儿，如早就驾鹤西去的云。没有重心，没有平衡，没有注意，永远不能聚焦。"苦与无所苦，谁更苦？历史和现实，谁更荒诞？这些都是王蒙作品里反复出现的无解之题。

王蒙的小说里有一个永恒的主题，就是对青春的描写、讴歌、咏叹。在他关于《红楼梦》的研究文字里，他透过情痴的主题看到的是林黛玉永远十三岁的少女模样，一任岁月的磨洗。这可能与他的少年布尔什维克的经历有关，他的小说里始终洋溢着回荡着青春的主旋律。王蒙的青春的主题或许要分为三个阶段，第一阶段就是50年代的创作，那是正面的写实的无可遮拦的，和今天的80后的青春小说不一样的是，当然王蒙的青春没有校园，他一开始的青春就是在社会的底色中呈现出来的，甚至《青春万岁》这样直接描写中学生的校园题材也是社会化的，因为当时的社会一体化，不停的运动让学校迅速卷入到社会的洪流之中。那个时代的青春是和共和国的青春同步的，每个人的青春也是共和国大合唱的一个音符而已。在《闷与狂》中，王蒙又一次写道："青春点起了历史的烈火，青春天然地具有圣战的倾向。青春的五谷丰登是诗，爱它的人如醉如痴欲仙欲死感动莫名鼻涕眼泪灵感天才上天入地，对它不来电的人则认定它是纯粹的窝囊废物点心白吃饭浪费糟蹋装腔作势莫名其妙成事不足，坏事有余。"但王蒙还是感受到青春的易逝和永恒，他的《青春万岁》的序诗之后被反复流传，说明他有一颗感伤的心。

大概王蒙自己也没有想到，抒写青春的结果是青春流放，成为他青春写作的第二阶段。王蒙1957年被打成右派，青春沉沦了，到1978年以后，王蒙和一群"重放的鲜花"再现在文坛的时候，已是中年，他们在回顾历史的沧桑时，自然充满了对青春年华的顾盼和留恋。《布礼》《蝴蝶》都是反思历史也是反思青春的领衔之作，"是青春点燃了革命，是革命烧透了青春。是革命才华了教育了也纠正着青春，是青春升腾着忽悠着修饰着美丽着也歪扭着革命。青春拥有了革命，革命拥有了青春，于是革命有了强大的未来，有了动人的审美品质。有了多么感动的罗曼蒂克。于是有了躁动，有了狂想，有了威风，也有了那么多幼稚乃至胡作非为大呼小叫。""呜呼，也有夸饰的、神经兮兮的、像青蛙一样地吹胀自己的肚皮的、泪眼迷蒙的，酸不溜秋的小资的或者浑横不讲道理却认为自己是所谓革命的、因愚蠢而自我拔高的该死的青春吗？"和其他作家不一样的是，王蒙没有对青春岁月的遭际进行简单的控诉或揭露，他在拨开历史的迷雾时更多的是对青春的礼赞和回望，在"季节"三部曲中，王蒙对自己的青春壮年进行了具象的近乎纪实的线性描写，对历史的沉思的同时展现了人性的沧桑。

第三阶段是超越青春，青春是美好的，青春是无可替代的，但青春又是不能挽留和定格的。青春不再是一个具象，或者是反思的材料，在《闷与狂》里，这些线性的纪实性的生活化为一个个片段，化为一个个不相关联的意象，跳跃着闪烁着，但这些意象本身又是作家的记忆甚至是实录。人生化为碎片，碎片本身也是历史。在这些碎片里，王蒙可以抒情言志，也可哲思禅悟，可以飞翔舞蹈，青春是一片浮云，也是沃土，它在叙事的缝隙，也在人生的缝隙，它在记忆的缝隙，也在遗忘的缝隙。从青春的记录到青春的反思到青春的羽化，王蒙完成了一个青春的回旋曲。

大约在三十年前，王蒙的一些带有实验性的小说《春之声》《风筝飘带》等曾被人诟病为"三无小说"，即"无主题""无情节""无人物"，按照传统的小说概念，这些小说的主题呈辐射性，情节碎片化，人物也非全头全尾，有悖于现实主义的规范。王蒙当时没有去和论者争论是非，他写了《在伊犁》系列小说，可以说全头全尾了，他通过这些全头全尾的小说，证明自己的写实能力和传统功力。虽然《在伊犁》至今仍获得人们的称赞，但王蒙内心其实更喜欢舞蹈一样的文字，更希望飞翔一样的叙述。过了三十年，过了见山是山、见山不是山、见山还是山的三重境界之后，王蒙再一次重拾"三无""伎俩"，仿佛蓄积已久的瀑布"飞流直下三千尺"，顺势而下，倾情歌唱。《闷与狂》是一部真正的"三无小说"，甚至是一部反小说，王蒙穿越纷繁的历史和曲折的现实的羁绊，完成了对人生的鸟瞰和俯冲，将青春与衰老的人生的极致优美地放肆地呈现出来。

或许有些读者不能充分理解王蒙的写法，小说的主人公其实就是那个无所不在无所不能的"我"，这是一种后现代的"元小说"叙述，这就是打破小说的隔离效果，作者是王蒙，同时是王蒙的审视者、评论者。叙述者是作者，也是读者、编辑与评论者。在小说里，王蒙描写王蒙，王蒙审视王蒙，王蒙解嘲王蒙，"小说退到了帷幕后边，故事隐藏进了黑影，逻辑谦逊地低下了头，悬念因为不好意思而躲闪瑟缩，连伟大的无所不能的生活表象也暂时熄了灯，它们保持住高度的沉默。作者不想全然告诉你，然而你终于会知道，你终于会喜爱。故事就像最喜爱的仪式，在阅兵广场群众集会上放飞和平的鸽子，你放飞多少就欣赏多少，你送走多少就收获多少，你隐藏多少就诱引多少，你期盼多少就牵挂多少，你挥舞多少就出现多少快乐的旗帜。"这种自我解读的小说，是放飞心灵，也是放飞文字，是心灵的自由舞蹈，也是小说的狂草境界。狂草的特征，就是以天地为法度，以性灵为动力，云驰鹤翔，山呼海鸣。王蒙在 80 岁的世界，又一次完成了语词的舞蹈和青春的飞翔。

# 第十四章　假如生活欺骗了你

## ——评《笑的风》

　　王蒙是当代中国当代文学一个巨大的存在，他的存在不仅是历史意义上的，还是现实层面上的在场。王蒙在文学史上横跨70年时间，成为共和国文学的一面旗帜，他的作品也成为共和国的一面镜子。无论是《组织部来了个年轻人》《青春万岁》，还是《春之声》《活动变人形》，都在文学史上烙下了深刻的印记。像王蒙这样在文学史上声名显赫的作家，一般来说，都已经成为了沉寂的火山，尤其他荣获共和国人民艺术家的殊荣后，已经是尘埃落定，快变成了雕塑一样的人物了。当年狂飙突进，到了老年渐渐平淡，或德高望重端详着年轻人的热闹。而这个被铁凝称为"高龄少年"的老作家王蒙还是一个活火山，依然保持着当年出道时的热情和汹涌，长篇小说《这边风景》获得茅盾文学奖，中篇小说《女神》重现当年《蝴蝶》《杂色》的风采，短篇小说《明年我将衰老》更是生命不息的咏叹调。2020年出版的长篇小说《笑的风》，又给了读者一个惊喜，又像火山一样汹涌地喷发出《青春万岁》的热情，《活动变人形》的深邃，《女神》的优美和悲怆，是值得咀嚼和回味的难得之作。

## 《活动变人形》的"升级版"

长篇小说《笑的风》是一部由中篇小说扩展出来的，这在王蒙的创作史上好像还是第一次。王蒙自己向记者透露，《笑的风》在《人民文学》发表后，出现了一个在他写作史上前所未有的情况，"发表与选载后的小说，把我自己迷上了，抓住了"。他从发表出来的文本中，"发现了那么多蕴藏和潜质，那么多生长点与元素，那么多期待与可能，也还有一些可以更严密更强化更充实丰富的情节链条因果、岁月沿革节点与可调整的焦距与扫描。"这些令他欲原样出单行本而不能，"我必须再加一大把劲，延伸，发挥，调节，加力，砥砺，制造一个真正的新长篇小说，姑且称之为《笑的风·长篇版》，甚至于我想到本书可以题为《假如生活欺骗了你》。我又用了两个月时间，用了只重于大于而不是轻于小于原作的力度，增写了近五万字，一次次摆弄捋理了全文，成为现在的文本。"

王蒙对这篇小说的偏爱，可以从"重写"的热情看出来。那么《笑的风》为什么能让一个笔耕近 70 年的作家如此痴迷呢？小说讲述了作家傅大成 60 年的人生遭际，尤其与白甜美和杜小鹃的婚恋故事，展现了 60 年的时代风云际会，王蒙自己解释说，"《笑的风》内容多，留的余地也较多。你可以理解为是风送来的笑声，也可以说风笑了，也可以说笑乘风来，也可以说风本身是笑的"。

细读小说，发现《笑的风》是一部傅大成的成长小说，也是他命运的交响曲。可以说是傅大成的回忆录，也可以说是傅大成的忏悔录，还可以说是傅大成的反思录。作为王蒙小说的忠实读者和追踪者，我发现《笑的风》是有某种基因传承的，可以说是他三十多年前长篇小说的续写，或者是升级版。《笑的风》是继《活动变人形》之后的又一部关于家庭婚恋的穿越时空的长篇小说。

《活动变人形》是王蒙创作史上一座里程碑式的作品，尽管发行量不如《青春万岁》那么火爆，但《活动变人形》的内涵和艺术造诣是当代文学的巅峰之作。2018年举办的"改革开放最有影响力的40部小说"，《活动变人形》入选其中，和《白鹿原》《平凡的世界》等并驾齐驱。《活动变人形》的主题至今看来还是没有得到"解决"，留学归来的倪吾诚与妻子静宜的婚姻生活是痛苦的，是不幸的，倪吾诚接受了现代文明的影响，追求的是浪漫的精神生活，而妻子静宜作为地主的女儿，深受传统文化的影响，恪守着与倪吾诚不同的农业文明的伦理，两人"三观"的差异，带来诸多的冲突，上演一场场恐怖的家庭战争，吵架，出走，离婚，悲剧结束。小说写到新中国成立前戛然而止。很多人同情倪吾诚，也有很多人同情静宜。毕竟追求幸福的爱情，追求完美的婚姻，都是人的权利和本能。曾经有读者说，如果倪吾诚追求到了又浪漫又温馨的爱情生活，倪吾诚会幸福吗？很多人希望读到《活动变人形》的续编。王蒙当时工作繁忙，没有否认，也没有表示要续写的意图。

在《笑的风》前半部分，傅大成的婚姻生活和倪吾诚极为相似，过着没有爱情的婚姻，没有激情和灵感的生活。大自己五岁的白甜美俊美、干练，除了话少以外，其他几乎没有什么缺点，但"文学青年"傅大成觉得这样的生活太枯燥了太没有诗意了。改革开放以后，遇到他理想中的"爱人"杜小鹃，那个在夜色中传来银铃般笑声的杜小鹃，让他寝食难安、朝思暮想的天使，两人相爱了，后来傅大成顶着各种压力，毅然决然和原配妻子白甜美离婚了，哪怕白甜美以死相拼，傅大成也义无反顾。应该说，当年倪吾诚向往的理想的爱情生活，傅大成实现了。婚后的生活也是热情、和谐，充满了诗意和艺术。但是，时间长了，美好的爱情好像不容易保鲜，而离开白甜美之后，傅大成反而经常会想起她的种种好处。在和杜小鹃度过了激情燃烧的岁月之后，随着杜小鹃南下广州照顾孙子，两人婚姻再次出现了危机，傅大成又与费尽万千磨难才得以终成眷属的杜小鹃离婚了。这一次离婚没有与白甜美的离婚那样惨烈，两人都很平静，傅大成回到小渔村去祭拜前妻白甜美，人生的困惑随着当年诗歌《笑的风》带来的困扰更加难以释怀。

《笑的风》可以说是作家傅大成一生的回忆录，他从一个渔村的普通孩子成长为一个知名作家，之间经历了太多的曲折，因为《笑的风》这首诗歌遭遇到的悲喜剧让他一生波澜起伏，山重水复，峰回路转，柳暗花明。尤其小说里写到他修自行车的"手艺"高超时，让人产生了很多黑色幽默的联想。《笑的风》又是傅大成的反思录，因为不平凡的一生，尤其经历了两次冰火两重天的婚姻生活的波折，傅大成原本以为的价值观尤其爱情观越来越陷入困惑，白甜美健康俊美勤劳善良，但两人思想无法对话，缺少"爱情"的火花，杜小鹃敏感、细腻、轻灵、多情，容易迸发出激情和灵感，但时间久了，两人的隔阂逐渐加深，尤其是杜小鹃的私生子出现之后，作为母亲的杜小鹃被亲情灌满，傅大成被冷落，最后也只能以分手结束。自由与恋爱、婚姻与幸福在什么样维度上才能体现真正的意义和价值？傅大成一生追求的爱情幸福在实现以后，反而陷入了更大的困惑，他愈加思念失去的白甜美，内心产生了更多的愧疚和不安。这让《笑的风》又成为傅大成的忏悔录，尤其小说的后半部分，傅大成和杜小鹃的情感陷入新的危机之后，傅大成对白甜美的优秀品质更加怀念，更加追思，"每想起白甜美，他只想五体投地，叩头流血，哭死他这个姓傅的"。怀念追思的过程，让傅大成产生了忏悔的情绪，小说里写道，"在梦里见到了甜美，她很富态而且含笑，她的话他听不清明，但是他听到了她的家乡的原装口音，土土的方言说过以后，似乎又倾向普通话一些了，带点干部至少'白总'的腔调了，这时她的嘴角上渗出了鲜血"。这是傅大成的梦境，也是他内心的恐惧和战栗，后来小说写傅大成跪拜在白甜美的墓前，写他的痛哭，无疑是忏悔和认错。笑的风变成了哭的风，爱情的风变成了忏悔的风。这大约出乎傅大成的意外，也出乎我们读者的意外。

对于新旧婚姻观的困惑在《活动变人形》里主要写双方的痛苦，倪吾诚是痛苦的，静宜也是痛苦的，而《笑的风》里，傅大成因为得不到爱情的滋润而灵魂痛苦，可等他失去了白甜美之后灵魂依然痛苦，而和杜小鹃的火光四溅的爱情岁月之后，发现爱情也是难以保鲜的，有时候不如包办婚姻的稳定和成熟。80 岁的傅大成陷入人生的迷茫，古今中外那些关于爱情和婚姻的经典也解决不了他的困惑。从《牡丹亭》到《铡美案》，从笑的风到哭的风，傅大成走过的岁月悲欣交集，难以言清。他在回忆中反思，在反思中忏悔，忏悔中又有无尽的回忆。《笑的风》在某种意义上，也是倪吾诚的忏悔录，这对当年狂热追求新文明的倪吾诚来说始料未及，对作家王蒙来说也是始料未及，对读者来说，更是始料未及。时间改变不了人的记忆，却能够销蚀人很多的情感质地。

## 对现代性的索求和追问

王蒙曾经考虑将这部小说命名为《假如生活欺骗了你》，这是从傅大成的视角作为出发点的，而现在用《笑的风》则是出于作家的客观的视角。王蒙在这部小说里，其实潜藏着这样的潜台词，假如爱情欺骗了你？假如婚姻欺骗了你？假如生活欺骗了你？甚至，假如文学欺骗了你？怎么办？傅大成应该是属于被生活馈赠丰厚的作家，但他同时又是被生活欺骗戏弄很多很深的作家。从那夜银铃般的笑声开始，生活就像恶作剧一样，戏弄着傅大成，给你欢乐的同时，给你痛苦，给你苦难的同时，又给你希冀，给你甜蜜家庭的同时，却伴随着无爱的煎熬。之后，痛苦的离婚，愉悦的新婚，新的生活带来的永远是新的体验，而新的体验里还泛起陈旧的烦恼，这些过了时的烦恼比新的体验更为顽固，也更为尖锐，乃至有了更新的体验时，那些陈旧的烦恼还是挥之不去。

我们在《笑的风》里看到了傅大成对"现代性"的追求，但现代性带给傅大成的困惑甚至脆弱也同样煎熬着傅大成。"现代性"是近年来困扰学界的一个历史性的话题，改革开放以后对现代性的争论也没有停止过。关于现代性的说法很多，定义也颇为复杂，在我看来，现代性是相对于古代性而言，或者说，它是农业文明之后的又一个文明形态，经历这种形态的转换产生的心理眩晕是必然的。傅大成这些年的悲欢离合都是"现代性"所赐。

中国是一个农业大国，农业文明有着沉淀深厚的土壤，近代以来对现代性的接受与反接受、传播与反传播一直是文学挥之不去的主题。而婚恋的主题也一直是作家和热心读者关心的母题，从丁玲的《莎菲女士的日记》到张洁的《爱，是不能忘记的》，从鲁迅的《伤逝》到王蒙的《活动变人形》，都通过婚恋这样的题材来表现现代性与中国土壤交融的艰难与困顿。倪吾诚的痛苦在于他的现代性没有实现，而静宜的痛苦在于她受到了倪吾诚现代性的"压迫"。

傅大成和杜小鹃或许代表着的是某种现代性，而白甜美代表的则是某种乡土文明，穿行在现代文明和传统文明之间的傅大成在饱尝爱情的悲欢离合之后，选择和判断愈发彷徨。

这就是傅大成老觉得普希金的诗歌《假如生活欺骗了你》非常吻合自己的心境的原因所在。

傅大成的被欺骗感来自何处？这要从傅大成的理想主义说

起。作为接受过现代性启蒙的傅大成，傅大成想象中的理想生活
是预设好的，就像傅大成想象有一个理想的婚姻和理想的爱情一
样，这就是幸福的实现。但生活的轨迹没有按照这个蓝图去实
施，傅大成在精神上有了被捉弄的感觉，觉得生活在欺骗他，用
句现在很流行的话说，就是理想很丰满，现实很骨感。因为现实
和设定的理想的蓝图是不一样的。

十九世纪以来的人文主义思潮就是预设一个生活的理想格
局，很多人都喜欢罗曼·罗兰的《约翰·克里斯多夫》那样的理
想主义生活。契诃夫说他的主题就是批判庸俗，批判小市民的庸
俗，傅大成也是反庸俗的，与小市民习气作斗争。但作家不是生
活在空气里，再美好的理想一落地就与初衷相距甚远。

现代性显然是一种理想的生活方式，觉得生活应该是这样
的，不应该是那样的。傅大成无疑是带着理想主义的目标去选择
婚姻的，但是父母包办的婚姻不是理想主义的，而是从生活实际
出发的（在傅大成看来这无疑是一种庸俗），父母为傅大成娶了
白甜美，所以理想主义的傅大成有挫败感，觉得生活"不真实"，
觉得生活太庸俗，这就是现代性造成的焦虑。

个性、自由和幸福，这是现代性的重要基石，也是傅大成理
想世界的支柱。但他在获得了梦寐以求的自由和幸福之后，却对
绝对的自由和幸福产生了怀疑。傅大成后来与杜小鹃离婚以后，
更加产生了"被欺骗"的感觉，因为他追求的理想在实现之后，
反而觉得更加的失落，更加的失重，最终是和自己的"理想"切
割了。他和杜小鹃的分手，也是他现代性梦想的破灭，他又一

次觉得被生活捉弄了，不是说好的"理想"吗？怎么如此脆弱呢？所以又回到了白甜美的"身边"，甚至要为她建立"婚姻博物馆"，完成她生前的设想。人生是如此的吊诡，爱是自由的还是孤独的？

生活本身不带有某种固定的本质，本质都是我们加上去，对生活提炼的过程，而我们之所以觉得被生活欺骗了，或者被人生欺骗了，其实在于我们对生活有一个理想的目标，或者本质的认可，在现象学看来，生活的本质全是源于我们的理念。生活是混沌的，生活不会欺骗谁或者厚爱谁。

但是生活的模样不是按照预设的方式存在，所以现象学大师马克斯·舍勒提出了"怨恨"在现代性伦理中的主要特征。这种怨恨是由于理想与现实的"不对称"造成的。现代性是预设好理想的蓝图，当生活远离了我们预设的轨道，会觉得被欺骗了。当我们的人生模样没有达到这种预设，就会产生一种落差——假如生活欺骗了你。其实，生活没有欺骗任何人，生活的模样不是我们的意愿随意设定和更改的，一种理想的生活模式作家可以去追求，但追求的过程往往比实现的时候更有价值和意义。何况傅大成在"理想"实现之后，在与杜小鹃幸福生活之后，傅大成又产生了新的"怨恨"，觉得生活还在"欺骗"他。对现代性的索求和追问成为小说潜在的思想之波。鲁迅先生无疑是赞扬个性解放自由恋爱的，但唯一的爱情小说《伤逝》却是对"娜拉出走之后"的思考，生存的思考。王蒙《笑的风》后半部是《伤逝》在新时代的另一种超级书写。

这并不意味着王蒙对现代性的摒弃，王蒙在这部小说中还体现了对现代性的理解与呼唤。这也是王蒙的"复杂"之处，也是容易让人误解之处。反思现代性，反思现代婚恋，并不意味着对传统的无条件认同。在对待女性命运的关怀和悲悯方面，王蒙可能要比一些女权主义者还要深刻。在《女神》中他对女性的无限称赞和讴歌，在《笑的风》中对白甜美和杜小鹃的平等叙述（而不是简单的褒抑），甚至比对傅大成还要更爱怜些。

小说的第二十五章《谁为这些无端被休的人妻洒泪立碑》体现了另一种现代性，他在小说中写道："一连几天他昼夜苦想，他越想越激动，近百年来，中国多少伟人名人天才智者仁人志士专家大师圣贤表率善人，对自己的原配夫人，都是先娶后休的，伟人益伟至伟，圣人益圣至圣，善者益善至善，高人益高至高，而被休弃的女人除了向隅而泣又有什么其他话可说呢？又能有什么选择？"现代性的要求是人人平等，人人个性解放，但现代性不会认可一个人的幸福建立在另一个人的痛苦之上，一群人的幸福也不能建立在另一群人的痛苦基础上。王蒙之大，在于对现代性的深刻理解和本质阐释。

## 乘风破浪的语言之舟

王蒙是当代的语言大师。王蒙的文学语言带着鲜明的辨识度，我曾经将王蒙的小说叙述体称为"王蒙流"。在《笑的风》里，王蒙语言的宽度、厚度和杂色完美地糅合在一起，达到了一个新的高度。

在语言的宽度上，《笑的风》是伴随着小说空间上的广度而展开，《笑的风》不仅写得很长，而且写得很广。这个长不是篇幅，《笑的风》15 万字的篇幅在今天的长篇小说体量中，只能是小长篇。我们觉得小说不短，是因为时间跨度长。小说从 1958 年的一个春夜的笑声写起，一直到 2019 年的春天才结束，横跨当代中国社会的 60 年，傅大成也从一个少年变成 80 岁的老人，中间历经了中国社会的各种政治风云、历史沧桑，命运也如过山车一样跌宕起伏，小说成功地勾画了这一时段的风俗、人心和语体，可以说完成了巴尔扎克所说的时代"书记官"的职能。

篇幅不长，但你会觉得《笑的风》容量比有些长篇还要丰富，是因为小说的空间很宽广。王蒙早期的小说《组织部来了个年轻人》《冬雨》都是在一个稳定的空间运转，即使长篇小说《青春万岁》的人物也在北京老城区的范围内活动。1978 年重新复出之后，"故国三千里，新疆二十年"的时空跨越和人生动荡，王蒙小说的空间感凭空扩展，从《春之声》开始，他的空间已经摆脱了早期的一维空间，而是扩展到多维空间，因而被人们美誉为"意识流"在中国的尝试，也开启了王蒙小说的新空间。在《笑的风》里，小说的空间从渔村到都市，从北京到上海，从中国到国外，从欧洲到美国，主人公的足迹随着笔会、旅行逐渐扩大，异国风情，多民族文化的呈现，可谓五光十色，构成了小说斑斓多彩的底色。

由于这些不同空间的存在，王蒙的语言在叙述这些不同空间时会下意识地融汇一些当地的方言和俚语，傅大成的Z城带着渔村的气息，甚至有一点东北味，而杜小鹃到了广州以后，语言也会带着粤味，至于京味儿就更不用说了。小说中俄语和英语的熟稔运用，和人物的心理契合度极高，又带着鲜明的时代印记。可以说，在中国作家当中，如此高密度地使用中外语言和中国本土语言的，很少有人能够做到。就这个意义上，《笑的风》也是一本语言的奇书。

另一方面，王蒙语言又拥有一种厚度，拥有深厚的语言的底蕴，来自中国文化的底蕴。经常有人婉转地批评中国当代小说的"翻译体"现象，有学者甚至直言不讳地说袁可嘉等人《西方现代派作品选》也间接参与了当代新潮小说的写作。王蒙早期小说受到前苏联作品的影响，但80年代以后摆脱了这些影响，形成了独具一格的"王蒙流"。而近年来，由于深耕老子、庄子、孟子的哲学著作，让他的语言在底蕴上加浓了汉语的韵味，体现了充分的文化自信。《笑的风》里古语雅言信手拈来，一点也不别扭，也不会有文白相间的"隔"，和寻根文学的做作和别扭相比，大相径庭。王蒙的奇妙之处，还在于能及时捕捉到时下流行的语言，网上的新词咯嘣咯嘣地就蹦出来了。这对于一个年过八十五的老人来说不只是心态年轻的问题，关键在于融入到小说里，和人物的命运休戚相关。

王蒙语言的宽度、厚度以及由此构成的彩虹般虎皮般的绚烂，常常以排山倒海的气势滔滔流出，但又顾及到人物的视角和人物的叙述。在《笑的风》里，叙述的视角多重出现，时而是作家王蒙的叙述，时而又是作家傅大成的叙述，既分又合，合合分分，分分合合，有时候又浑然一体，你中有我，我中有你，难分难解。仿佛是古代的庄子穿行在当代小说中，时而化蝶，时而人形。这种方式虽然王蒙之前也经常使用，但那些主人公与王蒙总有些距离，而傅大成的作家身份与经历，都是王蒙同时代人的缩影，是王蒙最熟悉最亲切的人，某些片段还融进了王蒙自身的经历。所以说，《笑的风》的语言外壳是新世纪以来王蒙运用得最天衣无缝的一次。

当然，王蒙是一个在小说里善于"化进""化出"的作家，他迷恋小说的叙述，痴迷小说语言的魅力，但是他又不会沉湎于语言的囚笼之中，他会跳出"山界外"，像俯视人物的命运一样，俯视语言。王蒙小说里经常有这种出人意料的荡出一笔，看似离小说主要情节有些远，看似闲笔，但细细阅读起来，你会觉得是《红楼梦》里那种"草蛇灰线，伏脉千里"的笔法。比如在小说的结尾，可谓闲笔，也可说是"神来之笔"，"大成在电脑上用王永民的五笔字型打'悲从心来'四个字——DWNG，出来的是'春情'二字"。

人们容易把他视为王蒙的机智和睿智，其实这种跳出"山界外"的思维，正是一种超越了现实的天地思维，如果"悲从心来"是一种目标，是一种既定的程序的话，那么你种下的是"悲从心来"，收获的却是"春情"，这是生活欺骗了你吗？如果你种下的是"春情"，可收获的却是"悲从心来"，这是生活欺骗了你吗？其实生活不会欺骗谁，就像土壤不会欺骗种子一样，只是我们的种子有没有选错，我们的种植程序可能出了问题，或者我们的种植者出了问题。才有那么多不正确的人生，或者被欺骗的人生。就像我们被语言欺骗，也欺骗语言一样。其实语言只是一条小舟，它不能带我们到何处去，而是我们自己要驶向哪里。

王蒙的语言之舟由于超负荷运转有时被语言吞没，甚至河流也被王蒙的语言吞没，变成了语言的海洋，最后王蒙也被语言吞没了。水可载舟亦可覆舟，浩浩乎，汤汤乎，语言之水天上来，乘风破浪无穷碧，小说小矣，语言大矣！小说总是灰色的，语言之树常青！

# 附 录

## 向王蒙学习宽容

第一次读王蒙的小说，其实是没有读懂，是上初中那会儿，亲戚家的竹床上有几本装订在一起的 20 世纪 50 年代的《人民文学》杂志，其中就有一本是王蒙的《组织部新来的青年人》，后来知道王蒙自己喜欢称之为《组织部来了个年轻人》，题目被编辑部改了，是王蒙的成名作，也是让王蒙上天入地刻骨铭心的"处女作"。这样一篇惊动毛主席老人家出来为王蒙说话的"伟大"作品，我第一次读的时候，没读下去，第二次读的时候仍没有读下去，第三次读的时候仍然没有读下去。那样一个暑假，我躺在亲戚家的竹床上，经常翻阅那几本杂志，看懂的不多。王蒙的小说更没有看懂，但小说的名字和作者的名字倒是记住了，那是一个闷热的夏天，老蝉枯燥地鸣叫着，竹床叽叽嘎嘎地响着，我翻来覆去地看着几本与自己生活无关的小说，度过了少年时代的最后一个暑假。

我第一次被王蒙的作品所感动恰恰不是他的小说，而是他为数不多的报告文学。报告文学在今天会被一些激进的青年称之为"伪文学"，但在 20 世纪 70 年代末 80 年代初，却引领了一代文学的风骚，你想想，连王蒙这样的作家都去写作报告文学，可见报告文学当时是如何的至尊至贵。王蒙的报告文学叫《火之歌》，写的是南京"四五运动"中的英雄李西宁，王蒙写作的时候还去南京采访了李西宁，因为李西宁在我的老家插过队，王蒙写到这段乡村生活的时候，虽然出于想象，但十分的诗意，我读起来感到很亲切，我平生第一次读到一个大作家在他的作品中写到我的家乡。《火之歌》交织着激情和哲理，全篇仿佛都是警句，我用笔在上面圈了好多的圈圈，拍案叫绝。我的同学纷纷向我借阅这本刊物，把我圈的内容摘抄下来。我圈了圈还不过瘾，虽然这刊物是我订的，还把这些警句抄到笔记本上。

我当时很得意自己能够订阅到这本《人民文学》。说来今天的年轻人会觉得奇怪，当时的文学杂志由于发行量太大，而纸张又紧缺，居然要凭计划供应，今天的《人民文学》的老总知道这情形，一定会唏嘘再三。当时我们的班上只分配到三份《人民文学》，77级、78级的中文系的学生几乎全是文学青年，而《人民文学》在当时又是绝对权威的头号刊物，几乎每一个人都想订《人民文学》。我已经忘了我如何争到这份刊物的，总之我是用了当时我能够使用的手段，结果如愿以偿。读到《火之歌》之后，我为我拥有《人民文学》而感到自豪。那是一个文学与青春、文学与变革、文学与人生互相缠绕、互相燃烧的年代。

之后又读到了王蒙的《最宝贵的》《说客盈门》《歌神》《夜的眼》《春之声》《布礼》《蝴蝶》《悠悠寸草心》等等一系列的中短篇小说，几乎每篇都会被感动，都能震撼一下。当时文坛曾为《夜的眼》《春之声》等小说发生过激烈争论，而我觉得很好懂，也没有觉得是什么意识流在流动，觉得写得真好，看了真解渴。读到《夜的眼》的时候，我为他的奇异的想象力感动；读到《春之声》的时候，我惊讶地发现王蒙已经把小说把玩于股掌之间，小说正在发挥他的最大可能性。有研究者认为王蒙是网络文学的首创者，因为在他的小说中，那种随机性、及时书写性已经有了很大的空间。当时中国的小说还普遍停留在写实的层次，而王蒙已经飞跃起来，进入一个新的文学空间。特别是我读到他的中篇小说《杂色》的时候，我被小说中曹千里的命运深深地吸引，为小说中那些奇妙的人生阅历和语言珠玑所叹服。后来又读到他的长篇小说《活动变人形》，这是我看到的王蒙小说中最让我感到一种疼痛的作品。王蒙的小说一般以智慧和潇洒见长，很少耗费王蒙自己的血肉，即使那些以自己为模特的小说，王蒙也大都以过来人的通达自嘲了之。自嘲是王蒙的解剖刀，自嘲又同时是王蒙的盔甲。王蒙常常用自嘲来消解好多难以解决的问题，已经成了王蒙式的招牌菜了。但《活动变人形》可称为呕心沥血，这是王蒙第一次以家庭作为背景来写作小说，而且又是与自己的身世相关的背景，这部曾被誉为"审父之作"的小说其实具有经典作品的多种要素，比如小说中那种东西方文化的冲突和对峙，不仅父辈没有能够解决好，在我们今天更为明显和突出。《活动变人形》所对应的那种文化困境，在我们今天有增无减。虽然王蒙有好多优秀的小说，后来的"季节"系列在写作的时间和情感上更为投入，但我个人认为《活动变人形》是其代表作。

有一段时间我是见王蒙的书便买，见到有王蒙作品的刊物也买，我当时心想，要是能够出版一套王蒙的文集多好，但怎么也没想到王蒙的文集居然收进了我的东西，这是后话。和那个时代的所有文学青年一样，我对王蒙的崇拜和追星，也是梦想成为他这样的小说家，遗憾的是我虽然对他的小说如数家珍，但我自己并没有能够写出像他那样的作品来，连模仿秀式的小说也没有。但王蒙对我个人的影响是多方面的，我没有成为一个小说家，更多的原因是受到他的思想观念的影响。这种影响让我更多地去关注文学思想和观念的表达，而忽视形象的塑造，成为一个指手画脚没有创作实绩的空头批评家。我曾把作家分为三种类型，一是大于文学的作家，一是小于文学的作家，还有就是等于文学的作家。鲁迅、郭沫若、王蒙都是大于文学的人，而老舍、梁实秋、林语堂、汪曾祺等则是等于文学的人，大于文学的人往往有理念过强的特点，这一点王蒙也不例外。王蒙对中国文学的影响一方面是他的文体实验和语言的尝试，另一方面则是他的文化观念和思想。

王蒙对我震动最大影响最大的文章是那篇《论"费厄泼赖"应该实行》，这篇文章是对鲁迅先生《论"费厄泼赖"应该缓行》的一种"反动"。我记得好像发表在《读书》杂志上，我看到标题的第一感是怀疑校对错误了，因为我从"认识"鲁迅起，甚至还没有"认识"鲁迅，就知道那句著名的"痛打落水狗"，因为我上小学的时候听到批斗会上常喊的口号便是"痛打落水狗"，到后来学到鲁迅的杂文，无人不盛赞"痛打落水狗"，"痛打落水狗"本身是和鲁迅精神联系在一起的。而王蒙居然敢和鲁迅"唱反调"，真是吃了豹子胆。但读了王蒙的文章之后，又觉得他很有道理。或许一个真理永远有它的悖反效应，虽然王蒙把今天和鲁迅所处的时代"择"开了，但即使在鲁迅的年代里，"痛打落水狗"也会产生悖论。王蒙的文章在当时对结束以阶级斗争为纲的社会政治无疑是在"干预生活"，他是"围魏救赵"。而在当时我并没有意识到这篇文章的政治含量，但至少给我三个启发，一是伟人的伟言也是可以议论的，二是逆向思维的方式，三是宽容的思想价值观念。前二者可能在其他地方也能学到，但宽容的思想价值观念却非来自王蒙不可。因为我从小接受的教育，无论是学校的教育还是家庭教育，以及社会实践，都是鼓励我们去斗，去进行到底，去追求最纯最清洁的境界。我们小时候的名言，就是眼睛里容不下一粒沙子。而宽容的哲学则让我们明白绝对真理的相对性，所谓"有容乃大"不仅是君子的境界，也是现代社会的文明的标志。眼睛里容不下一粒沙子，可是空气里却随时随地像漂浮物一样漂浮着尘埃一般的沙子。当然宽容的说法，也受到人们的质疑，因为它本身也是相对的。但宽容的哲学，让我坦然地面对各种荣辱是非，遇事心胸往开阔处想，不去纠缠一二是非喋喋不休。在生活中，在文学观念上，会碰到很多的异己，但不妥协不等于不宽容，不妥协是要求自己坚持原则，而宽容才能实现自己的原则。讨伐和消除异己是内心的专制主义。

　　或许有这种宽容观作为前提，我和王蒙见过一面以后，他便要求与我进行文学对话。后来我们进行了十次对话，结集为《王蒙王干对话录》出版。那是 1988 年的冬天，他当时忙于政务，但对文学有许多的话要说，对话是最合适的方式。与王蒙先生坐而论道，是我一个巨大的梦想，但我没想到来得那么快，来得那么容易，我骑着自行车出现在朝内北小街 46 号（王蒙以前的住处，现已拆除），还没想好怎么称呼我的精神导师，他已经打开了门。

# 大者王蒙

王蒙先生曾经略带自豪又略带自嘲地说自己就是那只大蝴蝶，说评论家你扣住头，却罩不住尾巴，罩住尾巴却露出了头，抓住了头尾，翅膀又露了出来。因而想用一个简单的词概括王蒙是困难的，对他的描述和理解必须是多维的——多"弹头"的辐射。

仁者王蒙。王蒙作为一个"少共"，最早是一个理想主义者，历经磨难，依然没有磨掉他的理想主义情结。但是在保持理想主义情怀的同时，却对人和事多了几分宽厚与包容。他复出之后，对历史和自己进行充分的反思之后，对黑白分明、你死我活的思维模式保持高度的警惕。那篇著名的《论"费厄泼赖"应该实行》是对鲁迅先生《论"费厄泼赖"应该缓行》在新的历史时期的重新阐释。这一思想几乎贯穿了他之后三十多年的文学实践和社会实践，包括对刘翔那段关于"谁说黄种人不行"的精辟议论，都体现了费厄泼赖的宽容精神。宽者厚，容者仁。

智者王蒙。王蒙的聪明是众所周知的，他的学历并不高，读书也不见得破过万卷，但是他在新疆很短时间内就学会了维吾尔语，在美国爱荷华几个月又能够迅速地学会英语口语，之后甚至翻译了美国作家约翰·契佛的小说，说明他的智商是非常高的。智商高和智慧有时是不画等号的，而王蒙在他的人生和创作过程中始终表现出来的智慧令人赞叹。在《老子的帮助》《庄子的飞翔》等著作中通过对古代哲人的解读，清晰地表现出王蒙对中国式智慧的理解和喜爱。生活中，王蒙在20世纪60年代初期主动辞京，要求到边疆去工作，避免了"文革"期间在北京遭遇老舍等人遭受的屈辱和悲剧，确实是人生智慧的选择。

行者王蒙。读万卷书，行万里路，是中国文人的境界。王蒙年轻时逢上战乱和革命，之后又投身于共和国的建设之中，没有太多的时间学习读书，但社会这所大学校为王蒙提供了更多学习、历练的机会。新疆生活的十六年，让他和新疆各族人民打成一片，对整个伊斯兰文化有了全新的理解和了解。担当文化部部长后，又在国际文化交流中，了解世界的文化潮流。20世纪90年代退出领导岗位后，又以访问学者和作家的身份漫游全球，迄今为止，已经访问过60多个国家，吸纳全人类的文化养料，不断写出新的作品，成为国际性的作家。他的《伊朗印象》是他在伊朗两个城市的访问记录，其实是与他多年对伊斯兰文化的熟悉和理解有很大关系。厚积而薄发，虽然他的世界各地之行，只形成《伊朗印象》这样的专著，但依然看到他的作品里的大气象、大胸怀、大境界和大思想。

王蒙自己还喜欢"大道无术"这样的格言，按照王蒙的理解，"术"其实是和"道"连在一起的。大道，在王蒙的脚下。

# 王蒙的 N 个春天

## 一

2003 年度的"春天文学奖"在东方花园酒店又一次颁奖了，年轻的李修文获得了第二届"春天文学奖"，王蒙看着比他小 50 岁的作家在他手里接过奖状，脸上露出了微笑，发奖更像一场接力赛似的，李修文激动地接过文学的接力棒，充满信心地向前跑过去。

李修文不是第一个幸运者。2002 年的春天，河南作家戴来成为"春天文学奖"的第一个得主，陆离、龙女两位获得入围提名，她们一起组成了"春天文学奖"的一道靓丽的风景线，堪称春光灿烂。今年，藏族女作家格央和金陵中学的学生叶子又获得了提名。两年两届，六个年轻的写作者开放在春天的花园里。人民文学出版社的宣传册子上，六张年轻的面孔和王蒙先生的合影，像六朵灿烂的花朵开在一棵壮硕深厚而枝叶茂盛的大树上。

设立"春天文学奖"或许是王蒙多年的一个愿望了。对文学新人的关注，或许缘于王蒙的"少共情结"或"共青情结"，新时期文学涌现的好多青年俊彦都曾得到过王蒙的直接推举。我清楚地记得王蒙当年在《文艺报》（那时还是期刊的模样）上，满怀激情地"歌颂"张承志的中篇小说《北方的河》，甚至用了一句粗口来表达他抑制不住的喜悦，"你他妈的一辈子也不用写河了"，当然王蒙的这句"粗口"后来也遭到了一些非议。张辛欣、刘索拉、刘西鸿、余华、陈染等人"才露尖尖角"，就受到王蒙的关注和推荐。从文化部领导岗位上退下来之后，依然关注青年创作的动态。上海的"新概念中学生作文大赛"，他几次都担任评委。他对新一代作家的关注由来已久。

2000年《当代》杂志的文学拉力赛总决赛举行，这一次评奖别开生面，将获得各个"站"的冠军（每期的冠军，"站"是借用汽车拉力赛的词）请到现场，当时王蒙以《失态的季节》获得了当期的冠军，总冠军的竞争非常激烈，六个分站的冠军除王蒙外都是当今文坛的少壮派。因是评委当场打分，作家当场在座，胜负难以预料，谁也不能胜券在握。有人担心王蒙不会到场，可到总决赛那天，王蒙出现在赛场，坦然地表示重在参与。总决赛竞争得非常激烈，王蒙的《失态的季节》以微弱的优势获得了总冠军。出人意料的是，王蒙当场表示把获得的十万元奖金捐给人民文学出版社，设立一个青年文学奖，专门用来奖励30岁以下的青年作家，每年一次。"春天文学奖"就这样诞生了。

"春天文学奖"的名称也是王蒙自己确定的。或许"春天"是王蒙一个永远解不开的情结，他写作的第一部长篇小说叫《青春万岁》，他复出之后写作的被文坛称为新时期开了当代文学"意识流"先河的小说，叫《春之声》。"青春""春天"，是王蒙一生

在歌咏的主题。这与王蒙个人的经历有着很大的关系。王蒙是
年轻的老革命了，不到 14 岁就唱着冼星海的歌参加了地下党组
织，成为著名的"少共"，解放后又担任北京西城区团委的负责
人。1957 年被错划为右派，1959 年以后到了新疆，一待就是 16
年，1985 年以后担任共和国的文化部部长。王蒙不仅是著名的"少
共"，也是著名少年写作者。如今，十八九岁的人开始写作，就
神童似的被人们惊呼，其实王蒙写作长篇小说《青春万岁》时才
18 岁，而《青春万岁》直到今天还在加印。这部小说距今已有
快 50 年了，不知道如今那些走红的少年才子的小说过了 10 年之
后是否还会有人问津。或许"两少"（少共、少年写作）的特殊
经历，让王蒙时刻惦记着青年人的事，80 年代中期，王蒙作为
新时期文学的组织者和领导者，撰文奖掖推荐了一大批的青年作
家，推动了新时期文学的发展。在首届"春天文学奖"颁奖会上，
他讲了有牙没豆、有豆没牙的故事，意味深长。他仍念念不忘青
年作家队伍的建设。


二


　　我在《关于王蒙的八个问题》一文中，曾用"一面旗子、一
面镜子"来形容王蒙对整个当代文学的贡献，他是当代文学的一
面旗子，又是当代中国社会的一面镜子。不仅王蒙的创作贯穿了
新中国成立以来的历程，更重要的是他的创作也成为关照当代中
国的一面镜子。新时期文学可以说是当代文学中的当代文学，而

新时期文学与王蒙是连在一起的。王蒙作为新时期文学的代表作家，不仅写作了一大批的优秀作品，同时作为新时期文学的领导者和组织者也功不可没，我们在翻阅这二十年文学档案和历史时，处处都能感觉到他的身影的移动，更多的时候还会听到他深刻又幽默的声音。

从文化部卸任之后，他并没有立刻去从事长篇小说的写作，而是钻到在文化大革命时期曾经成为显学之后又慢慢冷却的"红学"当中，写出了一本《红楼启示录》，对《红楼梦》这部中国人家喻户晓的名著进行了王蒙式的解读，成为红学界的另一种奇葩。王蒙的这种特殊"隐士"法，在短短的时间内让文坛重又掀起了一股"红楼热"，刘心武、李国文等人也相继迷上了"红学"，刘心武还续写了《红楼》的部分内容，引起了周汝昌等红学大师的关注。这一段时间，王蒙还深入到李商隐诗歌的奇妙世界之中，作艰难而又十分"现代"的精神漫游。他对李商隐的研读受到了专家的好评，李商隐研究学会还请他到会作了演讲。但我个人认为王蒙对《红楼梦》和李商隐的研究，虽然有很多的考证和释义，但仍然是他个人精神漫游的成分居多，借古人之杯，浇胸中块垒。

20 世纪 90 年代中期，王蒙卷入了一场复杂的论争，那就是关于人文精神的大讨论。人文精神的讨论是 90 年代最为长久、最为激烈的一场文坛之争，这场从 1993 年底开始酝酿的讨论，最初发源于上海，后来涉及全国，由纯理论到泛学术，由圈内到圈外，由讨论到争吵，最后不了了之收场。王蒙最初进入讨论是

用质疑的口气，以他一贯的敏锐和反"左"的经验提出了自己的
看法和忧虑，但没想到他被误解了，一段时间可以说陷入了被围
攻的境地。尽管王蒙以他的方式左推右挡，但还是没有能够阻止
误解。以至在一些人的印象中，王蒙似乎和王朔是"一伙"的，
至少也是王朔的代言人，这让王蒙陷入非常尴尬的境地。且不论
王朔的"我是流氓我怕谁"的自嘲让人觉得他是一个流氓的形象，
光就王朔的"痞"而言，就会让王蒙本来的"正面形象"打了折扣，
王蒙虽然不是那种修身治国平天下的儒家楷模，但从我个人对他
的了解，他是一个对自己要求非常严格的共产党人。应该说，在
这场人文精神的讨论中，王蒙是有些"冤"的，他不仅成了王朔
的同盟（虽然他肯定的只是王朔小说中对僵化的意识形态的消
解功能），而且成了一些评论者的靶子，好在王蒙能及时调整自
己，适时地挂起了免战牌。他在《新民晚报》上发表文章，告知
"王蒙老矣"。

在整个 20 世纪 90 年代，王蒙最为用心也最为投入的还是他
的《恋爱的季节》《踌躇的季节》《失态的季节》《狂欢的季节》
等四卷本长篇小说"季节"系列，每卷 40 万字，记录新中国成
立初到"文化大革命"结束的历史生活。王蒙平均两年写一本，
到 2000 年由人民文学出版社出齐。在这四部长篇小说中，王蒙
以他恣肆汪洋的笔墨和特殊的个人际遇，清晰地记载了共和国成
长起来的一代知识分子的悲欢离合和人性变异，既有《布礼》《蝴
蝶》里的"少共"的执著，也有《杂色》里的疑惑和迷茫，还有
他一贯的辛辣的幽默，多声部记载了不同类型的知识分子的命

运。小说中的主人公钱文显然有王蒙个人的影子，与他在 80 年代写的《活动变人形》里倪藻有异曲同工之妙。"季节"系列长篇小说的写作，让王蒙重新回到了现实主义的创作道路上来。虽然在"季节"里，王蒙在小说的手段上大量借用了现代主义和后现代主义的手法，但就小说的主体而言，仍然是写实主义的，回到了《组织部来了个年轻人》《青春万岁》的文学价值观上，几乎可以称为"档案现实主义"或"史料现实主义"，某种程度上可视为他的一种回忆录或自传。从小说的进程来看，自传色彩越来越浓，刚开始他还犹抱琵琶半遮面，在钱文和作者之间做一些"隔离效果"，越到后来越坦率地认同这种自传的叙述，不再故意去隐藏他和钱文的互文关系。在"后季节"的写作中，还有可能会过渡到第一人称的叙述。因为我刚读到他在《芙蓉》上发表的"后季节"第一部的片段，已经毫不掩饰地将自己的诗歌当作钱文的发表，钱文与王蒙在今后的小说中将会合二而一。虽然，"季节"里描写的生活对今天的年轻读者来说，生活面是过于遥远了一些，可读性也会弱一些，这丝毫不会影响到小说自身的价值。从 80 年代末期，我和王蒙先生对话时，他就表白他向往一种"枯燥的辉煌"，他举了陀思妥耶夫斯基为例，但在今天他会体会到这种"枯燥的辉煌"之后的孤独和冷寂。

## 三

虽然王蒙倾毕生之力精心营造的"季节"系列并没有获得作

品价值所应有的欢呼和认可，读者还没有充分理解这部大书的意义和价值，评论界也基本上是观望的态度。所以说这个多卷本的长篇小说让王蒙体会到了"枯燥的辉煌"之后的孤独和冷寂，但王蒙的生活，王蒙的其他作品，却一点也不孤独和冷寂，繁闹依旧甚至有点过于"火"，人文精神讨论中他两三篇带有急就章性质的札记和随感，引发的争论数以百计，而之前的一篇《坚硬的稀粥》更是搅得江湖风生雨起。当然，各种荣誉和机会也纷纷"砸"向他，出国讲学，客座教授，他自己都有些应接不暇。最有趣的是，诺基亚公司中国的总经理在中国选了五个成功者，他要赠送诺基亚8810（手机）给这些人，其中有围棋九段马晓春、舞蹈家刘敏、指挥家陈佐煌，有一位科学家，还有一个就是王蒙。2003年，印度政府邀请中国十大文化名人访印，王蒙也位列其中。虽然他再三表示：这就是成功吗？但他的生活和写作确实异常的丰富和充实。2002年，中国当代文学研究会和中华文学选刊、南方都市报、南方文坛等单位评选年度文学人物，王蒙被选为"文学先生"。评选委员会的评语这样写道："丰富多变的人生道路历练了王蒙智慧丰盈的文学个性。不断地给文学输入新的元素，不懈地对民族灵魂进行叩问，不停地对知识分子命运进行思索和自省，使他成为文学的先行者之一。他把感性、悟性与智性贯串于自己的各种文学实践，取得了多方面的卓越成就，建构了一个当代文学大家的基本格局，表现出入乎文学又出乎文学的哲人风貌。"

2003年，王蒙又推出了他的《王蒙自述：我的人生哲学》，上市半年，已经发行到 15 万册，而且畅销的势头有增无减。这对王蒙来说，可以说开了新的纪录。因为王蒙的作品虽然质量高，已有一千万字，读者也爱看，但并不畅销，而这一次，正是向百姓普及王蒙的大好时机。在北京、上海签售时人山人海，在上海居然当天就脱销。对此，王蒙说："我已经超过 68 岁了，也有了一些包括社会、生活、工作、学习上的各种各样的经验与体会。我曾被肯定、被赞美、被羡慕、被怀疑、被指责、被妒恨、被审查、也被误解……酸甜苦辣，十年生聚，十年教训，三十年河东，三十年河西，算是有一点经验、有一点体会了。人生哲学与小说是有一种天然的联系的。我写了四十多年，都写了什么呢？还不是在写各式各样的人。如果小说创作不去关心人生，也许就成不了小说，成不了文学。我们随手翻一下架上的书，可以看到，连神话、童话、寓言的创作，都离不开谈人生。"

　　一直以来，有这样的看法：一个写小说的人需要保持一定的神秘感、一定的矜持度为好。而人生哲学云云，你就得一下子站出来。对于小说的作者来说，那可是实打实地"招供"了，那是一个考验，也是一次冒傻气的拼搏。王蒙曾经打了一个比方：写小说就好比是做菜，人生就好比是厨房，请客的人不见得欢迎客人参观厨房，厨房里有油腥、有煤烟，锅也没刷完，有些操作还因陋就简——客人一进来，就都露馅儿了。大学问家钱钟书有一个更高级的比喻。他说，比如吃鸡蛋，鸡蛋好吃就好吃，不好吃就不好吃，不必要非看下蛋的鸡不可，鸡的模样好不好，不必管它。王蒙却发现，许多读者，许多朋友，他们不但关心下的

"蛋",也关心这"鸡"本身。他到各地去讲演,讲完了之后,听众会提议:您再讲讲您自己的人生道路吧。他觉得不能再拒绝回答这个问题了,尽管主人不愿意客人进他的厨房。

《王蒙自述:我的人生哲学》又兴起了一股"王蒙热",这位特殊的作家,14 岁入党,24 岁被打成右派,虽因毛泽东的保护得以解脱,但仍在新疆生活了 16 年。后被平反,于 1986 年出任第八届文化部部长,并两届当选中央委员。传奇的经历让他具有某种"卖点",属于名人出书的范畴。但如果其他名人读过王蒙的书之后,一定会汗颜的。因为在这部书里,王蒙呈现出的不仅是高超的文学技巧,还有一颗真诚的赤子心。

# 朝内北小街 46 号

2022 年 4 月 15 日，北京 112 路公交车最后一班开出，网上一片伤感之声，这个伴随了很多人童年、少年、青年、中年、老年的无轨电车停运了。自 1960 年 112 路开通以来，62 年的行驶承载过一代又一代人，成为很多人记忆的一个点。20 世纪保持电车运行的城市越来越少，112 路的公交车拖着一个长长的"辫子"穿行在北京城中间，连接北京城的东西两端，成为北京一道独特的风景。

我在网上看到这个消息时，心里也柔软地被触碰了一下，因为 112 路可能是我在北京坐过次数最多的公交车了。我第一次到北京工作，是 1987 年 12 月 20 日，当时《文艺报》社在沙滩文化部大院办公，112 路有一站就是沙滩，我进出文艺报都要坐112 路。2000 年底，我第二次到北京工作，是在人民文学出版社。人民文学出版社门前的公交站，叫朝内小街，因为这一站位于朝内南小街和朝内北小街的中间，112 路经过这里。当时，我住在人文社的宿舍，进出要常常坐 112 路。112 路坐多了，那些站名也耳熟能详，朝阳路、十里堡、呼家楼、关东店、八里庄、朝阳门、朝外大街、慈云寺、东四、美术馆、红庙、小庄等等，几乎每个站我都在那里上下过，或转车去目的地，比如《人民日报》就在红庙附近，鲁迅文学院就在八里庄附近。112 路横贯北京城东西，112 路与很多公交线有连接。如果没有地图，或者不熟悉路况，我就问哪里可以转到 112 路，到了 112 路，我就很快找到"定位"了。

我对北京另一条公交线路也很有感情，就是 43 路。当时文艺报从沙滩搬到了农展馆南里 10 号，我住的招待所也在附近。文艺报善待我这样的借调人员，破例让我住招待所，规定一天住宿费不能超过 10 元。我那一阵几乎把附近的旅店全部住过了，原因很简单，就是要找一个清净的居所。因为两个人一个房间，几乎每过几天就换一个"同居者"，有时一天换一个。他们有时半夜来住宿，这些来北京出差的人往往都很兴奋，晚上不断地和你聊天，我经常睡不好，几乎天天见陌生人，都变成精神折磨了。

最后终于找到 43 旅馆，一是这家旅馆便宜，因为是地下室，一个房间只要十元，是地上旅馆价格的一半；二是文艺报的好几个同事，都住在这个楼上，我平常可以去串串门。当然，要想一个人住一间也是要费点口舌的，因为当时北京市（不知其他城市有无此规定）旅馆规定，不允许一个人单独住一间，出钱也不行。我和旅馆经理交涉，让他们尽量不要安排人住我的房间，当时那家旅馆已经被承包了，答应我，尽量，尽量。虽然有几次客人爆满深夜闯进了陌生人，但大多数时间基本还是一个人一个房间。我有很多文章，文末落款"写于 43 旅馆"。

　　汪政当时在如皋，看到我文末经常标注"写于43旅馆"，有一次在南京见到我，问，你是不是住在一家用代号的保密旅馆？我说不是，这是43路公交站在此，所以叫43旅馆。当时43路起点站是团结湖，终点站是刘家窑，刘家窑的前一站是蒲黄榆。而汪曾祺先生的家就在蒲黄榆。我经常到汪曾祺先生家去拜访，很大原因在于43路提供了极大的便利。当时北京的交通非常拥挤，高峰时刻可谓"针插不进，水泼不入"，平常也是拥挤不堪，出门是个必须慎之又慎的选择。现在说"非必要，不出门"，当时如果不是上下班，不是工作需要，一般都是害怕出门的。我当然愿意去汪先生家串门，既能吃到美食，也能聆听教诲，世上好事莫过于此。但是，如果去一趟的路上很折腾，也是不会去那么勤快的。43路的起点站在团结湖，我每次上车都能有座位坐，回来的时候也基本有座位，对于一个挤公交的人来说，有座位是一件太幸福的事情。这也是我不厌其烦去汪先生家的一个动因。

　　43旅馆应该是我的福地，在这里我完成了《王蒙王干对话录》的整理工作。一个星期天的下午，我忽然听到走道里，喊某某房间接电话，喊的正是我房间的名字，但我以为听错了，因为没有熟人知道这个旅馆的电话，我自己也不知道，不会有人打电话给我，我就没有应。后来服务员直接叫我的名字，我走出房间，高声问：是找王干的吗？服务员说，是的快来接。我忐忑不安地走过去，拿起电话，喂了一声，对方说：我是王蒙，找你的电话不容易，还是让文艺报办公室找到的，有一件事想和你商量一下。

我当时有点不敢相信自己的耳朵，是真的吗？这就是大名鼎鼎的王蒙部长吗？但想起一个星期前，我和他的一次见面，确信这是王蒙的声音。

对于王蒙先生的崇拜，由来已久，当时我几乎阅读过他的所有作品，有些几乎能复述出来。我较早写作的《王蒙的小说观念》一文，就是追寻他文学创作的结果。记得刚到文艺报工作的时候，看到编辑部联系电话名单有王蒙家的电话，我忍不住拨通，当时应该是崔瑞芳老师接的电话，接通了，我不知道说什么好，迟疑了半天我把电话搁了。现在觉得非常的荒唐，也很可笑。当时有一个最大的梦想，如果能和王蒙先生坐而论道，人生足矣。

恰好王蒙的长子王山和我在一个办公室，有一次我和他说，有机会我想拜访一下您父亲，他是我的偶像。王山说，我肯定会转告，但他比较忙，有时间我通知你。我也特别能理解，我一个外省青年，想见偶像的心情很正常，但王蒙先生不仅是一个作家，还是一个大领导，后来我还知道，他当时还是中央意识形态工作领导小组的副组长，工作千头万绪，不会轻易和一个粉丝见面的。我也没有抱太大的希望。

11 月的一天，王山说，这个周末我父亲在人民大会堂参加一个外事活动，活动结束之后来崇文门的家看我儿子小雨，顺便和你聊聊。他吃完晚饭过来，你不嫌弃就到我家来，我胡乱做点吃的。我说，好。

按照王山提供的地址，我来到了崇文门他家的住处。这是作协最早分给王蒙的房子，他从新疆回到北京之后，有一段时间住在地下室招待所写作，这是他后来分到的回京后的第一套房子，房子一室一厅，有点局促。王山不太会做饭，他说，新疆的抓饭你能吃吗？我说能吃，其实当时还不知道抓饭为何物，后来才知道就是羊肉、胡萝卜和饭一起煮。虽然我是第一次吃抓饭，但觉得太香了，两个人把抓饭全部吃完。王山说，我还担心你这个南方人吃不了羊肉呢！王蒙一家都爱吃羊肉，几次请客，都有羊肉。但后来我和王山说起这个抓饭的情景时，王山已经忘记了，他说我会做抓饭吗？可见当时他也是急中生智，从冰箱里拿的羊肉和饭一起煮的，并没有刻意准备。而对我这个南方人第一次吃到的抓饭，当然印象深刻，以后有机会我都要吃一吃。2021年春节前，王蒙先生在新疆饭店请二三文友家庭聚餐，我申请吃了抓饭，其他人很诧异。

吃完饭大约八点半钟的样子，王蒙先生来了，说，王山说过几次，一直没有时间和你见面，我们随便聊聊。一开始我还有点紧张，讲话还有点结巴，但后来看到王蒙先生那么平易近人，也很幽默，就慢慢放开了，王蒙先生询问我对一些文学现象的看法，对一些作品的看法，我都如实表达，看上去王蒙先生对我的看法很感兴趣。9点半左右，他说司机在下面等着，太晚了不好，有机会我们再聊。说实在的，我有些意犹未尽，看他离去有些恋恋不舍。至于下次再聊，我知道是礼节性的话语，能见上一面，聊了一个小时，作为粉丝，已经无限满足了。奇怪的是，那天，王山的儿子小雨并没有在家。

　　没想到再次聊天的机会这么快就来了。王蒙先生在电话里说，上海文艺出版社准备出一套对话丛书，一直希望我出一本对话录，我一直在找一个人，我的那些朋友都很好，但太熟悉了，他们的想法和思路我很清楚，和他们对话缺少意外的"碰撞"，前几天和你聊了天，发现可以碰撞出一些火花来，不知道你愿意不愿意？我当时怀疑自己是不是在做梦，连连说，向您学习，当然很开心。王蒙先生在电话里又说，不过，整理录音的事情由你来承担，可不可以？我说可以。然后我们约定第一次对话的时间。对话的内容，王蒙先生让我先拟一个提纲，我拟了十个题目，王蒙看完以后说，可以，并相约每一次一个人主讲，做点准备工作，另一个人配合，有点像相声里的捧哏和逗哏。不过从后来的对话效果看，主次不是很清楚，看不出谁是"主讲"，主要是王蒙先生的气场太强大了，我能跟上他的节奏就很不容易了。

　　记得第一次到他家去，是一个周末的下午，约好下午两点，我怕路上有什么意外情况出现，早就出发了，我从团结湖坐车转到 112 路，然后在小街站下车。小街的南边是朝内南小街，北边是朝内北小街。记得王蒙先生在电话里说，112 路在朝内大街下车，找到朝内北小街，在一个公厕的对面就是 46 号。那天我到的比较早，才一点半，在他家门口有一公厕，我放松了一下，发现时间还早，在周围转了转，周围有很多的大杂院，来上厕所的人不少，当时北京很多的家庭都没有卫生间，都要到外边来方便。我和王蒙先生在 1988 年的年底到 1989 年的年初一共对话十次，每次去他家前我都要在这个公厕方便，每次都能见到人进人出。现在朝内北小街的那一片拆掉了，但那个公厕还保留着。每次路过，就想起那个小四合院。

朝内北小街46号小院，是文化部的房产，王蒙先生去住之前，是著名的夏公——夏衍先生在此居住。北京文化界被人称为"公"的有两位，一位是茅盾，被称为"茅公"，一位则是夏衍。郭沫若则被称为"郭老"，巴金尊称为"巴老"，叶圣陶先生被称为"叶圣老"，不知道有什么讲究，隐约地觉得，被称为"公"的人除了文学文化方面的成就之外，还有革命的资历，茅盾当年是中国最早的共产党员之一，夏衍则是"左联"的负责人，都是老革命。后来我还知道，这院子还住过一个文化名人，语言学家黎锦熙。黎锦熙是现代汉语语法的奠基人，对废除文言文贡献巨大，在他的倡导下，现代汉语的语法形成了自己的体系，1950年北师大成立，他是第一任中文系系主任。他在湖南第一师范任教期间，毛泽东是他的学生，新中国成立之后，毛泽东多次请恩师去"餐叙"。后来，毛泽东提议黎锦熙和吴玉章、范文澜、成仿吾、马叙伦、郭沫若、沈雁冰等七人成立"中国文字改革协会"，黎锦熙担任副主席。黎锦熙弟兄八个，全是各行各业的顶尖人才，他弟弟黎锦光是著名的音乐家，三十年代为周璇、李香兰等歌星创作了很多的歌曲，著名的《夜来香》就是他的作品。解放后，黎锦熙能住进这个院子，可见身份不一般。

这么一个院子，不用说三位大师住过，就是其中一位住过，也是理所当然要保存的名人纪念馆了，可是后来拆了，而且拆得了无痕迹。这是后话。

这是一座标准的北京四合院，坐北朝南，北房是正房，有会客厅，两边是主卧和次卧，南房是厨房和餐厅，东西厢房分别是书房和保姆房，没有细数，大约十二间房子的样子。院子里，有两棵枣树，当时已经落叶。

第一次到王蒙先生家去，我摁了门铃，王蒙先生亲自来开门。进门之后，我看到门厅有一个书架，书架上放满了《收获》《钟山》《花城》等杂志，他说，很多刊物给他寄，书房放不下，就放在这儿，有时间可以翻阅一下。我看了一下，几乎像样的文学期刊全在这儿聚集了。20 世纪 80 年代，被赠阅刊物是一种很高的礼遇，王蒙先生当然享受到最高礼遇了。但一般这种身份的人，是没有时间阅读刊物的，甚至都懒得打开，就处理了，但王蒙先生细心地打开，存放在书架上，可见他对文学期刊和当代文学的关注。

我们的对话安排在东厢房的书房，也是王蒙的小会客厅。房子不是很大，倒是很适合两人说话。我们在这个房间里完成了十次对话，每次对话的时间两个小时左右，我带了一台录音机，晚上回去我就在 43 旅馆整理。整理完了，下次对话的时候带给他审阅修改，再下次还给我。遗憾的是，当时录音盒带不够用，我经济拮据，也没有余钱买够更多的盒带，后来将整理完了的重新录音，就是洗掉了一部分。我现在手上还存有十几盒录音原声磁带。

那时王蒙很忙，对话的时间很难提前确定。他一有时间就给我打电话，有一次他说，今天有两个小时的时间，你过来吧。原来日本首相竹下登来华访问，他是陪同团团长，晚上出发，他忙里抽空和我对话一次，效率真高。还有一次，他拿着一盘红枣，说，特别甜，你尝尝。原来是一个中亚国家的首脑访华送给中国领导人的礼物。

记得有一次特别有意思，王蒙去接电话了，王蒙先生的太太崔瑞芳老师曾经好奇地跑到厢房来，说，王干，只听王蒙说起你，我还没见过，我要看看这个年轻人长什么样子，能和王蒙一起对话。崔瑞芳老师温文尔雅，大家风范，她去世以后，我多次梦见她。2018 年的夏天，我在敦煌，夜里三点，梦见了崔老师，惊醒过来，就发了"阿弥陀佛"四个字给王山，王山不知就里，第二天，回了一句：神经病。我是能够理解王山的情绪的，深更半夜，发这样的话，确实近乎神经不正常，后来我把梦见她母亲的情形告诉他，他很感动。2014 年 4 月我和太太去八宝山为崔老师送别，王蒙先生拉着我太太的手，说，小毛，崔老师生前最喜欢你了。我和太太泪水滂沱。

1988 年，我和王蒙先生的这段交往颇为传奇，我自己也觉得天上掉馅饼了，后来我在王蒙先生《不成样子的怀念》一文中才找到原委："胡（乔木）对季羡林、任继愈都极具好感，任继愈担任北京图书馆馆长，就是胡乔木提名的，他曾向我称道金克木、王干发表在《读书》上的文章，年轻的王干，竟是乔木说了以后我才知道并相识交往了的"。记得有一次我到《读书》编辑部去拿样刊，当时《读书》的主编沈昌文曾经告诉我说，乔木同志对你的文章特别欣赏，有时间的话，可以去拜访他。我当时满不在意，一个大领导与我等小民有什么联系，就没有接茬。现在看来，胡乔木不止对一个人推荐了我的文章。据说，他一直以为我是一个老先生，而王蒙文中说到的季羡林、任继愈、金克木确实都是德高望重的老先生，我做他们的学生都不够格。

朝内北小街46号是我在北京去过最多的私人住处。1989年初我离开《文艺报》到《钟山》工作之后，每次出差北京都去拜望王蒙夫妇，王蒙夫妇也留餐小饮。2000年底，我到人民文学出版社工作，知王蒙先生搬到干杨树去住了，就再也没去过这里。在朝内北小街46号，也曾遇到过很多的朋友，比如聂震宁先生当时在漓江出版社，去王蒙先生家组稿，让他写《红楼梦》评点，并约我写唐诗宋词的评点，我才浅学薄，至今也没有完成。2002年左右，朝内北小街突然要拆迁了，46号就在其中，这是令人伤感的事情。我和王蒙聊起此事，他说，北京的名人旧居太多了，他们不在乎。当时轰轰烈烈的房地产开发，见啥拆啥。大约十年之后，在东总布胡同，梁思成、林徽因的故居也被拆了，人们这才惊呼，情绪哗然，然推土机已经把这里夷为平地，两年后再建的梁林故居，面貌全非。前几天我在青岛，发现康有为、老舍、沈从文等人的故居都保留得很好，而北京，拆的要比该保留的多得多。

王蒙先生在北京的几个住处，我都去过，崇文门、北小街、干杨树、翠湖、奥临花园，这些地点记录了四十年来王蒙在北京的行踪。我在南京和北京的住处王蒙先生也来过。2000年的时候，王蒙应南京大学之邀，前来讲课。讲完课，到我碧树园家里便餐,我请黄蓓佳、苏童作陪,吃的都是太太做的家常菜,王蒙和崔瑞芳夫妇赞不绝口。当时楼上还有人装修,电锯声不时传来,王蒙说:这噪音太吵了吧?黄蓓佳说,我们感到很亲切,像音乐一样。大家哈哈大笑,王蒙说,这是斯德哥尔摩综合征。因为我和叶兆言、黄蓓佳刚刚装修完,几乎每天都要和电钻声作伴,已经习惯了,被折磨惯了,所以"很亲切"。

2004 年 12 月,我在北京的房子装修好,我斗胆邀请王蒙先生前来新家一坐,没想到他很高兴地来了,和聂震宁、刘恒、余华等一起在我新家"贺房子"。他很奇怪,怎么有这么好的地点?你怎么找到的?我的房子地点在二环边上,生活很方便。王蒙先生回家以后还和太太崔瑞芳老师说起,崔老师还专门打电话咨询过我,说也想在此买房,后来我问了下,当时已经全部售空。

2011 年我到新疆去采风,去了伊犁,专门去王蒙先生工作生活过的巴彦岱公社去寻找他的住处,遗憾的是巴彦岱的旧房全部没有了,我在巴彦岱的路口留影一张,回望王蒙先生那些曾经的岁月。王蒙还有一处住处,虽然不是他的房子,但每年也都要住上一两个月。这就是北戴河的中国作协创作之家,他夏天都要在这里度假创作,每天游泳。我原以为是公家安排的,原来是王蒙先生自费的,他交住宿费、伙食费,房间里原来是黑白电视,他自己花钱置办了一台彩色电视。2016 年出版社希望重版《王蒙王干对话录》,并希望能有一次新的对话,我征求王蒙的意见,他说好,你到北戴河来。我到了北戴河中国作协的创作之家,和王蒙先生又进行了三个小时的对话。28 年过去了,王蒙先生还是那么的敏锐，那么的健谈，谈着谈着，仿佛回到1988年朝内北小街，但他已经82岁，我也五十有六。之后我听着对话的录音，我的语速还是当年那样的急切并带着家乡的口音，而王蒙先生一如既往的率真、幽默和智慧，时间都到哪儿去了？

如今又过去6年了，当时我们相约28年后再对话一次，那时我也是八十有五的老翁了。

# 奔跑吧，王蒙

所有的日子，所有的日子都来吧

让我编织你们，用青春的金线

和幸福的璎珞，编织你们

这是王蒙在《青春万岁》里的序诗，时间已经过去了67年，当年22岁的王蒙如今已经89岁，对王蒙来说所有的日子虽然没有全部来了，但王蒙已经用文字精心编织了多年，生命的年轮已经蔚为壮观，青春的金线和幸福的璎珞也已经有了包浆，王蒙的头发也明显比以前更加灰白了，如果说之前还是奶奶灰的话，现在则明显地呈现出"大爷白"了。

这一次和王蒙先生见面可以说是最为"官方"的一次，我发微信说，《新民晚报》的封面人物让我写您，疫情期间，我们见面少了，您的近况所知不多，我想还是采访您一次吧。王蒙很快回信，周四下午我们到便宜坊烤鸭店，一边吃一边聊如何？我说好。

王蒙先生预定好餐厅，十个人的包间，就我们四人：我们夫妇俩和他们夫妇俩。餐厅的张经理和王蒙先生是熟人，王蒙说，还是上海的钱文忠教授请客时认识的。当时张经理看到钱文忠脸熟，赶紧恭维，钱文忠教授说，这才是真正的明星，我都是他的粉丝。王蒙和张经理的交往由此开始，持续多年。这家餐厅的神仙鸡做得确实不错，味道有点类似叫花鸡，但用的是猪爪"打底"，所以没有叫花鸡寒碜的泥土味，而有神仙的味道。

坐下来不久，我说我把视频开了吧，留些影像资料。他说，你写我，还要采访啥啊，我们好久不在一起吃饭了，一起聊聊呗。

自从我们全家到北京之后，每年春节都要去看望王蒙先生一次，王蒙夫妇也是照例要留饭，他们家保姆是北方人，王蒙每次都问，你们南方人喜欢"糯"的食品，北京的口味你们习惯吗？足见老爷子的细心。近几年来，我开始称王蒙为"老爷子"，记得第一次他有点不习惯，一愣，后来想了想，说，是的，我也到了当老爷子的份上了。当然，聊开心了，我们也戏称他"姐夫"，因为他现在的夫人单三娅年龄比我们大几岁，属于姐姐辈的。

王蒙原来的夫人崔瑞芳没有去世之前，我们习惯称她崔老师或崔阿姨，崔老师贤惠端庄，为人善良恭谦，有文学才华，她写的小说曾经以芳蕊的笔名发表，有时直接用王蒙的名字发表，她曾经得意地告诉我，她的小说以王蒙的名义发表之后，没有人怀疑：这不是王蒙写的？

2014 年，崔瑞芳老师因病去世之后，我们都非常想念她，我多次梦见她。2016 年 8 月我在敦煌夜里梦见崔老师，三点醒来，就给她儿子王山发了个微信，"阿弥陀佛"。第二天上午，王山回了微信，"神经病"。王山的"骂"是有道理的，我也没有解释。等我后来和王山见了面，说到梦见崔老师的情形时，王山很感动。

王蒙和单三娅的婚姻自然而然。年近八旬的老作家娶花甲之年的退休女编辑，是人世间最平常不过的事情。记得有一年国庆节，王蒙和单三娅请我们几家吃他们的"婚宴"，尽管只有一桌人，我们还是恶作剧地要王蒙"交代""恋爱经过"，王蒙笑嘻嘻地说，"我是秒杀"。老爷子用这么时尚的网络语言，让我们大吃一惊。他说，我个人的经验，小事情深思熟虑，反复斟酌，大事往往要"秒杀"，比如你去菜场买菜，到商场买件衣服，可以挑挑拣拣，每个细节都要研究到位，但买房子就不能像买菜那样，一家一家地选过来，肯定谈不成。婚姻更是如此，更多的是凭直觉，秒杀！他说，当年他决定从北京迁到新疆工作生活，是件非常重大的事情，是人生的转折点，一般人不知道要反复掂量、前后思考多少天，而王蒙也是"秒杀"处置。他在公用电话亭和崔瑞芳阿姨交流了十分钟之后，就向组织申请，不久打起行囊，奔赴新疆，之后，全家也迁到新疆伊犁。这么大的人生转折点，在短短的时间确定，十分钟，在特别的空间确定，公用电话亭。如今公用电话亭已经很少见到了，谁想到那些不经意间"秒杀"的决定，影响了人生乃至社会的变化。

王蒙是当代文学的传奇，也是共和国文学的传奇。2009 年我在《旗子和镜子的变奏》一文中，说王蒙的文学是共和国文学的一面旗帜，也是共和国历史的一面镜子。王蒙 14 岁参加中国共产党，成为"少共"，新中国成立以后成为北京市的团委干部，后来写作《组织部来了个年轻人》引起轩然大波，甚至毛泽东主席都出来为他讲话，毛泽东讲完以后还说"我和王蒙又不是儿女亲家"，这话有些"后现代"，表示他的客观公正。尽管如此，王蒙还是落入社会基层。他主动申请去新疆十六年，直至1978年重返北京，重返文坛。1985年担任共和国的文化部部长，也是史上最年轻的文化部长，也是继茅盾之后的又一位作家部长。2019年，共和国七十年大庆，85岁的王蒙获得"人民艺术家"国家荣誉称号。王蒙说，"人民艺术家"是美好而崇高的荣誉，是党对各行各业奋斗者的肯定和鼓励。"非常庄严，也非常提气。和那些国之重器的发明者、维护者、发展者相比，和解放军的战斗英雄相比，我所做的事情是很微薄的。这份荣誉对于我是荣幸，也是鼓励。"他的作品也真实记录共和国的历史进程，共和国每一阶段的事件在他的笔下都有生动的记载和呈现。

王蒙在文学艺术上的创作成就为众人所知，王蒙对文学的钟情和热爱也是持续不断，这三十多年来，每一次见到他，他总是说自己正在写什么，或者准备写什么，那股热情像刚出道的文学青年一样。我在文坛多年，很多作家初出道时，一腔热血，但功成名就之后，就很少谈文学了。王蒙不仅始终保持着"文青"的激情与忠诚，对文学青年的关注也是文坛佳话。余华的《十八岁出门远行》刚在《北京文学》发表，王蒙就在《文艺报》撰文夸赞评点，喜爱之情溢于言表。张承志、刘索拉、张辛欣等当时作为青年作家的新作也得到王蒙及时的热情推荐。他还为陈染等女作家写过序，推荐过一些青年作家加入中国作协。2001 年，王蒙获得《当代》的小说年度大奖，奖金十万元，在当时是一个很大数字，王蒙当场表示，将全部奖金捐献出来，设立一个青年文学奖。这也是属于"秒杀"，是王蒙临时决定的，以至于让主办方有些意外。

这就是人民文学出版社"春天文学奖"的设立，当时全国尚无青年文学奖项，奖项规定得奖作家在三十岁以下。先后评了五届，每届一名得奖，两名提名。一等奖一万元奖金，提名三千。"春天文学奖"先后评选了四届，戴来、李修文、徐则臣、张悦然、了一容、叶子等先后获得此项殊荣，成为他们文学道路的第一块奠基石。2019 年，《长江文艺》笔会期间，已经担任湖北省作协主席的李修文说到"春天文学奖"，特别有感情，他说这个奖停了太可惜了。修文表示，他希望能够重新启动"春天文学奖"，希望得到王蒙老师的支持。我转告王蒙先生之后，王蒙欣然地笑了，"恢复当然好，现在这样也很好"。

王蒙这些年来，似乎焕发了"第三春"，他的第一春是 20 世纪 50 年代，他写了《组织部来了个年轻人》《青春万岁》等作品，至今还在流传。他的第二春是 20 世纪 80 年代复出文坛之后，留下了《春之声》《海的梦》《活动变人形》等力作，引领了当代文学潮流。王蒙的第三春则是 21 世纪之后，在《这边风景》获得茅盾文学奖之后，近一两年再度呈井喷之势，一两年就有一部长篇小说问世，2020 年的《笑的风》，2021 年的《猴儿与少年》，2022 年又有很长的中篇《从前的初恋》在《人民文学》杂志发表，同年还有中篇《霞满天》在《北京文学》第九期发表。一般说来，中国文人是"青春作赋，皓首穷经"，王蒙在皓首作赋的同时，也读解中国古典经典。在写小说的同时，他还写了一系列解读诸子百家传统文化经典的文章，《老子的帮助》《庄子的奔腾》《庄子的享受》等等，洋洋洒洒，恢宏自如。王蒙有些自豪而风趣地说："我有一个自己觉着很牛的说法，那就是——我还是劳动力！仍是文学创作的一线劳动力。"这次见面，我对他说，我要写篇《夏天的王蒙》，很多作家到了晚年之后，往往写的数量减少，文字也言简意赅，惜墨如金，微言大义，您还保持那股磅礴、蓬勃、澎湃、一泻千里，呈现出欣欣向荣的夏天生长之势，成为奇迹了。至少，文坛马拉松冠军当之无愧。

我比王蒙先生年轻 26 岁，时不时感到生命之秋的危机感，看着王蒙依然年轻依然青春依然保持旺盛创作生命力的状态，实在有些惭愧。2020 年在中国海洋大学举办的王蒙新作《笑的风》的研讨会上，我曾经感慨地说，这些年，作为王蒙先生的追随者和研究者，我一直在跟随王蒙先生的脚步，他写到哪里，我读到哪里，基本做到"同频共振"。现在则有些跟不上了，四十年来，我从一个青年慢慢变成了中年，现在变成青年人调侃的"干老"了，而前面那个奔跑的王蒙还在以少年的速度奔跑，我发现自己的步履在减缓，有些喘气了。王蒙不服老，他通过他的小说题目向世人宣布：明年我将衰老。身体的衰老也许不可抗拒，精神永远年轻，心和文字永远在驰骋。这就是夏天的王蒙。

奔跑吧，王蒙老师，奔跑吧，我的兄弟！

# 后　记

王蒙，久远，博大，精深。

一直想写这样一本书，但囿于自己的能力、精力、时间所限，迟迟不敢动笔。虽然如此，但对王蒙先生的追逐、跟踪、学习，一刻也没有停止过。这种追随，几乎伴随了我文学生涯的全过程。今年6月，人民出版社辛广伟先生找到我，建议我写作一本《论王蒙》，再次唤起了我多年的念头，因而没有犹豫，当即答应，我说本来有八九万字的稿子，再写八九万字，就可以成书了。

等我动手写作时，发现难度之大，超出我的预期。一是王蒙先生的海量作品，之前有阅读，但作为学术研究要重新阅读、查找文本，工作量巨大。二是我之前的一些断断续续的关于王蒙的研究文章，即时性的评述多，有些理论的解剖也不到位，需要重新组织论述和研究。三是时间紧，资料储备不够，要完成如此高密度高难度的工作犹如负重登山，压力巨大。

好在得到了各方面的大力支持，扬州大学文学院的王定勇、张堂会、黄诚和中国海洋大学的温奉桥、常鹏飞诸君给予了很多的帮助。今年北京天气炎热，老乡颜德义安排我到青岛"闭关"

写作，老友邵明波除了对全书的编校做了踏实的工作外，对书的体例也提出了有益的建议。写作过程中，王蒙的夫人单三娅女士也与我及时交流，受益颇多。没有这些朋友的真诚帮助，书稿的写作不会如此顺利和通畅。

在短短的 70 天时间内，我写了十二万字，书里的关于王蒙的价值论、时间论、女性论、意象论、语言论、新小说观论、现代性论以及与汪曾祺的异同论，都是我近期写出来的，效率和质量都是前所未有的，这源自多年积累，也源自王蒙先生无形的鼓励，他 90 岁高龄依然少年般写作，我有什么理由懈怠呢?

王蒙先生的著述浩瀚，我这本书只是就他的小说领域的成果进行了研读，以后有机会还将继续跟随、研读他的其他作品，也愿意和更多的有趣的人一起读王蒙、写王蒙。对我来说，王蒙的存在，让文学研究不再枯燥。

2023 年 8 月 28 日于润民居

策　　划：辛广伟

项目统筹：曹　春

责任编辑：李　冰　曹　春

特约编辑：陈汉萍

装帧设计：木　辛

责任校对：陈艳华

**图书在版编目（CIP）数据**

论王蒙 / 王干 著 . —北京：人民出版社，2023.9

ISBN 978 - 7 - 01 - 025993 - 2

I.①论⋯　II.①王⋯　III.①王蒙 - 文学研究 ②王蒙 - 人物研究

　IV.① I206.7 ② K825.6

中国国家版本馆 CIP 数据核字（2023）第 179211 号

## 论　王　蒙
### LUN WANGMENG

王　干　著

**人民出版社** 出版发行

（100706　北京市东城区隆福寺街 99 号）

北京盛通印刷股份有限公司印刷　新华书店经销

2023 年 9 月第 1 版　2023 年 9 月北京第 1 次印刷

开本：880 毫米 × 1230 毫米 1/32　印张：10.375

字数：212 千字

ISBN 978 - 7 - 01 - 025993 - 2　定价：88.00 元

邮购地址 100706　北京市东城区隆福寺街 99 号

人民东方图书销售中心　电话（010）65250042　65289539